和意谷墓所　池田輝政の墓

備前国物語《びぜんこくものがたり》　吉井川情話《よしいがわじょうわ》

（木葉新三郎と河内屋治兵衛）

村上　輝行

はじめに

徳川三代・家光の頃になると、幕府の政権も確立され戦の無い世となった。武士の地位はそのまま固定化され、下克上の出世は望めなくなった上に、武士達自身の存在価値も形骸化した。

領主（大名）達は、幕府の顔色を窺いながら、領地の実質石高《こくだか》を上げる為に新田開発に励む一方で、改易（取り潰し）を避ける為に藩内の統治にも努めた。その中の一つに、宗教改めがあった。

備前藩主・光政は、幕府命令の吉利支丹《キリシタン》弾圧に加えて、親儒思想（儒教崇拝《じゅきょうすうはい》）から来る仏門弾圧、殊に備前法華の追放、中でも不受不施《ふじゅふせ》派の壊滅に力を注いだ。

庶民達も、その身分を固定化され生き苦しい世となっていた。しかし、庶民達は負けてばかりはいない。

特に、この吉備の国の者達は、古代大和朝廷と戦った温羅《うら》の時代から、二つの背骨を持っている。敗れて身の背を屈《かが》める事があっても、決して権力には屈《くっ》しないもう一つの反骨精神の『吉備の背骨』があった。

その様な時代を背景とした、江戸時代の初期に備前岡山藩を統治した池田光政・綱政（1650〜1710）の頃。

城下の南東部に大規模な新田開発が行われ、その用水確保に東部の和気《わけ》を流れる吉井川に斜めに田原井堰《たわらいせき》が改修され、そこから田原用水・益原《ますばら》用水が引かれた。

それらに纏《まつ》わる出来事を、郷士・木葉新三郎《このはしんざぶろう》、石工・河内屋治兵衛《かわちやじへえ》、総奉行・津田永忠《つだながただ》を中心に描いた物語です。

『登場人物』

木葉新三郎《このはしんざぶろう》　備前岡山藩の郷士の家系の次男。百姓の身だが自己流の剣術稽古もしている。自由な発想と生き方をする。川普請で活躍し武士に登用される。

父＝時景《ときかげ》　武士への帰参を願っている元この地方の郷士。**母＝幸《さち》**　平和で安らかな生活を願う。**兄＝頼景《よりかげ》**　父親の期待に添おうと努めている。**姉＝苗《なえ》**　母親似で新三郎に優しい。

河内屋治兵衛《かわちやじへえ》　大坂生まれで泉州石工の名工。備前藩郡代の津田永忠に招かれ、墓所や川普請、新田開発に多彩な能力を発揮する藩のお抱え石工棟梁。短気だが人情家。

妻＝古万《こま》　恋女房。**娘＝恵《けい》**　古万亡き後、治兵衛の世話をする。新三郎のマドンナ。

息子＝亀松《かめまつ》　石工となり、後に父の名を継いで大坂に帰る。

津田永忠《つだながただ》　池田光政に認められた実直な忠臣。光政の目指す儒教・仁政に尽力する。また藩財政を救うために治兵衛と共に用水路を通し河口に広大な新田開発を行う。郡代・総普請奉行・社倉米管理などを務める。

好《よし》　川漁師の一人娘で新三郎より五つ年下。後に新三郎の妻となる。

父＝矢助《やすけ》　川漁師。　**母＝冴《さえ》**　元は武家女中で吉利支丹。

近藤七助《こんどうしちすけ》　永忠の下臣。墓所や川・新田普請に参加し、後に普請奉行として田原井堰の巻き石改修と田原用水の延長工事を新三郎の協力を得て完成させる。

池田光政《いけだみつまさ》　備前岡山藩主。祖父の輝政を敬愛し、儒教に傾倒して仁政を目指す。その一方で領民の管理統制は厳しくした功罪両抱する藩主で、芳烈公と呼ばれた武人派。永忠が敬愛する主人。

池田綱政《いけだつなまさ》　光政の子だが、思想は相反する公家風の現実主義者。新田開発を推進し藩の財政基盤を作る。世継ぎには苦労した殿様。

六介《ろくすけ》　大坂石工の小頭。治兵衛を子供の様に可愛がる。

妻＝富《とみ》　陽気で面倒見が良く、古万の母がわり。

野鍛冶《のかじ》の兼光《かねみつ》　元は備前長船派の刀工で廃業して野鍛冶になっている。新三郎特注の斬馬刀を打つ。

キタ　沖新田干拓の時、人柱になった娘。

父＝佐平　津田家の中間《ちゅうげん》。　**母＝ウメ**　佐平の妻で津田家奉公人。

万代常閑　木葉新三郎と同郷に住む漢方医。秘伝の「延寿返魂丹《えんじゅはんごんたん》」を持つ名医。

目次

1

備前の郷《さと》と吉井川

雨が降り続いていた。野分《のわき》（台風）は去った筈《はず》なのに未だに雨は止まない。上流からは次々と流木が流れて来ている。蛇籠《じゃかご》（竹で編んだ網状の籠）が破られて、中の石が流されてしまうかも知れない。

井堰《いせき》の敷石の後ろに積んだ捨石《すていし》は落水《おちみず》の逆巻《さかま》きと南からの強風に捲《ま》くり上げられて流され始めているのが判る、捨石の後端《しりはし》の水落《みずおち》に湧き上がる渦が大きく白く見えた…川底が洗われて深くなったに違いない。

—元禄《げんろく》三年（１６９０）—

木葉新三郎《このはしんざぶろう》は備前岡山藩の東を流れる吉井川の中流域、和気郡益原村《わけごおりますばらむら》の上手《かみて》から北の天瀬《あませ》と南の益原の両岸に斜めに横たわる田原《たわら》井堰を見つめていた。

ここまで水嵩《みずかさ》が増えては人の手でどうにかなるものではない、もはや神仏に祈る外になかった。流木だけなら転がりながらでも積み石の瀬を越えて下流へと流れ去る。恐ろしいのは橋だ。橋桁《はしげた》が大きな流木で壊《こわ》されれば一塊《ひとかたまり》となって流れ下る。流れる橋は次の橋を押し壊し更に大きな塊となって濁流を下る。

その形は歪《いびつ》だ。縦横斜めに組み合ったまま、瀬は転がり石を掬《すく》い流し、深みや曲がりは岸を削《けず》って突き崩《くず》す。

そんな凶暴な力を持った橋桁の塊がもし井堰の敷石に引っ掛かったら…瀬を流れず逆に堰き止めてしまう。すると次々に流木も掛かり、更に大きな塊となる…やがて水をも止める圧力となり、敷石をも崩し始めるだろう。

そうなっては、今迄の改修工事が無に帰す。井堰だけの事では済まない。この改修に依って増える取水量を新たに引く益原用水に送り込み、畑地を水田に変える計画も水の泡《あわ》となる。

新三郎は降り頻《しき》る雨の中、蓑《みの》も着けず、ずぶ濡れで立ったまま顔を流れる雨を手で拭《ぬぐ》い、雨の止む事を、天を見上げてただ祈り続けていた。何時しか、激しく流れる濁流の音だけがゴオーゴオーと咆哮《ほうこう》を上げ続ける中で、空も山も川も闇に包まれ姿を消した。

近隣の村人達が東の大川と呼ぶ吉井川は高梁《たかはし》川・旭《あさひ》川と並ぶ岡山の三大河川の一つで、度々《たび》大洪水《こうずい》を起こす暴れ川だ。近くは藩主光政《みつまさ》の時代の承応《じょうおう》二年（1653）と三年、綱政《つなまさ》に代わった延宝《えんぽう》元年（1673）にも大洪水を齎《もたら》し、家屋を流し田畑を潰《つぶ》し多くの人の命を奪った。

—洪水に因《ちな》む『巫女《みこ》（神子）岩』の悲しい話も伝わる—

田原・益原から少し下流の岩部《いわぶ》郡原村《はらむら》に岩根依立《いわねよりたて》神社がある。昔そこに、お神楽舞《かぐらまい》の大そう上手《じょうず》な巫女さんが居た。ある時、大雨が続き吉井川は見る見る水嵩が増してきた。荒れ狂う川は竜神の怒りだと、人々は信じ恐れていた。怒りを鎮めようと、巫女は川の辺《ほとり》で舞を踊ったが、川の水は引かない。

祈りが足らないのだと、巫女は村人の制止を振り切り、川に突き出た大きな岩に上り、その上で舞を始めた。

次第に濃くなってゆく川霧が、舞う巫女の姿を包み、大きな流れが大岩を洗った。霧が晴れた時、巫女の姿は無かった。やがて雨は止み、川の水も治まった。

人々は「竜神に身を捧げたんじゃ」と言い、その大岩を巫女《みこ》（神子）岩と呼ぶようになったと。

—益原《ますばら》村にはこんな言い伝えもある—

近くの山に藤四郎《とうしろう》という霊孤《れいこ》が居た。

「コンコン」と鳴く時は何事も無いが、「ギャーギャー」と鳴く時は凶事《きょうじ》を報せる。一夜鳴けば人の災い、連夜鳴けば村に災う予兆《よちょう》だと。

新三郎も、心寒くなる鳴き声を連夜聞いた。その翌日から、言い伝えを裏付けるような長雨が始まった…。

朝、目覚めると激しい雨音は消えていた。新三郎は布団を蹴って起き上がり、寝巻きのまで戸口の草鞋《わらじ》を突っ掛けると、門を出て一気に川岸を通る津山往来《つやまおうらい》の道を駆け上がった。田原井堰の見える村端まで来ると脇差《わきざし》を一本差した男が一人、先に川と井堰を見ていた。見覚えのある後姿が…苗字帯刀《みょうじたいとう》を許された藩お抱え石工《いしく》の棟梁《とうりょう》、河内屋治兵衛《かわちやじへえ》。

この凄腕《すごうで》の石工は大坂の人で、その腕を郡代《ぐんだい》の津田重二郎永忠《つだじゅうじろうながただ》（通称：えいちゅう）に見込まれ岡山藩に招聘《しょうへい》されて以来、二十余年、和意谷《わいだに》の藩主墓所造営の外、水樋《すいひ》・水門・堤防など巨石を扱う難工事は、全てこの人の指図と仕上げで成し遂げられて来た。永忠が計画者なら治兵衛はその実行者。

この棟梁が居なかったなら、藩侯の墓も新田干拓《かんたく》もこれ程までに成功しなかっただろう事は藩主をはじめ領民の端々までが認めている処だ。

「棟梁《とうりょう》…」

新三郎は、後ろから声を掛けた。

「やァ、新三郎はんけェ、お早うさん。やっぱり貴方《あん》さんも気ィになってか？」

振り返った棟梁は、笑顔と一緒にそう返してくれた。何処を気に入ってくれたのか、棟梁は何かと親切にしてくれる。新三郎はもう一人の父親のような感情を抱いていた。

「何で、棟梁がこげぇに早ように此処《ここ》にィ？」

驚きを隠さないまま新三郎は問い掛ける。

「それやがなァ。昨夜《ゆんべ》は嵐や、客もなし、為《す》る事もなし。早目に酒呑んで寝込んでしもたさけ、早うに目が覚めてしもてな。まァ、雨も小降りになってたさけ、一寸《ちょっと》ォ川の様子でもと思うたような訳で…朝飯前の散歩のついでにと。井堰の方がちと心配でナ。けどこのくらいやったら、井堰の方も何とか持ち堪えてくれまっしゃろ」

機嫌《きげん》が良いのか、それとも井堰が心配した程にも崩れてなくて安心したのか、今朝の棟梁はよく喋《しゃべ》った。機嫌の悪い時は、口も碌《ろく》に開かず、指先と顔の表情だけで返事や指図をする事がよく有る。

井堰を見ると水嵩の減った上流側に流木が折り重なって横たわってはいるが、堤の形は遠目には崩れていない。多少の追加工事で何とか済みそうだ…自然と新三郎の顔にも笑みが浮かんだ。

噂には聞いていたが、新三郎が初めて治兵衛と会ったのはこの春の事。田原用水と井堰の様子を見に、名工と名高い石工の棟梁がやって来るという話を聞いた。益原と対岸の田原の名主の家に暫《しばら》く逗留《とうりゅう》する。益原に用水を新たに引き、既にある田原の用水は延長だという、その下見《したみ》の為だと。

新三郎も川普請《かわぶしん》には興味が有った。あの名工が、どのようにして樋門や水路を造るのだろう？　出来る事なら自分もそれに加わりたい。どうせ冷飯喰《ひやめしぐら》いの次男坊、人夫賃《にんぷちん》を稼《かせ》ぐだけでも家の助けになるから。

新三郎は、名主の家を覗《のぞ》きに行った。玄関口に着いたばかりらしい父娘《おやこ》の姿がある。百姓から見れば、随分と上等な着物を着た見知らぬ父と娘らしい背中が見えた。

娘の姿は、農村には不釣り合いな程に艶《あで》やかで、新三郎は見とれながら門を潜《くぐ》った。気付かず、門前《かどさき》に干してあった菜種《なたね》の束《たば》を踏みつけた。バリバリと騒がしい音を立てて豆鞘《さや》が弾け、驚いた娘が振り向き、一瞬顔と顔が合った、それが『恵《けい》』との見初《みそ》めだった。

父娘《おやこ》は迎えた名主と懇《ねんご》ろに挨拶を交わした後、家に入り座敷の間に通されて行く。新三郎はそのまま門の内側から恵の姿を、部屋の奥に見えなくなる迄《まで》ずっと見続けていた。色白だし、三つ年上の姉の『苗《なえ》』をも凌《しの》ぐ程の落ち着きと大人を思わせる色香《いろか》が感じられた。

今まで一度も見たことが無い綺麗《きれい》さだ。京女《みやこびと》というのはあのようなものかと、想《おも》いを巡らせた。新三郎は、城下にも行ったことが無い。村人以外の女性を見るのは、和気宿や津山往来を通る旅の者しか知らない。旅姿だから艶《あで》やかな着物でもないし、顔も笠の内に隠れているし、遠目だし…。

目の前で見たあの娘は…年上には違いなかろうが、相手にされない程の差でもなかろう。体の中に、熱く甘酸っぱい感情が広がって行く。一目惚《ひとめぼ》れなどという言葉は知らないが、新三郎が陥《おちい》ったのは憧《あこが》れと恋心の混じり合った正《まさ》にその状態だった。


家に帰った新三郎は、川普請に出ると言う兄の『頼景《よりかげ》』と一緒に人夫を志願した。名工の技を見倣《みなら》っておけば、後々の村の水路や樋の修理にも役立つという算段だが…強く志願したには他に不純な動機があった。治兵衛の普請場には、娘の恵も頻《よ》く姿を現すのだと聞いた…ならまた会えるかも知れない…いや、きっともう一度くらいは…。

人を好きになるのは、自分ではどうにもならない。出会うのも偶然なら、好みに合うのも偶然…それが重なれば好きになるしかない。若者にとっては、年上への憧れも充分に恋の対象となる、新三郎もそうだった。

「村の女子《おなご》とは違うなァ」

思いがそのまま口に出る。心をすっかり奪われていた。一瞬見えた、小首を傾げる仕草と向けられた笑顔が、新三郎を夢の中に誘い込んだ。ちらりと顔を合わせただけなのに…親しく連れ添って歩き、並んで野に腰を下ろし、あれこれと楽しい話もした気分になって浮かれる。空想の世界に、どっぷりと浸《つ》かっていた。

村の男達もまた然《しか》りだった。

「あねえな女子《おなご》が炊《た》いてくれたら、麦飯でもでれえ（凄《すご》く）旨《うま》かろうなァ、ハハハ」

心浮かれてつい、嫁達《かか》の前で言ってはならない男の本音を洩《も》らした。嫁達は、顔を顰《しか》めて後ろから睨《にら》み付ける。嫁を怒らせると、決まって食い物の味が不味《まず》くなり、風呂の湯も、風邪引く程に微温《ぬる》くなるか、入れぬ程に熱くなる…のだ。

近頃、新三郎の様子が何だか怪《おか》しい。剣術稽古《けいこ》の竹切りだって前とは違う。一太刀で切れなかったら腹を立てていたのに、腑抜《ふぬ》けた顔して諦《あきら》める。あれは新三郎じゃない。

話し掛けても何だか上の空、「うーん。ふーん」の生返事。こっちを見ないで遠くを向いて、笑顔の後に大きな溜息、一体何を想っているのやら?…。

『好《よし》』も聞いた、村に来た石工の娘が大そうな評判だと。その石工の普請に、新三《しんざ》も兄様と一緒に夫役《ふえき》に出るのだと。新三様だけはと思っていたのに…こればかりは、村の男と全く一緒か…莫迦《ばか》ァ。

好《よし》は嫁でもなく、家も別だから、気持ちを伝えるお返しも出来ない。怒りと悲しみの籠《こ》もった、恨《うら》めしい視線を遠くから投げるしかない…。


新三郎の育った備前の国は…。

古代、備前《びぜん》・備中《びっちゅう》・備後《びんご》は吉備《きび》の国と呼ばれ、米・塩・鉄を産し海を持つ強大な国だった。殊《こと》に鉄は砂鉄から造る「たたら製法」の技術を持ち、他国に先んじていた。

三世紀、それまで激しく争っていた邪馬台国《やまたいこく》と狗奴国《くなこく》は、統合または連合して、天孫族《てんそん》は倭《やまと》となり、出雲・石見と南九州を制圧した。更に大国を望み、船と鉄戈《てっか》と鉄剣を携えて大和(奈良)への東征《とうせい》を開始する。周到に、中央に位置する安芸や吉備の国と手を結び、中継拠点を確立した。東の難波から攻めて一度は退かされたが、南海を迂回し、西の熊野から攻め入り、念願の大和《やまと》の地を征《せい》した。

四世紀に入ると、大和朝廷は機を計り、独立を衛《まも》っていた吉備の国に対し、征夷武将として、五十狭芹彦命《いさせりひこのみこと》（大吉備津彦命《おおきびつひこのみこと》：吉備津神社と吉備津彦神社の主神となり、備中から東の上道臣《かみつみちのおみ》の祖となる）を差し向け侵略して来た。

これに対し、大和人からは『吉備冠者《きびのかじゃ》』とも『吉備津彦《きびつひこ》』とも呼ばれ、吉備ひとから崇拝されていた鬼神の『温羅《うら》（朝鮮半島の百済からの渡来人で、製鉄・製塩・航海・戦術などに長けていたと言う一族の頭領）』は、独立を衛《まも》ろうと先頭に立った。彼は神出鬼没《しんしゅつきぼつ》・変幻自在《へんげんじざい》に戦い、大和の軍と互角に戦っていた。

そこで大和は、稚武彦命《わかたけひこのみこと》（若日子《わかひこ》吉備津彦命：備中から西の下道臣《しもつみちのおみ》の祖となる）を援軍に送り、遂に激しい戦いが始まった。

《吉備の桃太郎伝説の基となった温羅伝説によれば…

五十狭芹（桃太郎）は、吉備の国の中山で対峙して戦が始まった。五十狭芹の放つ矢は温羅（鬼）の放つ矢に阻《はば》まれ悉《ことごと》く落ちて行く。その地が『矢喰宮《やぐいのみや》』。

五十狭芹は計って、一度に二本の矢を放ち（稚武彦《わかたけひこ》との挟み撃ち）、一本が温羅の眼を射た。血は流れ川を真っ赤に染めた、その川が『血吸《ちす》い川』と呼ばれる。

温羅は雉《きじ》に姿を変えたが、五十狭芹は鷹になり後を追う。温羅は鯉に化けて血吸《ちすい》川に潜んだが、五十狭芹は鵜《う》となってこれを咬《か》んだ、その地が『鯉喰《こいぐい》神社』となった。終《つい》に温羅は囚《とら》われた。五十狭芹は温羅から吉備冠者の名を取り上げ、以後は自らが吉備津彦命と名乗り、吉備に君臨した。

敗れ、首を打たれ地中深く埋められた温羅は以後十三年間、なお唸《うな》り声を上げ続け五十狭芹を悩ませ続けた。

畏《おそ》れた五十狭芹は温羅に伺いを立て、温羅のお告げに従い、阿曽《あそ》の郷《さと》に居る娘の阿曽媛《あそひめ》をして祀《まつ》らせ、神饌《みひ》を炊《た》かしめ、やっとこれを鎮《しず》めた。

真の神となった温羅は、神饌を炊く釜を鳴らし、その音色で吉備の国の吉凶《きっきょう》を告げる。これが今も続く『鳴釜《なるかま》の神事』の始まりだ。

吉備の者達はその有り様を見て、温羅こそ真の吉備の主とし、これを崇《あが》め、どんな為政者《いせいしゃ》にも、身の背骨は伏すとも心は決して屈しない、もう一つの精神の背骨となる『吉備の背骨』を持つようになった。》

新三郎が生まれたのは、徳川が江戸に幕府を置いて六十年が過ぎた頃の寛永《かんえい》九年（166

9）の春。播磨の国の西、吉備の国の中の東で、今は池田光政《いけだみつまさ》が治めている備前岡山藩の東部・和気郡《わけごおり》の益原《ますばら》村。すぐ傍《そば》を中国山地に端を発する吉井川が流れている。此の辺りから少し北に行けばもう美作《みまさか》の国。

和気の地は、飛鳥時代（七世紀）には大領《だいりょう》（地方長官）の別子麻呂《わけのこまろ》が藤野郡《ふじのぐん》として統括《とうかつ》し、奈良時代（八世紀）には大伯評《おくのこおり》（郡）に藤野和気《ふじのわけ》氏が領地とし、山陽道の中継に藤野駅《ふじののまや》も置かれた。天平《てんぴょう》の頃には藤野寺・和気寺が造られた主要地で、当地から朝廷に仕えていた和気《わけの》清麻呂《きよまろ》は、女帝孝謙《こうけん》天皇の寵愛《ちょうあい》を受けていた僧弓削道鏡《ゆげのどうきょう》が「道鏡を次の天皇にせよ」との神《しん》託《たく》を受けたという九州大宰府《だざいふ》の宇佐《うさ》八幡宮《はちまんぐう》に出向き、その嘘《うそ》を暴《あば》いた。

平安時代になると和気氏が治めていた備前領内も、次第に公田《くでん》（国有地）から墾田《こんでん》（開拓私有地）への荘園《しょうえん》化が進んだ。『荘』や『庄』の付く地名は、その名残だともいう。

その荘園に従事する農民も、時代と共に変化して行く。最初は荘民《しょうみん》として領主（国郡司・貴族・寺社）の下で衣食住を保証された下作人《げさくにん》となって働き始めた。

平安時代も中期になると藤原氏を中心とする貴族の台頭で天皇政治は次第に崩れ荘園化が拡大し、荘民は独立して責任を持って土地を耕作する権利（耕作権）を与えられた『田堵《たと》』という自作人と成る。『堵』というのは、土地や住居を囲む垣を意味し、『安堵《あんど》』はその中に居て安心できる事。鎌倉時代以降に覇者《はしゃ》から出される安堵状《あんどじょう》は所領や権利を保証する書面になった。

平安時代も後半になると地方の管理は乱れ、荘園は独立化し、耕作権だった田堵に土地所有権が与えられ、『名主《みょうしゅ》』が現れた。管理者の荘官達は、少しでも多くの税を得たい。その為に、荘民達には競争をさせ能力の高い者や勤勉《きんべん》な者だけが名主となれた。競争に負けた者は勝者の部下となり、一族郎党《いちぞくろうとう》の仕組みが形成されて行く。

地方の治安は悪い。名主と成った者は更に自分の土地を広げたくなるし、税の高い荘官には逆《さか》らいたくもなる。自己防衛と勢力の拡大。その手段が武装化になった。ここに新三郎達郷士《ごうし》の祖先が誕生する。武士達の言う、一所《いっしょ》に命を懸《か》ける「一所懸命《いっしょけんめい》」の一所は此の荘園の事だ。所有する荘園を守る事が、武士団の務めだった。

ここで荘民は、武士団と、耕作をする農民団に分化した。武士は領地の民を守る事に拠《よ》って自分達の存在価値を示す。荘園の中では武士と農民は一族郎党の共同体であり、農民は武士の予備員でもあった。

平家・鎌倉の時代には中世和気氏が此の地を括《まと》めていた。東北に位置する八塔寺《はっとうじ》は源頼朝《みなもとのよりとも》の祈祷所《きとうしょ》として保護を受け「西の高野山」とも称され十三重塔《じゅうさんじゅうのとう》も建ち、八寺院《じいん》六十四坊《ぼう》を持つ天台《てんだい》・真言《しんごん》の修行聖地となった。

後に、この寺院群は戦国時代の永正《えいしょう》十四年（1517）、三石《みついし》城主・浦上村宗《うらがみむらむね》と置塩《おきしお》城主・赤松義村《あかまつよしむら》との八塔寺合戦で、惜《お》しくもその殆《ほとん》どを消失した。

鎌倉時代には地頭《じとう》が置かれ、一時期は東大寺再建の為に寄進《きしん》され、僧の重源が備前国主となった事もある。この新しく置かれた地頭は、幕府から荘園管理と年貢の取り立てを任された新領主で、農民は荘園主からと地頭からの二重課税に苦しめられる破目《はめ》となる。

荘園武士団は自警団の様なものだが、地頭達は専門の武闘集団。次第に圧倒され吸収されて行った。『泣く子と地頭には勝てぬ』の諺《ことわざ》の通りに。

この時代、安房《あわ》の国（千葉県の南）に生まれた日蓮上人《にちれんしょうにん》は禅《ぜん》・浄土《じょうど》・天台《てんだい》・真言《しんごん》などの他宗も学んだ後、法華経《ほっけきょう》を最高の真理として鎌倉の小町で辻説法《つじせっぽう》を行い、信者を集め、時の執《しっ》権《けん》・北条時頼《ほうじょうときより》に「立正安国論《りっしょうあんこくろん》」の書を送り国主諫暁《こくしゅかんぎょう》（時の権力者に仏道を説《と》く事）をし、他宗に対しては謗法折伏《ほうぼうしゃくぶく》（間違っていると説き伏せる事）をした為《ため》、幕府や他宗からも非難《ひなん》を受け、命を狙われたり（龍ノ口法難《たつくちほうなん》）、伊豆《いず》・佐渡《さど》への流罪《るざい》も受けた。

屈せず信念を通し、武蔵《むさし》・上総《かずさ》・下総《しもうさ》へとその後も布教に努めた。この日蓮上人の不屈《ふくつ》の精神が後に、この備前の地にも『不受不施《ふじゅふせ》』の難題を生む事になる。

吉井川が下流になるあたりに福岡《ふくおか》（瀬戸内市長船《せとうちおさふね》）と呼ばれる土地がある。ここには古来備前刀の産地で優れた刀工達が大勢いた。

京で院政を行《おこな》った後鳥羽上皇《ごとばじょうこう》は、歌人《かじん》でもあり蹴鞠《けまり》も上手な文化人だったが、刀剣の製作にも執心《しゅうしん》で山城《やましろ》・備前・備中から名工を集め、毎月一人ずつ呼び寄せて刀を打たせた。この月当番の者を『番鍛冶《ばんかじ》』という。

この十二人の内、則宗・延房・宗吉・助宗・行国・助成・助近の七人が備前の福岡一文字《ふくおかいちもんじ》派《は》の者達で、山城の粟田口《あわたぐち》派からは国友・国安の二名、後は備中の青江《あおえ》派の貞次・恒次・次家の三名が選ばれた。

日本刀は鎌倉から室町時代のものが最も優れているといわれるが、その当時、備前備中には名工が犇《ひし》めいていた証といえる。

福岡一文字派は刀の銘に天下一を表す『一』の文字を切った事に由来し、特に上皇が自らも鍛《きた》えた太刀には菊紋《きくもん》が彫られ『菊御作《きくおんさく》（きくぎょさく）』といい、合わせて『菊一文字《きくいちもんじ》』と呼ばれる。

《※江戸幕末に、新撰組隊長だった沖田総司が豪商から譲り受け、生涯大切にした刀も菊一文字だといわれているが、あれは江戸末期に作られた新刀で、この頃の物とは異なる》
後に新三郎の斬馬刀《ざんばとう》を鍛えるのもこの福岡の刀工の流れを汲む鍛冶師《かじし》だ。
当時の福岡は、刀剣の里だけでなく、吉井川の河原に市《いち》が立ち大いに賑《にぎ》わっていた。板葺《いたぶ》き草葺きの小屋では、備前焼の大壺・米や魚・履物《はきもの》や布が売られ、店の物を品定《しなさだ》めする男客や市女笠《いちめかさ》を被《かぶ》った女客。川岸には、荷を運んできた川舟。その賑《にぎわ》う様子は『一遍《いっぺん》（時宗《じしゅう》の開祖）聖絵《ひじりえ》』にも描かれている。

時は下り、鎌倉末期（１３３０〜）になると、後醍醐《ごだいご》天皇の朝廷政治の復活に味方した児《こ》島高徳《じまたかのり》らと、鎌倉方の備前守護の佐々木や三石保《みついしほ》の地頭の伊東達が、備前の東部に位置する船坂山《ふなさかやま》あたりで戦った。足利尊氏の寝返りで勝利して始めた建武《けんむ》の新政《しんせい》も、武士達の不満、世情の不安があり三年足らずで崩壊《ほうかい》し、南北朝を経て足利氏が京都の室町に幕府を開く（１３３８）。これ以降、五百二十年の長い武家支配が続く事になる。
南北朝時代に此の地の守護大名だった松田氏は、元は武蔵国金川《むさしのくにかながわ》（神奈川県）の領主だったが弘安《こうあん》八年（１２８５）には備前国の御野郡《みのぐん》を、元弘《げんこう》三年（１３３３）には高津郡《たかつぐん》を拝領し備前守護として入国した。その際に関東でも厚く尊信《そんしん》していた法華《ほっけ》を持ち込んだ。松田氏は「法華狂い」と揶揄《やゆ》されるほどで、京都妙顕寺《みょうけんじ》の大覚大僧正《だいかくだいそうじょう》を師事し、備前備中の他宗をも改宗させて「備前法華《びぜんほっけ》」の礎《いしずえ》を成す。

結果、領内の南部では「妹尾千軒《せのおせんげん》みな法華」といわれるまでに。こうして日蓮宗（法華）は、百姓武家を問わず、深く備前の領民の中に浸透して行き、これが後に、備前の不受不施《ふじゅふせ》の法難の基《もと》となる。

その後、松田氏は罷免《ひめん》され、尊氏に味方し活躍した赤松則村《あかまつのりむら》（円心）の嫡子則祐《ちゃくしのりすけ》が美作《みまさか》・播磨・備前の三国守護大名となった。そして、この守護職には荘園（領地）の年貢の半分を百姓に納めさせる『半済令《はんぜいれい》』の権利が幕府から与えられた。

この時から、武士に拠《よ》る直接領民統治が始まり、武士と農民は、取る者と取られる者として相対《あいたい》する悲しい運命となってしまった…。

守護代として和気・日笠《ひかさ》・藤野の地を治める事になったのが浦上《うらかみ》氏。元は播磨国揖西《いっさい》郡（龍野《たつの》市南部）の浦上荘の領主で西播磨の赤松氏とも姻戚《いんせき》関係にあり、南朝と戦わず籠城《ろうじょう》し罷免《ひめん》された松田氏の武将だったが、新守護赤松氏の許《もと》で改めて守護代として浦上行景が任じられ、以降戦国時代まで東備前を治める。

新三郎の祖先も、この頃から浦上氏配下の郷士として戦に加わるようになっていた。天文《てんぶん》五年（1536）頃、浦上宗景《むねかげ》は新三郎の郷《さと》の北側の山から続く、天瀬《あませ》の北東に聳《そび》える天神山《てんじんやま》に城を築き、石見《いわみ》・安芸《あき》・伯耆《ほうき》・備後《びんご》・備中を手中にした尼子《あまご》勢と結んだ兄の宗政《むねまさ》と兄弟の争いを起こす。

新三郎の先祖の木葉義景《このはよしかげ》・重景《しげかげ》の兄弟は、宗景の家臣で日笠荘の青山城主・日笠頼房《よりふさ》の傘《さん》下《か》にあって戦い勝利を得た。が、宗景はその後、内輪揉《うちわも》めや領土の守りに追われ、それ以上の勢力を拡《ひろ》げる間も無く、台頭して来た宇喜多《うきた》（浮田）に敗れ、天正《てんしょう》五年（1577）天神山落城と共に、兄の木葉義景は戦死し弟の重景も敗兵となって出世の望みを失い、新領主宇喜多家の下で再び足軽から仕える身となった。

戦国大名となった宇喜多家は時勢を読み、毛利《もうり》家を離反《りはん》し、織田側に帰属した。この読みが功《こう》を奏《そう》した。信長・秀吉の勢力拡大に乗じて順調に出世し、備前・美作五十六万石の領主となった。

木葉の家は、戦の度に犠牲《ぎせい》を出しながら、やっと足軽大将付の馬廻りにまで出世して、和気・益原の荘に領地を安堵《あんど》されるまでになっていた。

人の世は儘《まま》ならない。豊臣に肩入れした宇喜多秀家《ひでいえ》は家康の策略《さくりゃく》と時勢《じせい》を見誤《みあやま》り、関ヶ原の合戦に敗れ、遠島八丈島《はちじょうじま》でその余生を送るに至り、同時に、木葉家も領地の安堵を失った。

徳川家に寝返った小早川秀秋《こばやかわひであき》が四十六万石で備前・美作の新領主として乗り込んで来た。秀秋は政治を顧《かえり》みる事無く、年貢を厳しくし、殺生《せっしょう》や領民に対する乱行が目立った。結果、領主となって僅《わず》か二年の二十一歳で死去し、嗣子《あとつぎ》も無く廃絶となって終《しま》った。

評判の悪かった秀秋の死因は秘密とされているが、種々の説が残された。

＝鷹狩りの時、罪無き百姓を虐《いじ》めて楽しんだが、逆に怒った百姓に股間を蹴り上げられて即死した＝

＝訴訟《そしょう》をしてきた山伏の両手を理非《りひ》も糺《ただ》さず切り落とし、怒った山伏に蹴り倒され踏みつけられて殺された＝

＝児小姓《じごしょう》を手討ちにしようとして逆に返り討ちにあった＝

＝西大寺観音院《さいだいじかんのんいん》前の吉井川で網漁をした帰り、上道《じょうどう》郡広谷村の橋の上から落馬して死んだ＝

真相は不明とされているが、孰《いず》れの説を採《と》っても無様《ぶざま》で見苦しい事この上ない。領主の領民家臣に対する不徳の様が窺《うかが》い知れて腹立たしい。

この後の領主は、今も続く池田家となった。池田家は織田家の家臣で、池田恒興《つねおき》は母の養徳院が織田信長の乳母《うば》となった縁で幼少より仕え、摂津《せっつ》国（北大坂）に領地を得て本能寺の変の後は、秀吉に組《くみ》して大垣城主十二万石の大名となった。

次男の輝政《てるまさ》が後を継いで秀吉に仕え、関ヶ原の戦いでは徳川側に属し、西軍方の大垣城を攻略し、その功により播磨《はりま》姫路城主五十二万石の大大名となる。継室《のちぞい》に家康の次女・良正院督姫《とくひめ》を迎え「松平」の姓を許され、その地位を堅固《けんご》なものとした。

小早川の滅亡により、備前二十八万石は輝政の次男忠継《ただつぐ》に与えられたが、僅かに五歳だった為、輝政と正室糸姫《せいしついとひめ》との嫡子《ちゃくし》・利隆《としたか》が代わって慶長八年（１６０３）国入りし、藩を治める「備前監国《かんこく》」を行った。

利隆は入国すると早々に、統治の準備に取り掛かった。領民の百姓に関しては、『百姓の入廉《いりかど》（事項）、入国以後は何処《いずれ》の在所へ相越《あいこ》し候共《そうらえども》、招き帰すべき事』と、百姓の移動を禁じ、他にも百姓間の小作料負加も禁じ、夫役《ぶやく》は夫銭《ぶぜに》へと金賦《きんぷ》に変更し、新たに検地も行い、年貢を納める道中の負担割合まで細かく定めた。

そしてまた、新三郎の先祖ら郷士にとっても、厳しい沙汰《さた》が下された。
『先代の奉公人、前々よりの家来の族《やから》申し理《ことわ》ると云《い》へ共《ども》、一切沙汰に及《およ》ぶ不可《べからず》』と。

家柄は、宇喜多や小早川家など先の領主の家来だったという由緒《ゆいしょ》を申し立てても、召抱《めしかか》えには一切応じない。その上、新領主（池田家）配下の家臣からの召抱え要望があったとしても、給地割《きゅうじわり》（知行割）が決まる迄なら許されるが、それ以降の採用は認めないと。誰が何処の知行《ちぎょう》取りになるかも分からない郷士達にとっては、侍《さむらい》に戻《もど》る機会を閉ざされたも同然だった。

こうして新三郎の祖父・良景《よしかげ》の再興の望みは絶たれ、百姓の身として益原の地に住む事となり、それから三代目に、新三郎は生まれた。

池田家はこの後、分家の領地はあるとはいえ、播磨・備前・淡路《あわじ》を併合していた八十六万石から播淡を失い、因幡《いなば》・伯耆《ほうき》から国替えになり三十一万五千石に。播磨五十二万石からしても、四割もの石高を減らされたが、家臣の数を減らさなかった。結果、江戸表では、貧乏侍の見本と見下《みくだ》されるほどに、質素な暮らしを強いられるようになった。

それ故に、新田開発・井堰灌漑《かんがい》工事は、藩としても家臣を養う為の、切羽詰まった悲願の事業だった。新田開発は、吉井川と旭川の河口を埋めながら今も続いている。

新田は既に八百六十町歩《ちょうぶ》（約８６０ha）を超え、一万五千五百石の米が新たに獲《と》れるようになった。楽ではないが、近頃、少しは凌《しの》ぎ易《やす》くはなっていた。

2

石工《いしく》・河内屋治兵衛《かわちやじへえ》

寛文《かんぶん》六年（１６６６）の穏やかな日の午後。治兵衛は、備前岡山藩の大横目《おおよこめ》（藩主側近《そっきん》の侍従長《じじゅうちょう》）・津田重二郎永忠《つだじゅうじろうながただ》に招かれて、妻の『古万《こま》』を大坂松屋町《まっちゃまち》の家に残し、岡山城下の出石町《いずしちょう》にやって来た。

大坂からは船旅で好天にも恵まれ、予定通り城下京橋《きょうばし》の船着場に上がった。大坂を出る前に今宮《いまみや》の戎《えびす》さんにお参りし、途中は西宮《にしのみや》の戎さんにも寄せて貰《もろ》うて、船旅と向こうの仕事が案定《あんじょう》に行きますようにとお願いした。その甲斐あってか、船旅の方は願い通りに…これなら仕事の方もと…足も軽く、大事な石細工の道具箱を担《かつ》ぎ、迎えのお侍さんの後を着いて川沿いの路を歩いた。

＝船から見えたァった、黒壁の何や厳《いかめ》しいお城を間近で見ィたら尚の事、堅丈夫《かたじょうぶ》で堅苦しィに見えるゥ。聞く所によると、代々池田の殿様《とのさん》は戦上手《いくさ》の武骨《ぶこつ》なお方やと…まァ、お似合いのお城やと、言うてしもうたら面白《おもろ》も何も無いけども、その儘《まんま》やなァ。このお迎えの侍はんらかて、お殿様に倣《なろ》うてかァ、型通りの事を言うただけで愛想《おあいそ》無っしゃ、これまた面白《おもろう》もクソも有らへんでェ…冗談《じょうだん》の一つくらい言うたらんかィ＝

と、歩きながら城を見上げて、治兵衛は内心で愚呟《ぼや》く。

治兵衛は、大坂の泉州《せんしゅう》（和泉《いずみ》）で生まれた。父親は河内屋《かわちゃ》を名告《なの》る腕の良い泉州石工で、松屋町に出た。河内屋というからには、先祖は河内の出身なのかも知れないが、治兵衛は屋号など何でもいいと、確かめた事もない。

城を過ぎて町中に入った途端、縄で縛られ引かれて行く僧侶と町人を見た。僧侶は悪怯《わるび》れる様子も無く、何か説教めいた事を訴えている。

「何でっかァ、あれは？」

「フジューセの者じゃ」

「ふじゅーせ？ …それ何だす？」

「知らんのか、不受不施《ふじゅふせ》を？ 日蓮宗不受不施派の信者達じゃ。あれは禁宗じゃのに、未だに棄《す》てとらんから、ああして捕まるんじゃ。困ったもんじゃで」

迎えの侍達は、互いに渋い顔を寄せ合って言う。

＝不受不施派がまだ此処には…＝

治兵衛には驚きだった。大坂の摂津・河内・和泉にも昔は不受不施の寺も在り、治兵衛が子供の頃には、時々まだ、何や法華のお寺さんが騒々しいと聞いた事もあったが。治兵衛は寺の事には関心が無かった。

＝死んで終《しも》たら、宗派は何でも構《かま》へんさけ、拝んで貰《もろ》うたらそんで良え。それにィ、世間で言うてる、あの世とやらにも興《きょう》が無い。死んで何処に行こうが、行ったら行った所の事や、そこでまた遣《や》りたいように遣ったら良ェ＝

ところが世の中の方が、治兵衛を放って置かない。この年、幕府の命令で不受派はキリスト教と同じ禁宗となった。これが否応《いやおう》無く、治兵衛の周りをも取り囲んでゆく。

＝大坂にも、その信者が居てたのかも知れんが、役人に逆ろうて迄《まで》というのは聞いた事が無い。それがこの備前の国に来た途端…殺気立った空気が、一息一息の中に混じり込んで来る重々しさが…。何や此処は、難儀《なんぎ》な国かも知れん。仕事が終わったら、さっさと大坂に去《い》んでもたろう＝

治兵衛は来た早々、そう決めた。

程なく、出石町《いずしちょう》の住まいに案内された。木塀に囲まれた小ぢんまりとした屋敷で、小庭と玄関付きに三間《みま》と台所。一人住まいには、贅沢《ぜいたく》過ぎるくらいの家だ。近くには、大坂から呼び寄せる石工達の長屋も用意してくれたと言う。

単身でやって来た治兵衛を気遣って、身の回りの賄《まかない》に老婆も通いで来てくれる手筈《てはず》に。言葉に違《たが》わぬ手配を、津田様は為《し》てくれていた。この藩の世情はどうあれ、約束と仕事の段取りだけはちゃんと付けて貰えるのだと、治兵衛は一安心した。

『相手が違《たが》えん限り、こっちかて約束通りの、否《いや》それ以上の物《もん》を造って、殿様や津田様だけやない、備前の田舎者を、唸《うな》らしたろうやないけェ』
そう決心すると、治兵衛の闘志に火が着き、体がカァーッと熱くなって来た。

翌日、用意された着物に身を調え、迎えに来た津田様付きの徒人《かちびと》に案内されて、城中に入った。遠眼に見た石垣も、近くで見ると巨大な岩の様だ。表面は削られ角《かど》も作られ、きっちりと収まっているが、治兵衛達の石工とは石の扱い方が異なる…細工が無い。

自然石を使う石垣築《いしがきつき》に長《た》けた集団には、近江に穴太衆《あのうしゅう》が居るが、治兵衛らは和泉国日根郡《いずみのくにひねごおり》（阪南市から岬町）を本拠とし、地元で産出される和泉石（和泉砂岩）を使った石細工の集団。古くは古墳時代の長持型石棺《ながもちがたせきかん》もこの石で造られ、この頃から石工が活躍していた証で、霊場高野山に残る鎌倉時代の五輪塔群や戦国大名の武田信玄の五輪塔も、彼等の手に拠る物だ。身近な物は石臼《うす》・茶臼・手水鉢《ちょうずばち》なども大量に作り、墓碑や石碑は「細密にして文字顕然《けんぜん》たり」と賞賛され、京や諸国に出掛けては、石鳥居なども造った。

泉州石工の腕の凄さは、京・大坂では知らぬ者とて無く。噂は、岡山藩にも届いていた。

主君・池田光政から、祖父・輝政と父・利隆の墓を、京都より移転せよとの命を受けた寛文五年（1665）、光政の娘・通姫《つうひめ》の嫁ぎ先となった一条教輔《いちじょうのりすけ》や、陽明学者《ようめいがく》の熊沢蕃山《くまざわばんざん》の奨《すす》めで、永忠は大坂で治兵衛と会った。

永忠は二十四歳、治兵衛は二十二歳。二人とも活きの良い若者同士。出あった瞬間に、気の合うものを感じ取り、話はとんとん拍子に進んだ。

永忠はこの前年、藩主光政から知行《ちぎょう》三百石を賜り、徒《かち》横目（側近の侍従）三名、下士《かし》の徒《か》人《ち》二十名を預かる大横目となり、評定所にも列座する身分となっていた。

その僅《わず》か二年前にも知行百五十石を下賜《かし》されたばかりで、家老達を始め同僚からも、異例の出世振りを嫉《ねた》む者が多く、その抵抗も大きかった。それは裏返せば、藩主の期待が大きい証《あかし》であり、若い永忠は意気に感じ、その思いに応えようと熱く燃えてもいた。

その手始めが、先祖墓所の造営だった。河内屋の石工の中で、治兵衛を選んだには理由があった。無難に造るなら、父親の棟梁《とうりょう》に頼む方が良いのだが…。永忠は事前に何度も足を運び、下士ともども、河内屋と関わりのある店や知り合いを訪ね、その内情を調べた。

棟梁の腕に間違いは無い、泉州一との評判。治兵衛の兄の方も、腕は確かで人柄も良い。ただ素直というのか、棟梁に命じられるが儘《まま》に矻々《こつ》と仕事を捌《さば》いてゆく。逆らうことが無いが…押しの強さも無い。

備前の者は扱《あつか》い辛《づら》い。反骨心が強いというか、臍《へそ》を曲げたら永忠でも手を焼く。兄の方では、備前の国では通用すまい。

その点、弟の治兵衛は、父親似で喧嘩早いし喧嘩も強いと聞いた。面構《つらがま》えを見ても、向こっ気の強さが現れている。腕前も兄に劣らず。そして、永忠が特に気に入ったのが、治兵衛の対応能力。現場で難題が持ち上がっても、棟梁にも相談せず、自分で新たな方法を考え、人を指図して遣《や》り遂《と》げる、知恵と行動力と胆力を持ち合わせている。たとえ失敗しても言い訳せず、また遣り直すという。仕事を投げない忍耐も有る。

永忠が墓所の仕事を任せるには、打って付けだ。それに加えて若い事、年も二つ下だ。永忠は雇い主で藩の重席といっても、相手が年上では何かと気を遣うことも多い。殊《こと》に藩主の光政公は「儒教狂《じゅきょう》い」と揶揄《やゆ》される程のお方、年長の者には礼節を心掛けなければ…その点に於《お》いても治兵衛なら。

更に永忠には思惑《おもわく》があった。若者を使い、若者でも実力さえ有れば立派な仕事が出来る事を示せば、それが永忠自身の昇進の正当性の証《あかし》にもなる。若くて活きの良い治兵衛こそ、最も相応《ふさわ》しい。

『石工として棟梁格として…招こう、備前に』

永忠が、同じ立場に立つ若者を求めたには事情があった。

城内には、光政の藩政への抵抗が多々あった。家老職の年寄り達は、何かと改革を嫌がる。評定に於《お》いても、昔からの仕来《しきた》りはどうだこうだと並べ立てるばかりで、終わった後もだらだらと昔話の雑談を続けて、帰ろうとしない。

家臣の諫言《かんげん》（厳しい評価や意見）を受け入れようと『諫箱《いさめばこ》』まで設けた光政も、聊《いささ》かうんざりとしていた。永忠は、末席から口火《くちび》を切った。

「評定《ひょうじょう》が済み候《そうら》わば、各々《おのおの》様、お退出《たいしゅつ》なされ可《べ》く候う」

＝何時までもぐだぐだと戯言《ざれごと》を言っていないで、さっさと帰れ＝と、正面からその言動を批判した。無論、家老達は黙ってはいない。

「余りの事を！　殿ッ、重二郎の申し様《よう》たるや如何《いか》にッ！」

永忠の無礼を責め、光政にその処分を迫った。光政は、内心ニヤリと北叟《ほくそ》笑んだが、顔には出さずサラリと言って退《の》けた。

「さても、余《よ》が見る処《ところ》に違《たが》わず。思う事を、憚《はばか》り無く言う者なりと思いたりに、果《は》たして然《しか》なり」

＝思った通りだ。永忠は、思う事を遠慮なく言う奴だ。で、それがどうした？＝
と、家老達に言い放ち、永忠にはお咎《とが》めなく、これまで以上に重臣として扱い、藩の改革を断固として進める決意を、城内に示した。
光政は期待通りの活躍をしてくれる永忠を、益々《ますます》気に入っている。
こんな経緯《けいい》もあり、余程《よほど》に腹の据《す》わった男でないと、墓造りも容易ではあるまいと、永忠は治兵衛の胆力に期待を掛けた。

堅苦しくないように、永忠は着流し姿で治兵衛と会った。武士と町人の隔《へだ》たりなく、治兵衛は時折、冗談や面白話も交えて応え、和やかな内に対面の挨拶を終えて、大まかな仕事の話に入った。

元々、大坂の者達は自分達の事を、武士と同格だとでも思っているらしく、一応型通りの挨拶の後は、仲間同士のような話し方をしてくる。

上方訛《かみがたなま》りというのか、砕けたものの言い様が、そう感じさせるのかも知れない。時々、永忠も面喰《めんくら》う事もあるが、話としては進め易《やす》い。

永忠は墓所の概要について、場所は港から遠く離れた山の頂《いただき》になるだろう事、墓碑その他も全て儒教《じゅきょう》に従い為《な》されるので、事前の調べ置きも必要である事などを、治兵衛に説明し承諾《しょうだく》を得た。

それから半年、儒葬の下調べと腹積もりも決め、石工の顔ぶれも揃えた頃、お城から呼び出しがあり、津田様と会う城内の部屋に通された。柱、廊下、襖《ふすま》のどれをとっても、商家の造りとは違い、武家造りは大掛かりで厳《いかめ》しい。治兵衛にはどうも、居心地が悪い。

暫く待たされたが、茶菓子も出ない。聞きしに勝る渋い藩だなと、思っていたら「大横目、津田永忠様がお出ましである」と、障子越しに重々しい声がした。居住まいを正し、教えられた通り両手を着いて深く頭を下げる。

足音、障子の開く音、足音、座る音に続き「頭《かしら》を上げぃ」と声が飛ぶ。仰せに従い、頭を上げる。見覚えのある顔が、前に並んで澄まし込んでいる。以前とは異《ちが》い、裃《かみしも》を着ているから別人に見える、声まで別人の様…。そのまま畏《かしこ》まっていると、横に突っ立っている侍が、書状を取り出し読み始めた。

「泉州石工、河内屋治兵衛。此の度《たび》、備前岡山藩、ご先祖墓地造営に付き其の細工《さいく》一切の御用……云々《うんぬん》。

以上、申し付くる物也《ものなり》」

『何や、小難しい事を晒《さら》しやがって』と、聞いている内にようよう読み終わって、その書状を勿体《もったい》ぶって畳《たた》み、治兵衛の前に差し出した。

津田様が目配せしはると、お付の侍達は部屋を出て行きよった。

二人きりになった途端、津田様は以前と同じにこやかな笑顔で話しかけてくれはった。

「はははは。久し振りだな、治兵衛」

「難しく聞こえたかも知れぬが、以前、頼んだ事を、お殿様が、改めてお前に頼むと言う事だ…一つ宜しくな」

それからは、打ち解けて話も進んだ。そうこうしていると、やっと綺麗どころのお女中さん方が茶菓子を運んできた。治兵衛は、運ばれた物をまじまじと見た。どう見ても粗末な番茶に草団子…。

「どうした治兵衛？　遠慮は要らんぞ」

「へぇ、戴《いただ》かせて貰いまっけどォ…。これやったらァ、大坂の裏通りの茶店の方が、余《よ》っ程《ぽど》、上物《じょうもの》に思えまんねんけどねェ…」

治兵衛は、ついポロリと本音を洩らした。

「ハハハハッ、その通りじゃな」

と、永忠も答え、二人は大笑いをした。

「そしてこれが…今の我が藩の財政状態そのものじゃ、贅沢《ぜいたく》は出来ん」

永忠も、藩の懐《ふところ》ぐあいをポロリ。それから四半刻《しはんとき》、談笑して治兵衛は、お城をお暇《いとま》した。


翌日から、治兵衛らは石切り場に案内された。船で対岸の児島に行く。飽浦《あくら》・宮浦・阿津にかけて、海岸沿いに花崗岩の石切り場が在った。量も多い、大きな石も採れる、石に粘りもある…が、少し目が粗い。石段や柵には使えても、藩主の墓には…。治兵衛は、忌憚《きたん》無く其の事を、案内役の徒人《かち》侍に伝えた。

翌朝も迎えが来た。昨日は手漕《てこ》ぎの小船だったが、今日は帆付きの大きな船だ。湾を出て、瀬戸の外海《そとうみ》に行くのだと言う。乗り込むと太口平太《ふとくちひらた》という石材船だった。あちこちに石の欠片《かけら》が落ちている。石割りの玄翁《げんのう》や石鑿《いしのみ》、木のセリ矢も置かれているし、積み下ろし用の大きな轆轤《ろくろ》（神楽桟）には、太い麻綱《あさつな》が巻かれている。

今日は、沖合いにある犬島に行く。そこは良質の御影石《みかげいし》（花崗岩）が採れるらしい。船が出る頃になると、備前石工達も乗り込んで来た。

冷やかしと言うより、憎しみと怒りを込めた眼で、治兵衛達泉州石工を睨《にら》む。治兵衛も負けてはいない。一人ひとりの顔を、念入りに睨み返す。役人が一緒でなければ、すぐにでも喧嘩が始まりそうな気配になった。

備前石工達は顔を寄せ、治兵衛の方を見ながら密々《ひそひそ》話をしている。悪口を言っているに違いない。話の断片が聞こえてくるが、何を喋っているのかさっぱり解からない。異邦人の言葉のようだ、京や大坂の言葉は、江戸辺りとは随分と異うらしいが、此処の備前の言葉は、皆目《かいもく》解からない。

『ついこの先の播州までは話が通じるのに、何や船坂《ふなさか》とかいう峠を一つ越えたら、まるで異国や…同《おん》な《な》じ人間やとは思われへん』

こんな所で、まともな仕事が出来るのだろうかと、治兵衛は少し不安になった。

後日、治兵衛は、津田様から輝政公の墓所図を渡された。中国の儒教の葬礼《そうれい》に従って造るのだと言う。図面には、日本で使っている長さの和尺《わじゃく》とは別に、中国の周《しゅう》の国で使われたという、周尺《しゅうじゃく》が書き込まれている。和尺の寸法が、何分何厘《ぶりん》何毛《もう》まで小さく記入さているのを見ると、基《もと》は周尺を使っている事は明らか。

《周尺の一寸＝和尺の六分四厘二毛で周尺は和尺の1・56倍》

ここまで細かな寸法を扱った事は治兵衛もない。それに削《けず》り出す墓石や石門の形も、今迄の神社仏閣のものとは様子も違う。彫刻細工もある…。

流石の治兵衛も黙り込んだ。どうしたものか？　戸惑いながら図面を見つめ、その一つ一つをどう切り出して行くか、思案を巡らせた。

難しい、確かに難しい、どう切り出していいのか見当の付かないものも在る。だが……遣《や》り甲斐《がい》はある…。

「退屈《たいくつ》せんで、済みそうや…」

図面を見つめたまま、治兵衛は自分に言い聞かせるように、独り言を言った。

「そうか、なら頼むぞ、治兵衛」

治兵衛は顔を上げた。永忠に向けた顔は、今迄に見せた事もない程に、険《けわ》しくて真剣なものだった。

だが、永忠を見据える眼にはたじろぎが無い。奥に不屈の闘志が燃え始めているのが、犇々《ひし》と伝わってくる。

忠永は、ほっと一安心した。治兵衛なら必ず遣ってくれると信じてはいたが…もし、頭《かぶり》を横に振られたら…永忠も只《ただ》では済まない。

その能力を疑われ、責められる。永忠の失敗は、異例の抜擢出世をさせた藩主光政の失敗ともなり、引いては目指す政事《まつりごと》にも重大な阻害《そがい》となる。

「入用があれば、何なりと遠慮なく言うてくれ。必要なものは、何としてでも用意する」

これが、永忠の決意。治兵衛は、黙って頷《うなず》いた。

それから一月、治兵衛は思案に明け暮れた。簡単なものから先に切り出しの算段を決め、それを大坂から呼んだ石工の小頭《こがしら》に指図して、準備を始めさせた。

結果として、図面通りの物を造り上げるなら、大まかその算段は付いた。だが治兵衛はそれでは気に入らない。差し置かれた地元の石工達は、大坂の石工達を目の仇《かたき》にしている。その気持ちは、治兵衛にも痛いほど解かる。だからこそ、彼等の度肝《どぎも》を抜き、流石に敵《かな》わないと、その出来映えを納得させなければ、備前の石工衆にも失礼だし、選ばれた泉州石工の面目も立たない。

細かな所は、別に細工をして継ぎ合わせる手もあるが、それは不細工というもの…。

『大きな石使うて、一つ物で全部細工したんねん。見とれやァ』

治兵衛は、更に思案を巡らせた。

この前、永忠は、前年から一年半の歳月をかけ、光政に命じられていた墓地の候補地を探しに、領内の東端にある和気郡内の山々を歩いた。東と決めたのは、光政が強く郷愁《きょうしゅう》を抱く播州の地と接しているからだった。結果、木谷《きだに》村の延原《のぶはら》と、脇谷《わきだに》村の土休《どきゅう》と、敦土山《あづちやま》の三ヵ所を復命《ふくめい》（報告）とした。

光政は、《墓地の選定は一族の者が行う》という儒教の掟に従い、永忠を案内役として、自ら三ヵ所を巡った。敦土山からは、東に見える山の向こうに嘗《かつ》て祖父の輝政と父の利隆が治めていた播州が在り、西はここから始まる備前の領地、遠く北の山は美作《みまさか》往来を通り、以前に光政が治めていた因幡《いなば》・伯耆《ほうき》に続く。此処が、池田家の由緒《ゆいしょ》と望郷《ぼうきょう》の地として、最も相応《ふさわ》しく思えた。

そしてこの敦土山の地は『和意《わい》（意《い》に和《かな》う）』として和意谷《わいだに》と改められた。もう一つの延原は閑谷《しずたに》と改められ、藩の手習所が造られる事となる。

墓地も決まった、石の算段も出来た。後は足らない石工の数、津田様にお願いを。

「数が足らぬなら、備前の石工を使《つこ》うてはくれんか。備前の者にも学ばせたいと思うが」

「津田様、この仕事は些細《ささい》な失敗《しくじり》も許されまへん。私《わて》にとっても初の大仕事だす、厄介《やっかい》な事は出来るだけ避《さ》けとうおます。と、言うのも…私《わて》ェちょっと気ィが…」

治兵衛の気が短く、喧嘩早《けんかっぱや》い事は下調べの時に聞いていた。そこが良い腕を持ちながら大仕事を任されない理由でもあった。そこは承知で、永忠は見込んだのだが、本人もそこを気にしているなら…喧嘩沙汰《ざた》になっては。

「そうか…なら、大坂から呼ぶが良い」

「へぇー、勝手言うて済んまへん。その代わり、見るだけなら何ぼ見てもろても構《かま》しまへん、邪魔んならん限り」

治兵衛の仕上げを見れば、それ以後は備前石工も納得して言う事を聞いてくれるだろう。が、それが判るのは仕事が終わった後の事だ…。立場が逆なら、治兵衛だって素直《すなお》には従わない。

治兵衛は率直《そっちょく》に事情を話し、永忠も万が一にも不備は許されないと、治兵衛の意見を取り入れた。大坂から呼んだ石工の内、単身者は、京橋《きょうばし》を渡った旭川の中洲にある西中島《にしなかじま》の旅籠《はたご》を借り切り、妻子同伴の者は、京橋近くの橋本町《はしもとちょう》から船着町《ふなつきちょう》の界隈《かいわい》の裏店《うらだな》に住まわせた。

大坂の石工達は、城下に住むなり驚いた。芝居《しばい》小屋も寄席《よせ》小屋の一つも無い。御城下の港町近くだというのに、遊廓《くるわ》も無ければ夜鷹《よたか》も居ない。居酒屋に入っても酌婦《しゃくふ》も居ない。夜ともなれば、静かなものだ…本真に怖いくらいに…。

石工達は、口々に嘆《なげ》く。

「此処は、人の住む所《とこ》と違《ちゃ》う。これやったら、北摂《ほくせつ》（北大坂）池田の山ん中の方が、余っ程に賑《にぎ》やかやァ」

確かに皆の言う通りだ。治兵衛も初めの頃は、城下と雖《いえど》も、夜な夜な狐狸《こり》はおろか狼《おおかみ》や猪《いのしし》まで徘徊《はいかい》しているのではと、本気で思ったものだ。

「それに、あの烏城《うじょう》とかいうお城、昼間に見たかて真っ黒で気色良うないのんに、月夜の晩にあの城見てみぃィ、大きな影法師がぬぼぉーッと胡坐《あぐら》かいてるみたいやでぇ。…きっと妖怪《ばけもん》かて、住んでるに違いないい」

「ここの殿さん、武骨も此処まで行ったら、唐変木《とうへんぼく》や。第一、廓《くるわ》が在らへん、船宿行っても女郎も居《お》らん。ようよう捜したら『けころ』やと言う、布団なんかは敷いてない、お座布《ざぶ》の上に蹴《け》り転《ころ》がして、事に及《およ》んで《はい何程《なんぼ》ぉ》やて。味も情けも、何《なん》も無ィッ」

「ほんまになぁ。此処に来ィたら、上方歌舞伎《かみがたかぶき》の名優の坂田藤十郎《さかたとうじゅうろう》かて、道頓堀《どうとんぼり》の立《た》ち杭《ぐい》や…突っ立ってるしか用が無い、何も出来《でけ》へん」

「せやせや、まるで清流《せいりゅう》の泥鰌《どんじょう》やァ、清らか過ぎて生きてられへん」

大坂の者ばかりの身内の話、違《たが》った事でもないから愚痴話だと聞き流していたら、言い長《た》け放題になってきた。

「それこれと言うのもなァ、ご城主の光政はんがァ、何や『傾城歌舞音曲法度《けいせいかぶおんぎょくはっと》』てなもんを、出さはった所為《せい》やて。遊び贅沢《ぜいたく》を禁止するなら、お侍はん達だけにしィたらええねン。何ぼ、減封《げんぷう》されて台所が苦しい言うたかて、庶民《しょみん》の所為《せい》やあらへん、質素倹約《しっそけんやく》するのんは結構《けっこう》やけど、それはあんた等だけにしてくれへんかァ、何《なん》もこっちの者《もん》まで、巻き添えにする事ないやろォ…」

この人達は、こういう事には遠慮が無い、正しい事を正直に言う。まあまあと思っていたが、御政道《ごせいどう》の批判まで口に出し始めると、治兵衛も放っては置けない。

「その辺《へん》で止めときッ、言うてもしゃーない。そんな事を聞かれてみィ、此処のお役人さんは、大坂よりずーっと厳《きつ》いでぇ、お坊さんにかて容赦《ようしゃ》が在らへんのや。それにお前等《まんら》ァ、仕事に来たんや、遊びに来たんと違《ちゃ》うねんでェ、ええなッ」

仕事以外の事で、お叱《しか》りを受けるなんぞは馬鹿げている、治兵衛はしっかりと釘《くぎ》を刺《さ》した。

石工達も、同じ愚痴は何度か言うと飽きてくる、無いものは無い仕方が無い。

《色気の無い酒呑んでもしゃーない。一汁一菜《いちじゅういっさい》の精進飯《しょうじんめし》食て、恋しい廓のどんちゃん騒ぎ、夢見て寝るしか仕様が在らへん》

と、浪速《なにわ》の男泥鰌《どじょう》達は、清流で住む覚悟を決めたが、奥方の方はそれでは済まない。

《出掛ける所《とこ》無い。言葉も解からん、喋りも出来ん面白《おもろ》ない。退屈で敵《かな》わん、もう居てられん》と、旦那を清流に置き去りにして、大坂に帰る者も出る始末。

藩主光政様は余程に、戀《こい》しい顔を見たことも無い祖母の糸姫《いとひめ》（糸子）様と、敬愛して已《や》まない祖父・輝政様の墓石を、和意谷のお山に、共に並べて建てたかったのだろうと、治兵衛は思った。

最初の命では、墓は二つと聞いていた。それが途中から一つになった。墓造りを命じられた大横目の津田様も、さも残念な様子で、治兵衛に洩《も》らした。

「豊後《ぶんご》（大分：糸姫の実家）の糸姫様の分骨が叶《かな》わなければ、墓の事も叶わぬでなァ…」

しかし、どうあっても、和意谷とは別の城内の祖廟《そびょう》には、予定通りに、二つ並べて造るという。石工があれこれと考える事ではないが…沙汰変わりが多いと仕事の都合にも影響するし、ついつい詮索《せんさく》したくもなる。

光政の父で姫路城主だった利隆の実母は、輝政の正室《せいしつ》の糸姫。豊後の中川清秀の娘・糸子。輝政が、徳川家康の次女・良正院督姫《りょうしょういんとくひめ》を継室《けいしつ》とする前、病弱の為に利隆を残し離縁して（一説には家康がそうさせたとも）、豊後の実家に戻り他界した。

輝政の、糸子に対する未練の思いは強いものがあったのだろう。それを知っている光政は、自分の直系の祖母である糸姫を、是非にも祖父の輝政と並べて、自分が見定めた脇谷の敦土山に眠らせたいと願った。《是非に》と、豊後の中川家に分骨を願い入れたが…叶《かな》わなかった。

諦めるしかない…その代わり、義母督姫の並葬もしなかった。結局、督姫は、実子・忠雄《ただかつ》が治める因幡《いなば》・伯耆《ほうき》鳥取藩の菩提寺に祀《まつ》られた。

光政は、一族・家臣達には解かるように、城内の廟墓に二つ並んで墓碑を立て、その願いを成就した。

『あれで殿さんの、人情と意地を示さはったんやろなァ…』

墓碑を刻んだ治兵衛は、光政の胸中を思った。出来るだけ自分の思うが儘《まま》に本音で生きようとしている治兵衛にでも、本音《ほんね》と建前《たてまえ》、世渡りの裏と表は避け切れないが。

=世の中で一番偉そうにしたァる、お侍《さむらい》はんも、なかなか思い通りには行かへんのやろな。

そん中でも、一番上《いっちゃん》の殿さんに成ってしもたら、藩の為《ため》、家臣の為、ご先祖の為や言うて、縛られるもんが仰山《ぎょうさん》あってェ、自分の嫁《かか》すら好きに選ばれへんやて…何とも憐《あわ》れなもんやで。
そこへ行ったら、私《わて》なんぞ幸せなもんやァ、恋女房の古万《こま》と、ずーっと一緒に居られんにゃさけ。ほんで、腕さえ良かったら、下の者を引き連れて、あれこれ指図しながら思うような仕事が出来るぅ。石工の頭《かしら》くらいが、丁度良ェーにや。どないやァ、池田の殿さん…羨《うらや》ましいやろう＝
そんな悪態《あくたい》を心の中で吐《つ》いて、北叟笑《ほくそえ》んでみたが、自分が殿様やったらと思うと、笑いはすぐに消えて終った。

3

和意谷墓所《わいだにぼしょ》

池田家の興《おこ》りは、平安時代の末期に、大江山の酒呑童子《しゅてんどうじ》を退治した源頼光《みなもとのよりみつ》から四代目の泰政《やすまさ》が、美濃《みの》の池田郷の土豪《どごう》として居住し、代々池田姓を名乗った。南北朝時代の教政《のりまさ》は、楠木正成《くすのきまさしげ》の子、正行《まさつら》の遺腹《いふく》（楠胤説《なんいんせつ》）ともいう。

戦国時代、恒利《つねとし》の妻・養徳院が織田信長の乳母《めのと》となり、子の信輝《のぶてる》（後の恒興《つねおき》）は、信長の遊び相手として育つ。その信頼も得て桶狭間《おけはざま》の戦いにも従い、その後も数々の戦功を上げ、四宿老の一人となった。

信長の死後は秀吉の家臣となり、家康相手の長久手《ながくて》の戦いで戦死を遂げる。その子の輝政が後を継ぎ、小田原攻めの後、吉田（豊橋）十五万二千石の城主となって、関ヶ原の戦いでは家康に味方して岐阜城を攻略し、播磨五十二万石の城主となった戦国大名だ。

その池田家の墓は、京都妙心寺の塔頭《たっちゅう》（小寺）のひとつ護国院《ごこくいん》に在った。護国院というのは恒興の法名で、母の養徳院が追福の為に建立していた。慶安《けいあん》元年（1648）失火により、堂塔だけでなく歴代の位牌まで焼失した。その時、寺の僧侶達は遊山《ゆさん》に出掛けていたと知り、光政は怒り、懇願《こんがん》されたが寺の再興は許さなかった。

光政が改葬と決めたのは、焼失が切っ掛けにはなったが、他にも理由があった。京都の菩提寺は岡山からは遠い、それに光政は儒教に傾心していた。儒式の墓を造りたい、そこに敬愛する祖父と父を祀《まつ》りたい、その思いが強かった。

寛文七年（１６６７）一月、和意谷《わいだに》墓所造営の命が下される。治兵衛も、十七日から弟子達を連れて犬島に渡り、切り出された石の荒削りを始めた。犬島の石切《いしきり》奉行は、中村太郎衛門・新谷孫七が当たり、手代（配下）に二名が付き、切り出しの棟梁には、備前石工の仁左衛門と七兵衛が当たる。

治兵衛は、石の削り代も含め、船積み岡《おか》曳《び》きの負担や、割れ欠損の回避と歩《ぶ》留《ど》まりを考慮《こうりょ》して、切り出し石の大きさと数を、予め津田様に出しておいた。墓の組み立て順序を、頭に描き図面にも書き込み、その逆を辿《たど》って石切りの順番を決めた。

犬島の備前石工達は、忠永から渡された大きさと切り出し順序の指示書に従って切り出して行く。犬島は、島そのものが花崗岩の塊《かたまり》だ。石切り場は、切り取った跡が垂直な壁の大きな階段状になっている。

石工は、切り出す大きさに墨を引き、その線の上に等間隔に石鑿《いしのみ》でＶ字形の箭《や》（矢）穴《あな》を開け、中央の位置から左右交互に外側に向かって、硬い樫《かし》や欅《けやき》で作った木製の楔《くさび》（セリ矢）を、玄翁《げんのう》で打ち込んでゆく。打ち込んだ楔に水を掛けると木が膨張し、いとも簡単にパカリと割れる。

小さな石は、何個分か括《まと》めて切り出し、下に降ろしてから細割りする。ここの石工は手馴れた者で、注文通りの石を次々と切り出した。

切り出された石に、最終的に削り出す形の墨を入れ、その外側に、荒削り用の本墨と削り代《しろ》の捨て墨を引いてゆく。後、同じ形の石は、徒弟の小頭に引かせる。仕事が捗《はかど》るだけでなく、小頭も技術の習得になる。徒弟達を育て上げるのも棟梁の大事な仕事。そうやって、大坂の石工達は、集団としての技能を高め、その名声も守って来た。

石は出来るだけ小さくした方が運搬の負担を考えるといいのだが、衝撃《しょうげき》には弱くなるし、底面は大きく平らな方が安定が良い。船の積み降ろしの轆轤《ろくろ》吊《づ》り用に麻綱がしっかりと巻き付く溝も要《い》るし。その当たりを考慮して、石を切る。

切り出し石の一つ一つを、図面と照合し、慎重に治兵衛は墨を入れて行った。石工達はその墨に従って、金槌《かなづち》の玄翁《げんのう》・石頭《せっとう》・コヤスケや種々の石鑿《いしのみ》を使い分け、手際良く切り落とし削る。

荒切りされた石は船着場に運ばれ、積み込み順に並べられてゆく。作業は春まで続き、四月十九日切り出しは終わった。

大きな物は、輝政公の碑石《ひせき》が、臍《ほぞ》入りまでの長さ和尺一丈二尺《いちじょうにしゃく》（約３・６ｍ）、広さ三尺五寸《ごすん》（約１ｍ）、厚さ二尺五寸（約75㎝）、それを載《の》せる亀石《かめいし》は、長さ一丈《いちじょう》（約３ｍ）、広さ五尺六寸《すん》（約１・７ｍ）、頭部の厚さ四尺五寸（約１・４ｍ）、尾部の厚さ三尺五寸（約１ｍ）。利隆公の碑石も略《ほぼ》同じ。赤穂藩主で上道《じょうどう》郡小林寺より改葬の輝興《てるおき》様のものは、少し小さく長さ六尺（約１・８ｍ）。その他、台石・御門柱石も含めて四十六の石材が並んだ。

治兵衛は小振りな石の表面を五つばかり磨いて見た。堅く肌理《きめ》も細かく、色も浅黄を帯びた肌色《はだいろ》で良質の御影石《みかげいし》（花崗岩《かこうがん》）だ。墓が出来れば、日に輝いて眩《まぶ》しいくらいになるだろう、仕上がりの姿を思い描くと、気持ちが昂《たか》ぶった。

永忠は総奉行として、全ての監督に当たっていた。翌日の二十日、犬島から片上《かたかみ》港への石の運搬が始まった。輸送奉行は、中村久兵衛と小林孫七の二名、前日より鉄砲組配下の軽輩《けいはい》や足軽《あしがる》達を人夫として、二百人を引き連れ待機していた。

積み込みは、朝六ツの下《げ》（午前七時二十分）から始まり、四ツの下（午前十一時二十分）までの僅《わず》か四時間という速さで終了させた。

積み込んだのは太口平太《ふとぐちひらた》（平田）という大型の石積み船三艘《そう》。平太船は、荷運び用に造られた船の名だが、石積み専用の船を示す事もある。

船には、向きを変えられる大型の吊り轆轤《ろくろ》が付いているが、碑石と亀石はとにかく大きくて重い。万が一も許されないから、陸側にも、土台に巨石を載せて安定させた二基の轆轤を立て、吊り上げを補助させた。

碑石と亀石は、莚《むしろ》を巻き、木枠に動かぬようにしっかりと縛り付けて載せる。こうして木枠ごと吊り上げれば、多少の手違いが起こっても、木枠が緩衝《かんしょう》となり、石が助かる望みも高くなる。それに、片上の港で陸曳きの修羅《しゅら》に載せ替える時の、負荷も軽くなろう。

津田永忠は、当日二十日の朝五ツ（午前八時）に黒田甚七を連れ、犬島に着いた。墓の造営も半ばに差し掛かっている。地元領民の目にもその様子が窺《うかが》い知れるようになる、その初めがこの石曳《いしび》きだ。大役を仰《おお》せつかった事を誇《ほこ》りに思う一方、その任の重さに押し潰《つぶ》されそうでもある。着くと早々、永忠は治兵衛を呼んだ。

「どうじゃ、段取りは？」

「へぇ、此処までは手筈《てはず》通りに出来《でけ》てますぅ」

治兵衛が一安心した顔を見せると、永忠もほっとした顔になった。

「そうか、良《よ》う遣《や》ってくれた…ご苦労じゃ」

この男を選んで本当に良かったと思う。

儒式は、治兵衛にとっても初めての筈。それに原寸は、周尺という古代中国の長さで決められている。周尺の一尺は、和尺の六寸四分二厘に当たる。和尺で石を切り出し、組み合わせて行くのは至難の技だろうに、この男は、その苦悩を口にも顔にも出さないし、自信が有るとしてもそれを誇《ほこ》る事も驕《おご》る態度もない。

ただ真摯《しんし》に、仕事に立ち向かっている。この男なら、きっと遣り遂げてくれる…永忠は、改めてそう確信した。これなら任務の半分は肩の荷が下ろせる、後は、石の曳《ひ》き揚《あ》げとお山の地均《じなら》し。

「まだまだ、安心は出来まへん。石も、積むより降ろしと荷造りの方が、手間が掛かりますよってに…。それよりもっと辛労《しんど》いのんは、修羅の陸曳《おかび》きやないかと…峠と山の坂がァ。私《わて》は石細工は遣りまっけど、正直言うて、石曳きは殆《ほとん》ど遣った事はおまへんさけ、後は津田様にお任せするしか」

《もし、谷にでも落としてしもうたら…》

その想いには口を封じ、起こらぬ事と強く念じて、頭から消し去った。

永忠も確かにそうだと思う。何せ相手は巨石だ、思うにはなるまいし、誤《あやま》った方に動き出せば止められもしまい。決して楽ではなかろう…が、遣らねば。

「そうじゃのう、じゃがそこは所詮《しょせん》、力仕事じゃ、石曳きなら馴《な》れた者もおる、石垣の大石も運んでおるでな。用意したもので足らねば、坂曳きの轆轤や人夫は増やせばよい」

自分にも、そう言い聞かせた。後は慎重に、期日までにお山に運ぶ。永忠は、その日の九ツ（正午）犬島を出港させた。平太船三艘には、夫々《それぞれ》に小船が三艘ずつ付けられた。風があれば帆で走るが、凪《な》ぎはこの小船が漕《こ》いで曳く。

船はその夜、邑久《おく》郡虫明《むしあけ》の沖に潮待ちした。翌日、荷降ろしに都合の良い潮を見計《みはか》らい、六ツの上《じょう》（午前六時）に片上港に着岸し荷降ろしを始めた。

この荷降ろしには、太田又七が下級武士ら手勢四百人を引き連れこの任に当たる。輝政公の棹石《さおいし》（碑石）と亀石《かめいし》、武州（利隆）公の棹石は、片上村の内宮に曳き置かれる。太田又七は、大任を受け意気込んでいた。目前の細かな事まで、次々と指図している。永忠は傍に立ち、静かに語りかけた。

「ご苦労じゃの、又七。其方《そなた》は指揮官じゃ、処々《しょしょ》の事は手代に任せて置けばよい。其方は全体を見廻し、危うい所や手詰まりの所に人を配するように、指図を致せばよいのじゃ」

奉行から一々下知《げち》（命令）されては、気になって集中できない、却って手間取る。永忠の教えと配慮だった。

残りの石は、往来《おうらい》の分かれ口に、夜五ツの上（午後八時）までに曳き置かれた。

翌日から陸曳きが始まる。これに先立って、港から清水《しみず》越えの峠までの坂道、及び和気《わけ》から吉田《よしだ》までの往来の道、和意谷《わいだに》口に続く間道、そこからお山までの山道を、出来るだけ平坦になるように削り埋め突き固める道作りも成されていた。

前日、内宮に置かれていた三つの大石は、個々に修羅《しゅら》に載せられ、六筋の綱で一連に繋がれ、一つずつ送り曳きにされる。

《修羅【図1参照】というのは、大きな石や材木を運ぶ為の木製の橇《そり》の事で、仏典の中の『帝釈《たいしゃく》（大石《たいしゃく》）が阿《あ》修羅《しゅら》のために動かされた』という洒落《しゃれ》のような故事《こじ》から名付けられたという説がある》港を離れると間もなく、峠が待ち構えていた。

峠の頂上と途中の急坂には、轆轤《ろくろ》が設置してある。

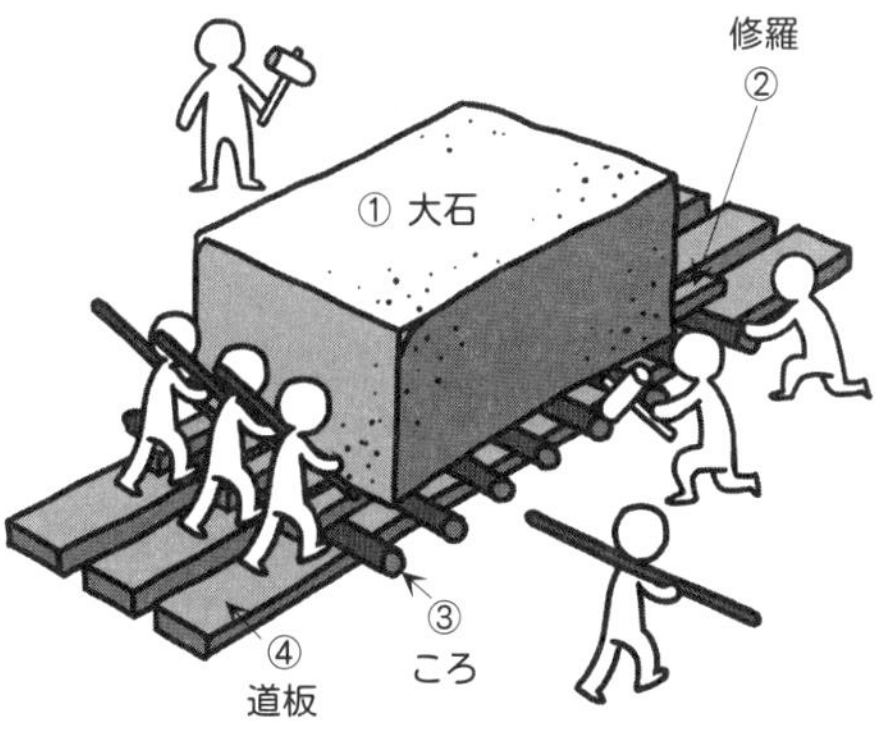

図1　修羅

《轆轤【図2参照】は、神楽桟とも書く。古墳時代の石積みにも使われ、その形は殆ど変わっていないといわれる。木製の台座の中央に、綱を巻きつける為の欅《けやき》などで作った太い巻き胴を付け、その胴の四方に丈夫な巻き棒を差し込み、その棒を多人数の人夫が押し回し、石や材木に繋いだ麻綱を巻き引きして、曳《ひ》いたり吊り上げたりする道具》

その最初の轆轤引きが始まった。

此処までの平地や穏《なだ》らかな坂は、修羅の下に丸太の転《ころ》を順次敷き並べ、前曳きの綱を人夫達が力曳きし、後ろは木製の梃子棒《てこぼう》を担いだ人夫達が梃子押しして運んで来た。転の丸太は、修羅の進行方向に垂直に並べる。斜めになると、修羅の方向も逸《そ》れるし進まなくなるから、左右に付いた人夫が木槌《きづち》や梃子棒で都度に細かく修正する。

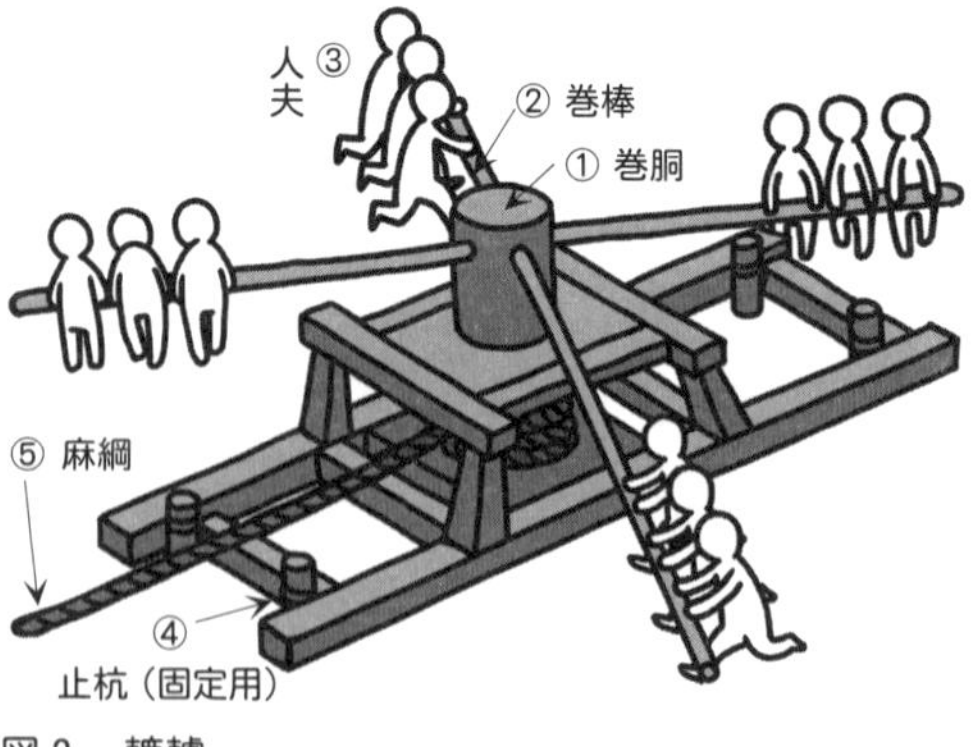

図2　轆轤

急坂は、後ろ側の転は使わず、尻を地面に着けて曳いた。負担は大きくなるが、転を敷いていて、もし綱が切れたり緩んだりして滑り出すと止められない。道を外れ谷にでも落ちたら一大事。次の石を切り出せば…では済まない。藩主の事業に傷を付ける事になる、許されるものではない。

石曳きの棟梁も、慎重に事を運ぶ。永忠も又七も、離れた所からじっと見守っている。見守ると言えば聞こえは良いが、実際には無事を祈りながらじっと見つめているだけだ。彼ら二人は、指揮監督はするが現場の作業が得意な訳ではない、現場は棟梁と人夫達に任せるしかないのだ。

曳かれた修羅の後には、直ぐに道の両脇に止杭《とめぐい》が打たれ、滑り止めの角材が置かれる。こうして少しずつ修羅は坂を上って、一つ目の急坂を越えた。

「又七ィ…あの坂を…上ったのォ」

三つ目の修羅の後姿を見つめたまま、永忠も興奮を抑え切れず、上ずった声で言う。

「はぁ、これで…和意谷口の間道《かんどう》までの…目途が立ちまする」

極度の緊張からやっと解き放たれた又七だったが、応える声はまだ震えていた。

峠を越えれば、後は和気までだだ下り（ただ下りの転?…下りだけの坂道）。時には引き綱を後ろに掛け、進む速度を制限しなければならない。そうして五月三日、途中の大中山村《おおなかやま》まで曳き着け、莚《むしろ》敷きの上に収めた。

大中山村には治兵衛ら石工が、二度目の荒削りのために待機していた。和意谷口から先は道が造られているとはいえ山道、長蛇《ちょうだ》のうねりのように曲がった坂道が続く。出来るだけ石は軽く小さくしておきたい。墓地の下見で歩いた治兵衛も、この山道は並大抵《なみたいてい》ではないと案じた。

時節は立夏《りっか》の頃、梅雨《つゆ》の先走りか、その夜から雨が降り続いた。片上に立ち帰った石曳き人夫達も、残りの石を修羅に乗せ桑原《くわばら》（福原）まで曳き着けた所で止め、竹垣をして雨の止むのを待った。が、雨は止む気配も無く、永忠はじめ奉行・人夫・治兵衛も含めて皆、一時城下に戻り待機を強いられた。こればかりは治兵衛にも成す術が無い。

五月十一日、やっと雨が上がった。修羅から台座に載せ替え、削り込みをする。治兵衛は、最終的な形を本墨として、その外側に削り込みの捨て墨を入れた。今度は、亀石の頭の部分も下底も削る。石工達も時に、台座の底に潜って鏨を打つ。

「ええかァ、どないな事があっても、鏨先《のみさき》より前ェ顔を出して打つんやないぞッ、眼ェ傷《や》るぞ。よう気ィ付けや」

鏨は普通、右上から左下に石を剥がすように打ち込んでゆく。そうすれば顔を引いても石に接する鑿先が見える。そうなるように身や石を回すが、大石は簡単には回せない。慎重になる程、削れ具合や鑿先の当たり具合を、つい見たくなる、それを見越しての、治兵衛の注意の念押し。石工の無事を気遣うのも棟梁の仕事と心得ていた。

「難儀《なんぎ》やったら置いとけ、私《わい》が切る」

亀石の頭周りは、治兵衛が自ら鑿を入れて削り込んだ。

「これで御山《おやま》まであんじょう（味良くの転：上手に）お願い致します」

「引き受けた。後は、御山で細工を頼む」

治兵衛にそう返事をした永忠は、中村久兵衛と小林孫七に、御山までの修羅曳きを命じた。それから、永忠は先立って吉田村で修羅を待ち、治兵衛は徒弟達を連れて御山に登り、造営のために建てられた仮小屋へ入った。

五月二十日、荒切りが終わり、石は再び修羅に乗せられ大中山村を出て和気・吉田を通り和意谷口に着いた。坂山の谷から二の御山まで、三ヵ所に上中下の轆轤を立てた。

胴巻きは、三尺周り（周囲約90㎝）の松の丸太の八方に一尺周りの巻き棒を付け、平らに突き固めた高さ四尺（約1・2ｍ）余りの轆轤山を築き、杭止めと置石で固定し、六十余人で順次引き回し、綱は途中に入れたセミと呼ぶ滑車を通して方向や力加減を変える。残りの人夫は、修羅の前綱曳きや梃子押しで引き上げる。

何と言っても曲がりくねった山道だ、無事には終わらなかった。道を造ったとはいえ俄《にわ》か仕事、削りきれない岩や石、張り出した木の根も在り、坂は段差を伴う。

ギギギー、ビシーーッ。嫌な音が、木立の中に響いた。曲がり道で、轆轤引きの綱が外れた。張っていた綱が緩み、修羅は谷を頭にして横向きになった…。そこは距離こそ短いが急坂だ、谷に落ちなくても横倒しになれば削り込まれた亀石の頭は間違いなく割れ落ちる。

修羅は止まらず、じりじりと滑っている。石曳きの棟梁はもとより、人夫も見守っていた奉行や手代達も、一様に蒼褪《あおざ》めた。棟梁は、急ぎ持っていた梃子棒を修羅の隙間《すきま》に突き立てた…。が、梃子棒一本で止められる筈もなく、直ぐに押し倒されて行く。前曳きの多くは、既に道を曲がって向きを変えている、直ぐには戻れない。

「梃子棒を刺《さ》せーッ、残りの者《もん》は止め杭じゃーッ、早う止め杭を打てー」

倒れ込む梃子棒を必死に支えて、棟梁は人夫達に下知《げち》した。直ぐさま、人夫達も次々に打ち込む。それでも、更に打ち込まれた梃子棒も止め杭も押し倒しながら、修羅はじりじりと滑り続ける。

棟梁は、修羅に置いてあった予備の綱を修羅の木枠に縊《くく》り付け、残りを山に向かって投げた。

「この綱を、その先の太《ふ》てぇ立木に縊《くく》れェーッ。早うせぇーッ」

棟梁は小頭に向かって叫ぶ。小頭は、綱を掴《つか》むと山を駆け上がり、力一杯綱を張って大木に巻き付けた。この予備綱と何本も打ち込んだ止め杭で、やっと修羅は動きを止めた。

棟梁は、その場に崩れ落ち、蒼褪めたまま手足と顎を震わせ続け…人夫達は、引き攣った顔で修羅を見続ける。時間が止まった…。

暫くの後、人間の憂いとは無縁の山鳥の鳴き声が、その束縛を解いた。

向きを直し、滑車も戻し、修羅は何とか、御山に引き上げられた。六月八日、片上港から御山まで五里の道を、日数三十九日で予定の物は運び上げ、残っていた下台二枚は二十日に、残りの石材は輝興のものは残し置いて、七月二日までに全てが御山に運び上げられた。

河内屋治兵衛が、本格的な石の細工に入ろうとしていた頃、御山では山を平《なら》し、遺骨を納める石室が築かれていた。一番大きな輝政公のものは、周囲が周尺の一歩六尺で七十歩（約82ｍ）。円墳の中央部に南北七丈《じょう》四尺六寸二分七厘（約14ｍ）、東西四丈《じょう》七尺七分七厘（約10ｍ）の穴を石垣で積み上げている。石は近隣の吉田村・働《かせぎ》村・門出《かどいで》村・神根《こうね》村の川筋から川石を運ばせ、野面積《のづらづ》みにし、四方の角や上部の縁《ふち》は切り石で整えた。

そこに納める遺骨は、治兵衛が岡山に招かれた年の寛文六年十二月十七日、京都の妙心寺から受け取り、伏見までは陸路で、そこから大坂までは川舟で下り、片上港までは海路を明神丸に乗せ、後はまた陸路で東に山陽道を八木山《やきやま》に入り、仮宮《かりみや》（鏡石《かがみいし》神社か？）に仮置きされていた。

翌七年（1667）閏《うるう》二月、石室と埋葬の準備が整い、十三日、光政の次男政言《まさこと》が藩士を連れ、仮宮から柩《ひつぎ》を御山の土休《どきゅう》の仮屋に運んだ。

そこで待ち受けていた光政は、香を焚《た》いて礼拝し柩を棺《かん》に納め、松脂《まつやに》で蓋《ふた》を鎖《と》じた。棺は運ばれて土壙《つちあな》の石室に納められ、腐食を防ぐ為に、炭の粉末・黄土砂に瀝青《れきしょう》（石灰・蝋《ろう》・油・松脂の混合物）を混ぜた物で厚く覆《おお》われた。

光政は、傍に控《ひか》える永忠に語り掛けた。

「これで念願の一つ、池田の本家としての改葬が出来た。重二郎、ここまでよう遣ってくれた。後は、墓碑を建て正式な墓参の日を待つばかりじゃ、また宜しゅう頼むぞ」

後の事は、永忠と泉八右衛門《いずみはちえもん》（仲愛）に委《ゆだ》ね、光政は城に帰った。治兵衛は、永忠に呼ばれ、後の事を恙無《つつがな》くと命じられた。

石は無事に運ばれた。此処から先は治兵衛ら石工の腕の見せ所となる。石工達は、早朝に水垢離《みずごり》をし、石の前に酒肴《しゅこう》を供え、仕事始めの儀式をした。それが終わると治兵衛は、石工達に向かって静かに語り出した。

「ええか、お前等《まんら》ァ、大坂から遠い西国の備前へ呼ばれたんは、泉州石工の腕を見込まれての事や。備前《ここ》にかて良《え》え腕の石工はんは仰山居《ぎょうさん》てはる筈《はず》や、それを差し置いての仕事をさせて貰《もら》うのや、そこの処《ところ》はしっかりと胸に収めといてくれ。

それともう一つや、荒切りの時から知ってる筈やが、今度の仕事は中国の昔の周と言う国の長さで周尺というのんを使う。津田様のお話やと周の一尺は、何時も使うてる和尺の六寸四分二厘の長さになる。こないな細かな長さは今まで滅多《めった》に使うた事もあらへんさけ、戸惑うかも知れへんがァ、新たに周尺の付いた、細かい目盛りの差《さ》し金《がね》を渡したはずや、これを道具の一つに加えて間違わんように使うてくれ。

お殿様の深ァい思いが、お在《あ》りになっての事やで、些細な間違いも許されん。一つの墨入れにも渡された図面と確かめて、重々《じゅう》に念を入れてな。お前ら一人ひとりの出来映えに、泉州石工の名ァと命が懸《か》かってんにゃさけ、よーォ肝《きも》に銘《めい》じて頼むでェ」

石工達に、改めて緊張が走った。黙して互いの顔を見合う。

「ええなァ、皆ァ」

小頭の掛け声一発。

「へェーッ」

揃《そろ》った返事が、御山の木々に響いた。


輝政公の碑石には、上部・油煙形《ゆえんがた》の中央下部に方穴《ほうけつ》（四角い穴）を穿《うが》ち、その上部の両脇に雌雄の天鹿《てんろく》を浮き彫りにする。天鹿は鹿に似た霊獣《れいじゅう》。左の一角《いっかく》のものを天禄《てんろく》と言い、あの世での福禄《ふくろく》を願う。右の二角のものを辟邪《へきじゃ》と言い、邪悪を斥《しりぞ》ける。これは浮き彫りなので、描かれた絵を見れば彫れる。

が、困ったのは亀石に彫る亀趺《きふ》。中国では重いものを載《の》せる事を好む亀に似た姿と聞かされたが、治兵衛も見た事が無い。亀趺《きふ》は神獣の贔屓《ひいき》だとも言う。中国の伝説上の生き物で、竜の生んだ九匹の子（竜生九子《りゅうせいきゅうし》）の中でも特に可愛がられたらしく、お気に入りの語源にもなっている。また文字として使われている貝はお金＝財産を意味し、それが集まっている贔屓は人からも大切に扱《あつか》われたからとも。

兄弟には、吼えることが好きで釣鐘の上部に付ける竜の姿に似た蒲牢《ほろう》や、火煙を好み香炉の飾りに付いている獅子に似た狻猊《さんげい》もいる。

神獣と言われるだけあって、その顔や姿は恐ろしいものが多いという。全像の彫り出しとなるから、はっきりとした全体像が判らないと治兵衛にも彫れない。

「津田様ァ。天鹿の方は絵を見せて貰いましたさかいにィどないか…やけど亀趺の方が。ただァ恐ろしい姿の亀に似たものと言われても…はて、どないしたら良えもんかいなと。こっちの勝手な想像だけで造って仕舞うても…」

前もって治兵衛は、津田様に問い掛けていた。

永忠は、確かに治兵衛とて見た事も無いものは彫れまいと。そこで名案を思いついた。何枚もの絵で描くよりも、立体像をと。好《よしみ》にしている伊部焼《いんべやき》の細工師に、予めその姿を伊部土で作らせることにした。

伊部焼は備前焼ともいう。甕《かめ》や徳利《とっくり》・壺《つぼ》など生活雑器の外に、動物を象《かたど》った飾り細工物もあり十二支《じゅうにし》の焼き物も作る。中でも細工の得意な五郎兵衛・五郎右衛門の二人にその細工を頼み、その形をあれこれと永忠と共に試作を重ねた。中国のものには狛犬《こまいぬ》に似たものもあるらしいが、日の本の国なら一番怖い獣は狼《おおかみ》、その顔に似せた。

永忠は、それを治兵衛に見せた。その姿は、神獣と呼ぶに相応《ふさわ》しい威厳と迫力があった。

治兵衛もその細工を見せられて内心、出来映えの凄さに驚かされたが、同時に新たな闘志の火が燃え上がった。

『この細工以上の亀趺を、彫り上げたる』


寛文七年六月十八日、御山の石切が一斉に始まった。亀趺は、治兵衛自らが鑿を入れる。和尺に換えた細かな寸法の墨付けをし、コヤスケ（柄の付いた先刃のある金槌《かなづち》）や短切り（柄の無いコヤスケ）を石頭《せっとう》（小型のハンマー）で叩き、石を剥《そ》ぎ落とし荒切りをする。石の目を見定め、強弱や角度を変えながら切り落とす。この荒切りの早さで、納期が決まると言ってもいい。

それが終わると、石の表面の瘤《こぶ》を叩いてなだらかにし、新しい墨を引いて大凡《おおよそ》の亀の形を削り出す。ここからは鑿《のみ》切り、石工らしい仕事の細工の工程に入る。削る大きさに合わせて、石頭も鑿も使い分ける。特に鑿には丸と平があり、仕上げまでには普通でも十五種くらいは使うが、治兵衛はその倍の鑿を使い分ける。それは、その時の必要に応じて自分で新しい鑿の形を作り出して来た結果だ。

治兵衛達石工は、日が暮れてもまだ仕事が終わらない。山の仮小屋に集めて、その日の出来事や仕事の進み具合を聞く。遅れがあれば人を回す、怪我人も出れば病人も出る。

仕事の事なら何とかするが…ここは山の中、女っ気も無ければ酒屋とて無い。もし在ったら、それは狐か狸の騙《だま》しものだが…男連中は。

「狐でも幽霊でもええさけ、女が出て来てくれへんかいなァ。別嬪《べっぴん》はんやったら別にかまへん」と、若い衆は真顔で言う。

「猪は手強《てごわ》いさけ小鹿を押さえつけたんやが、逃げられて終うたァ…雄《おす》やったんかいなァ」

などと、年寄りの市松まで冗談を言い出す。酒も仕事に障りがないように、一晩に呑める量も少なくしている所為《せい》で、酒好きの石工が、たっぷりの厭味《いやみ》を言う。

「備前のお酒はよう応《こた》えるわァ、少《ちょ》っとの量で浪速の酒より二日酔いが強《きつ》い」

これればかりは、治兵衛も苦笑いをして聞き流すしかなかった…。


石工は、石磨き三年、道具作り三年、彫り三年と言う。これに字彫りを入れると、優に十年を超える修業が要る。

治兵衛は物心がついた頃から、玩具《おもちゃ》代わりに石頭や鑿で石を叩いていた。道具は、周りに居る石工が、古くなったものをくれた。石工達が作るものを、見様見真似《みようみまね》で端石《はいし》に刻む。

石屑《いしくず》が、顔に当たる痛さも、眼に入った時の泣き出すしかない程の苦痛も、身を以《もっ》て知った。それでも止められない、四角い石が鎚と鑿を振るう毎に形になって行く、それが面白くて堪らなかった。

だが相手は石だ。刃先はすぐに丸くなる、日に何度も砥石《といし》で研ぐ。鞴で熾《おこ》した松炭で赤く熱して焼《やき》も入れる、手足に何度も火傷《やけど》を負った。相手の石の硬さに合わせて焼は加減する、焼き入れも焼き鈍《なま》しもその要領は、子供の頃に既に覚えた。習《なら》うより慣《な》れろだ。遊んでいる内に自然と身に付いていた。

石工の家に生まれた治兵衛は幸運だったといえる、門前の小僧どころか寺小僧だ。嫌なら苦にもなろうが、好きなのだから遊びの全てが修業になった。これを天職というのだろう。

正式に弟子入りでもすれば別だが、周りから見れば子供の遊び、仕事の邪魔さえしなければ、危ない処は事細かく、仕事の要点は所詮《しょせん》解かるまいと思ってか壺《つぼ》だけをさも自慢げに教えてくれた。そして後は自由に遣らせてくれる、もしも弟子入りしていたら、こうは行かなかっただろう。

十歳になったころ、庭石の蛙の彫り物を治兵衛も真似て一つ作り、磨きもかけて作業場の隅に置いた。幾ら石切が好きだといっても近所の子供等と悪さ遊びをする方が楽しい、暫《しばら》く遊び呆《ほう》けた。何日か経ってふと見ると、置いていた蛙が消えている、治兵衛は石工に訊《き》いた。

「私《わい》の蛙ゥ、何処行ったァ？」

「蛙て何や？」

「あそこの柱の隅っこに置いといた、小《こ》んまい石の蛙や」

「アッ、あれけェ。あれなら客先に持って行ったがな、良う出来てたさけ…あれお前《まん》のやったんけー」

それから治兵衛は、何時とも無く仕事を手伝うようになり、その腕を上げていった。二十《はた》歳《ち》を過ぎた頃には一人前になり、永忠に召される頃には、大坂でも評判の石工となっていた。

治兵衛が他の石工と大きく異なる処は、型破りな仕事が出来る事だ。新しい難しい注文を好んで受ける。腕も腕だが、その気概《きがい》と工夫が、従来の石工達を凌《しの》いでいた。

治兵衛は徒弟の石工達に、次の日に使うに必要な量の道具を夜の内に全て用意させる。研ぎながら遣っていたのでは仕事が遅くなる。石工達は砥石で研ぎ上げ、鞴《ふいご》を吹いて焼を入れ、使えなくなった物は新たに道具を作り直す。

道具が全て揃《そろ》う頃には、夜が更《ふ》ける。昼間の仕事の疲れもあって、床に就けば直ぐに眠りに落ちる。要らぬ思いをする暇も無いから、面倒を起こさなくて済む…一石二鳥だ。

治兵衛は一人で、亀趺と格闘していた。動かせる石なら転がして、打ち易い方から刻めるが、この巨石は動かせないから木枠に載せて浮かせている。自分が身を入れ替えて打つしかない。頭が石の下に潜る事もある。削った石の破片が顔に飛ぶ、眼を傷《や》られないように鑿先を定めて打つ、狭い所は石頭《せっとう》の頭を握って打つ。治兵衛が鑿を入れる度に、石は神獣の亀趺《きふ》に姿を変えてゆく。

彫りは仕上げに入った。この犬島の石は、思った以上に硬い。地元の和泉石は砂岩で、軟らかく削り易くて緻密な加工も出来るが、ここの石は手強い、治兵衛と雖《いえど》も余裕は無い。

細部の輪郭は、細い仕上げ鑿で丁寧に少しずつ刻んでいった。時には石頭は使わず、身力《みぢから》だけで削る。硬い石は力を入れないと削れない、が、強過ぎると石が割れる。割れた石はもう元には戻せない。細部でその力加減を誤れば、それまでの仕事の全てが駄目になる…鑿を当てる位置と方向、打つ力にも微妙な加減が求められた。

彫りの修業は、軟らかな石から始め、段々と硬い石へと慣らせて、その加減を体得《たいとく》させて行く。その加減の妙《みょう》は口で言い表せるものではない。己の感性のみに委ねられ、その妙を深く体得した者だけが、名工と成れる。理不尽な天性《てんせい》次第…幸いに治兵衛には優れた天性が与えられていた。

息抜きの時刻になると、治兵衛は他の石場を見回る。遅れも無く、揃って仕上げに入っていた。碑石の文字彫りは、熟練の小頭に任せた。両端を円錐《えんすい》形に研ぎ澄ませた字彫りの先鑿を使って、手彫りで丁寧に仕上げている。治兵衛もこの文字彫りだけは、まだこの小頭には少し遅れをとる。この彫りが終われば最後の磨きに掛かる。


その磨きも終わった。犬島の石は密度が高い、彫りも磨きも手間取ったが、その分肌理《きめ》が細かく磨くと鏡の様に光る、水も殆《ほとん》ど吸わないから風化もしない。出来上がりは見事なものになった。


後は、据え置きと組み立てだ。亀趺を置く台石は、しっかりと土固めをし、水盛《みずもり》で水平を取り用意がされた。

亀趺は、台石の近くまで修羅曳きし、胸の辺りに綱掛けして轆轤で引き上げ、擦り板に水を掛けながら修羅から滑らせ、敷板の上に並べた転木《ころぎ》の上にじりじりと徐《ゆ》っくり慎重に乗せ、轆轤曳きと梃子木《てこぎ》押しで台石の上に運び、轆轤で吊りながら、転木と敷板を外して据え置いた。

亀趺の背中に、輝政公の碑石を立てる日。普請奉行の中村久兵衛、総奉行の津田永忠も、立会い監督をするため御山に登った。永忠は治兵衛の側に立ち、亀趺の姿を見つめた。

「治兵衛よ、あの亀は…動きはすまいな？」

永忠は、真顔で訊いた。

「しっかり固めてますさかいに、地震が来たかて、動くような事は」

「否《いや》、そうでは無《の》うて、あの亀、自分で勝手に…動き出しそうな、気がしてのう…」

永忠は、飛騨の甚五郎の作った木彫りの竜が、夜な夜な飛び立って池の水を呑んだと言う話を、不意に思い出した。まさかとは思うが、この亀趺も夜な夜な敦土《あづち》の山を下り、谷の水を呑みに行くやも知れんと。そう本気で心配させる程の迫力があった。

碑石立てが始まった。亀趺は傷付かないように、全身を渋紙《しぶがみ》で包み、その上を莚《むしろ》で更に包んで、臍穴《ほぞあな》には蓋板《ふたいた》置かれた。亀趺の左右に松木丸太に綱を掛けた背凭《せもた》れが作られ、周りを囲むように轆轤が立てられた。

碑石（棹石《さおいし》）は、日笠紙《ひかさがみ》の厚紙を渋張りして古苧《こちょ》（麻）綱で覆《おお》い、更に柿渋紙で巻き、罫《すじ》引《びき》（溝入《みぞいり》）の当て木を麻縄で樽巻きにして、轆轤に掛けた。碑石が傷まないよう外《ず》れないよう、重ね重ねの配慮が為された。

擦り木に乗せ、背凭《せもた》せまで徐っくりと引き寄せ、少しずつ起こし吊り寄せながら、臍穴を見極め、慎重に立て入れた。臍穴の側面には、滑りと密封の為の木蝋《もくろう》が塗られ、底には安定の為に絹篩《きぬふるい》された石粉が詰められ、ぴたりと収まって動かぬ工夫がなされた。

立ち会った永忠も久兵衛も、棹が収まった後には、ホッとその場に座り込んでしまった。轆轤綱が外されても微動だにしない姿を見て、ウォーーッと周りから一斉に歓喜の声が湧いた。この時ばかりは、身分や職の境無く互いに手を取り合い肩を叩き合い小躍《こおど》りして、墓所一番の大仕事を成し遂げた歓《よろこ》びを共にした。

その夜は、御山の仮小屋で酒宴が開かれ、その灯かりは明け方まで消える事はなかった。

その後、片上に残っていた石も曳かれ、細々《こまごま》とした石材は吉井川を船で和気に運ばれ、四の御山までの墓所が造られていった。

寛文八年（1668）九月、銀二百余貫と延べ十一万人を費やし、和意谷墓所は完成した。この間、千五百人に近い病気怪我人が発生したが、戸田一雲ほか四名の医師が、交代で山に詰め治療に当たった。

翌、寛文九年三月十二日、藩主光政は最初の墓参に、家老の池田主税之助、伊木頼母以下の家臣を率いて御山に入り、これに先んじて泉《いずみ》仲愛《ちゅうあい》と永忠は、司祭の準備を調えて迎えた。

光政は、墓地の出来映えを聞いてはいたが、その全容を見て暫くは物言わず、只じっと見入り佇《たたず》んでいた。

＝永忠が言っていた通り、今にも動き出しそうな恐ろしい顔形の亀趺じゃ。これなら邪鬼も近寄れまい。背負った棹石の天禄辟邪《てんろくへきじゃ》も天を翔《かけ》ている様…。見事なものはそればかりではない、父・利隆公の碑石は台座と一体となっている。と、いうことは、広い台座と同じ幅の石を削り出して棹石の部分も造ったという事か…その耀暉《かがやき》もまた見事と言う外無い＝

家臣達が心配する程の後に、光政は、ふぅーと深く長い息を吐いた。

「実に見事じゃ、これが泉州石工の為せる技か。聞きしに勝る…これ程までとは」

光政はそう言って、大満足の笑みを浮かべて、「吽《うん》ッ」と大きく頷いた。

お殿様からのお褒めの言葉を戴いて、徒弟達は喜び勇んだが、治兵衛は、恥ずかしげな笑みを浮かべてほっと安心の息を吐いた。

「お言葉通りの出来映えじゃァ、宮大工の木彫りでも、なかなかあーは出来んへ」

横に居た大工の棟梁・六左衛門の話す声を聞いて、治兵衛はやっと素直な喜びが湧いてきた。これで大坂石工の名を損《そこ》なう事無く、備前の地で仕事が出来た。大変だったが務めが果たせた。治兵衛には、棟梁として遣り遂げられた歓びと自信が、その身に残された。それが何より嬉しかった。

備前石工達も改めて、その造りを眼にした。七兵衛も仁左衛門も「ぼっけえもんじゃ」と、腹の内で負けを認めた。


「輝政公と一緒に…」

光政が上機嫌の中で束の間、顔を曇らせた呟《つぶや》きが、永忠には気に懸かった。やはりその念《おも》いは消えていなかったのかと。余程に殿は、糸姫様を一緒に並べて祀りたかったのだと…。

糸姫は、輝政が豊臣秀吉の家臣となった頃に娶《めと》った中川清秀の娘で、二人は仲睦《なかむつまじ》かったという。父利隆の実母で、産後は病弱となり、保養の為と実家に戻った。病弱とあっては次の子も望めない、利隆一人では何があるやも知れず、家の存続も危ぶまれる、ならば側室をとれば…。

そこを、家康は、見逃さなかった。夫が亡くなり、北条家から戻っていた次女の督姫《とくひめ》（富子《とみこ》）を継室《けいしつ》にと。家康の娘となると側室には出来ない、正室として迎えるしかなかった。こうして、糸姫との縁は切れた。

『西国将軍』と称された、織田家以来の池田家であっても所詮は外様大名、逆らって取り潰されるより、従って準親藩の権力を得た方が良いに決まっている。もう徳川の天下は揺るがない…本心を隠して従う外なかった。

当時、継室の話が先に在って、その為に糸姫が離縁されたとの噂も流れた。光政は、父からその経緯と輝政の本心を、聞いていたのかも知れない。血の継《つな》がりが、顔も見知らぬ祖母への愛着の懐《おも》いを強くしているのだろうか。城内の祖廟《そびょう》には祀られてはいるが、継祖母・良正院督姫の遺骨は、実子で因幡《いなば》藩主だった忠雄《ただかつ》の菩提寺に納められた。


光政が、督姫を嫌ったであろう別の奇怪な伝承も伝えられている。元和元年（1615）二月、岡山城での利隆との対面の時、督姫は実子・忠雄に池田家の家督全てを継がせようと謀《はか》り、利隆を毒饅頭で殺そうとした。

が、給仕の侍女《じじょ》が気づき掌《てのひら》に毒の文字を書いて知らせた為、発覚した。事の成らなかった督姫は、自らその毒饅頭を食して逝去《せいきょ》したのだという。謀り事が成っていれば、光政も生きてはいない。真偽《しんぎ》は別にしても、怖い話だ。

政略結婚は仕方のない事とはいえ、快《こころよ》いものではない。光政自身も幕命？　で、天樹院千姫の娘・勝子を娶った。長らく子が出来ず、不仲説も流れた…。

4

新三郎誕生

木葉新三郎《このはしんざぶろう》が胎内に宿った寛文《かんぶん》八年（1668）、河内屋治兵衛が手掛けた和意谷墓所が完成し、藩主光政の墓参行列が通る事になり、益原《ますばら》の村人も見送りを命じられた。

父・時景《ときかげ》と母・幸《さち》も道端《みちばた》にて控え、頭を下げて迎えた。通り過ぎた馬上の領主の後姿は、如何《いか》にも威風堂々《いふうどうどう》とし、弓好きの武人らしい風貌《ふうぼう》を漂わせている…。仁政《じんせい》を布《し》く良き領主様の筈なのに、時景だけでなく名主も村人にも、親しげな喜びの視線は無い。

前の領主の宇喜多《うきた》様は、木葉家にとっても御主人様であった。元々が備前の豪氏で、村人達にも馴染《なじ》みがあり受け入れ易い領主だったが…この池田家は、縁もゆかりも無い遠い美濃《みの》の地の者、謂《い》わば他所者《よそもの》、領地替えで移ってきただけの。

そして、村人の信仰していた不受不施《ふじゅふせ》を禁じ弾圧している。許せぬ敵…更に時景には別の怨みもある。この光政は、宇喜多家の旧家臣の藩士取立ての願いを、未だに一切退《しりぞ》けている。減封《げんぷう》されても家臣をそのまま召抱えているから、財政が苦しいのは解からないでもないが、一人も受け入れないのは、余りに理不尽で承服できない。何か他意を感じ、その視線に自然と怒りが篭《こ》もる。

幸は、時景の険しい顔を見て、〓やはりまだ〓と、その思いの深さを知る。幸には夫の時景とは異なる思いがある。武家への帰参など出来なくて良い、今の儘《まま》でも…。戦の心配も無く、田畑を耕し、親と子と行く行くは孫達と一緒に日々を過ごして行けたならば、それで充分…それが一番良いのだと。お腹に宿った新三郎を、そっと手で摩《さす》りながら、この子の為にも平穏な日々をと願う。

宗門《しゅうもん》の外にも藩は、領民、特に農民に対して思想の統治を始めた。それが、庶民の為にと称する手習所《てならいじょ》の設置。五・六ヵ所の村に一つの割合で設け、そこは読み書き算用《さんよう》の他に孝悌《こうてい》（上下関係）を教える儒学の場。

藩がその設置の意義を示す訓示には、こう書かれている。

＝寺社が減り、寺子の修業が困難になったが為、領民が無学となる事を不愍《ふびん》と思いとあり、続いて光政の本音の愚民《ぐみん》思想の表われの一文が…《猿同様の子弟《してい》の修業は、上ノ御為《おんため》には不成《ならざ》れども（藩の為には役立たないが）》＝と…。

寺社を半減させ今尚《いまなお》、不受派の弾圧を続けるのも光政。修学の為と言うが、五・六ヵ村に一つしかない遠い手習所へ、貧しい農民の子が通える訳が無い。子供と雖《いえど》も、出来る家事は手伝っている。その合間の、僅かな時間で習うしかないのだ。以前の一村一寺の頃なら、それも出来たが、行かせたくても無理な話。寺を潰しておいてかと…恨み言《ごと》の方が先に立つ。

その上で、藩は、村役人や庄屋などの子には、月半数の修学を義務付けた。将来、村長《むらおさ》となる者には、藩からの上意下達《じょういかたつ》の通知と取り締まり、年貢米その他の徴収と運搬などの仕事の為にも、学習の必要がある。

が、それ以下の農民は、無学の方が統治するには都合が良い。どう講釈《こうしゃく》を付けようが、狙いは見え透《す》いている。

実は、この通達の訓示を書いたのも永忠。狙いが解かっているだけに気が重かった。だが、決して反対も諫言《かんげん》もしなかった、勤勉な忠臣の最大の欠点がここに在った。藩主に誤りや過ちが在れば、永忠も連座《れんざ》して同罪を犯す……。

時景は、この遣り様を見て、そこ迄《まで》もかと、腹が立つ。…お前等も元は農民ではないか、それが何様の積もりかと。年貢の搾取《さくしゅ》はしない代わりに、人の心根の搾取をする気か…そうは往《ゆ》かさんぞ。

時景は庄屋達と相談して、隠れ寺子屋を開くことにした。

「このままでは、農民は字も読めんようにされて終う。天狗状《てんぐじょう》（農民間の伝達手段の回状）も回せんようになっては…。読み書きの出来る者《もん》で、子供等を少ィ《ち》とずつでも集めちゃあ、教えて遣らんと…不受の法立《ほうりゅう》さんも出せんようになるぞおォ」

不受の灯が未だに消えていない事は藩も承知だ、そこまでの深い狙いが在るとも思えないが、このまま放って置いたら結果そうなる。

僧侶の法中《ほっちゅう》様は女人禁制、子が出来ない。内信者の中から出家した法立さんが、お供をしながら、経《きょう》や作法《さほう》を覚え、やがて次の法中様となる。せめて仮名《かな》文字の読み書きが出来なくては、修行も始められない。経本に仮名振りすれば、取《と》り敢《あ》えず読める。経文《きょうもん》の意味は、漢字の読める者でも難解《なんかい》、後は時間を経《か》けて会得《えとく》するしかないのだから。

村人は、叩かれれば防ぐ方法を考え、閉ざされれば抜け道を作る。決して、藩主の言い成りにも思い通りにも成らない。農民は、藩主の考えている以上に、賢くて手強い相手なのだ。だからこそ、搾取にも災害にも耐えて生き抜いて来ているのだ。

『負けりゃーせんぞォ、お前《めえ》（武士《さむらい》）等なんぞにゃー』これが、農民の不屈の根性。


一方、光政の方も、至《いた》って本気だった。儒教の花を、領内に咲かせる気でいた。先ずは家臣からと、寛永《かんえい》十八年（１６４１）。熊山蕃山《くまやまばんざん》・泉 仲愛《いずみちゅうあい》（八右衛門）兄弟らの陽明学者《ようめいがくしゃ》らを教師として、『致良知《ちりょうち》（天の真理を知り知行合一《ちこうごういつ》する事）』の精神を学ばせるため、旭川東岸・

国清寺《こくせい》の南に花畠教場《はなばたけきょうじょう》を作り、次に城内の石山《いしやま》に仮学館《かがくかん》を設けて移し、寛文九年（１６６９）には、城下天神山《てんじんやま》の西に門前に儒式の泮池《はんち》（半円形の池）を配した藩校を建て、布教に努めた。

ただ、藩士の中から後に名を成した儒学者が出たという話は、どういう訳か聞かない。

そんな背景の中、寛文九年に頼景《よりかげ》を兄、苗《なえ》を姉として、新三郎は誕生した。兄とは、十歳以上も年が離れていたから遊び相手になって貰えない、姉を相手に新三郎は育った。

兄の頼景は、顔も体つきも父親似で逞《たくま》しく気丈夫だった。新三郎が物心のついた頃には、大人同然に思えた。剣術の相手も全くの子ども扱いで、真面《まとも》な稽古もしてくれない。父も、兄が居れば、此の家は安泰《あんたい》と思っているらしく、新三郎は百姓の手伝いが出来れば良いくらいに思われているらしいと、常々感じるばかり…。

兄が、偶《たま》に稽古をしてくれても。

「新三《しんざ》ァ、お前《めえ》にゃァまだ木刀は持てめぇから、納屋の莚叩《むしろたた》きの棒で十分じゃ」

大兄《おせ》らしい顔で、弟を小莫迦《こばか》にして言う。腹を立てて、新三郎が棒を振り回し向きになって挑みかかっても、ひらひらと身を躱《かわ》しながら、諧謔《おちょく》って言う。

「そねぇなもんじゃー、当たりもせんぞ。ほりゃほりゃー」

相手に飽《あ》きると、木刀で新三郎の棒を叩き落として、面倒臭いと背を向ける。

「相手にならん、お前は裏の柿の木でも叩いとれ。兄者《あにじゃ》は父上と、遊びじゃ無うて、真面《まとも》な稽古じゃ」

何時も、こんな調子…。

新三郎の世話と相手をし、可愛がってくれるのは、三つ年上の姉の苗。小さな頃は、剣術の相手も姉だった。

子供の世界にも、義理返しは在る。「お返しに、私の遊びの相手もしてネ」と、お手玉・綾《あや》取り・紙切り・歌留多《かるた》取りの相手も…そして炊事の手伝いも付き合わされる。

そんな様子を、近所の子供らに見られて、『女みてぇじゃ』と揶揄《からか》われるのは嫌《いや》だったが…姉に相手にされなくなるのはもっと厭《いや》だったし、何よりも姉は何時も優しかったので、別に辛いと思った事は無かった。

新三郎が五歳になった延宝《えんぽう》元年（1673）五月、また大洪水《こうずい》が備前を襲った。益原村のすぐ近くの上流には、和気郡・赤磐郡に水を通す為に、吉井川の天瀬《あませ》の浅瀬を堰き止めて造った、田原井堰があった。

井堰は、灌漑用水の水溜には好都合だが、増水時には厄介《やっかい》だ。流木や流された家屋が、更に堰を高くし水が溢《あふ》れ、樋門も用水路もあるいは土手までも乗り越え、時には壊して、泥流を押し流す源にもなる。

泥流は、流木や大石そして大量の土砂を運び、田畑を原野に一変させる。旱魃《かんばつ》も怯《ひど》いが、雨さえ降れば、またすぐに蘇る。洪水に侵された田畑の再生には、開墾に匹敵する程の労力と時間とが費《か》かる。そしてその間は、作物も獲《と》れない…百姓にとっては、即《そく》死活問題となり、回って藩の大打撃になる、被害は甚大《じんだい》で深刻だ。

井堰の蛇籠《じゃかご》の石積みは、先の大水で崩れたままだったのが却《かえ》って幸いし、水嵩《みずかさ》は恐れていた程には上がらずに済んだ。が、樋《ひ》も用水路も土嚢《どのう》の仮積みのまま、村人の目の前で、次第に水の勢いに押されて崩れかけた。

「この樋は、もう持たんッ。此処が切れたら、二ノ樋じゃァ止められん。三ノ樋は岩盤じゃから崩れん、そこから溝の土手を切れー、水を、大川に落とすんじゃーッ」

水利に長けた村人が叫ぶ。「よっしゃー、行くぞー」、誰かの号令を機に、村人は一斉に動き出した。道具の揃っている者はそのまま三ノ樋へ、足らぬ者は一旦家に戻り仕度して、村役や女達は伝令と人集めにと走る。緊急時の村人の結束は強く固い、私事を投げ出して事に当たる。
作業は、何時終わるとも知れず続く。水が三ノ樋で抜けなければ、次の樋も切る…浸水が止むまでそれは続く。
水はなんとか三ノ樋で止められた。益原村や天瀬、対岸の田原村は、吉井川から高い所に在った。井堰が無い昔は、殆ど水田は無く、畑作に頼る貧しい暮らしをしていた。
当時の人達は、自嘲《じちょう》してこう歌った。
『天神山から　田原を見れば
　裸馬かよ　鞍《くら》（倉）が無い
天神山から　天瀬を見れば
　無地の羽織《はおり》で　紋《もん》（門）が無い』
《倉や門の建つような、裕福な家は無い》
それが今度は幸いした。高所から切った水は勢い良く大川に流れ落ちた…人間万事塞翁《じんかんばんじさいおう》が馬《うま》とはこの事か。
村中総出《むらじゅうそうで》で事に当たったが、全てが無事という訳には行かなかった。三ツ樋より上《かみ》の田は、尺（30㎝）を超える土砂が流れ込んだ。

「深田《ふけた》（水捌《みずは》けの悪い泥の深い田）が、そうけ田《だ》（そうけ＝笊《ざる》：水が溜まらない砂田）になったでぇ、ハハハ…」

苦い作り笑いで、腹立ち紛《まぎ》れの笑いを見せた後、恨めしそうに砂に埋もれた田を、持ち田の主は見つめて言う…。

新三郎が生まれる十四年前の承応《じょうおう》三年（1654）にも、備前一帯が大洪水となった。当時の農家の数は約四万余戸、農民の数は約二十八余万人。町屋敷を含む流失家屋は、四千戸に上った。藩主光政は、この時ばかりと、仁政《じんせい》を施《ほどこ》した。江戸勤めの帰りに危機を知った光政は、津田永忠に《一人の飢え人も無きように》と命じ、帰国を急がせ事に当たらせた。

藩蔵の御救米《おすくいまい》を放出し、更に藩の収入となる筈の大坂蔵屋敷に送っていた年貢米まで積み戻《もど》させ、正室勝子の母・天樹院《てんじゅいん》（千姫）に懇願《こんがん》して幕府より金四万両を借用し、領民の救済に徹底を図った。

洪水の災いは、翌年にも及んだ。復旧に手が掛かり、収穫も望めない。翌年も蕃山《ばんざん》の提案により、側近の者に銀子《ぎんす》を持たせて各郡を回らせ、『蕃山の銀配り』と言われる救済も行った。

更に医師も配して、洪水の後に付きものの疫病にも配慮した。

光政は《領民は大名の私物ではなく、大切な天からの預かりものの御百姓である》という、天命思想を持っていた。この点に於いては、領民から仁政の聖人と賞されるに相応《ふさわ》しい人物といえた。

当時の領民の戸数は約五万戸・人の数は約三十三万人、因みに武士は戸数千三百・家族人数は約八千人。＝推定＝

被害人数は、三万人だったともいう。この救恤《きゅうじゅつ》（救済）策《さく》がなければ、これ等の人達は、死するか土地を捨てて離散するしかなかった。


あれから二十年が過ぎていたが、今でも藩に余力は無い。どころか、藩主綱政は焼失した京都禁裏《きんり》（御所）の造営を命じられ、更に財政は逼迫《ひっぱく》していた。永忠は、先ず所管の手習所《てならいじょ》を施粥所《せかゆじょ》とし、その運用米をもって飢え人八万五千人に施した。

その結果、手習所は、不評だった事もありその年の九月、書籍類を閑谷学問所に集め、僅か十年足らずで全て閉鎖となった。

しかし、その策も救済には程遠かった。新三郎の住む和気郡を受け持つ郡奉行の小林孫七は、その惨状《さんじょう》をこう報告している。

《餓死者が出れば、庄屋の責任との申し置きを心得、貯蓄の麦なども放出するも、死者続出は止められず。その死因を、以前よりの病死と届出ているが、その実情は、過半数が餓え死に拠《よ》る者にて…》と。

年貢その他の軽減を受けても、田畑の復旧には多年を要する。その間、人は山を開き畑を作り、山菜雑草《さんさいざっそう》・葛根《くずね》・蕨根《わらびね》まで、食べられる物は何でも、その調理の手間は惜しまず、苦い・臭い・渋い・固いを我慢して飢えに耐え、田畑の野良《のら》に精を出した。

人の気持ちというのは不思議なもので、自分ひとりが不幸であれば耐えられないが、周りも同じ様なら、耐え忍んで生きられるらしい。百姓達は、お互いに手伝い合い助け合って、日々を生き抜いた。

とはいえ、食べ物は少なく味も不味くなり、新三郎にも、何時も腹を空《す》かす日々が続く。

そんな時でも、姉の苗は何時も優しい。

「新三、今日は蕨《わらび》を採ろう」

新三郎は小籠《こかご》を背負い、苗に手を引かれて山野に向かう。大人達の採り残した小さな蕨を摘《つ》む。そんなでは足りないから、新三郎は人の入らぬ藪《やぶ》に向かう。小さな竹割り鉈《なた》で、足許の小竹や小枝、蔓《つる》を切り払いながら分け入る。切り枝や茨《いばら》の棘《とげ》が手足を刺す、柔肌が裂かれて細い手足に血が滲《にじ》む。痛い…痛いが新三郎は、耐えて進む。幼いとは言え、少しでも家の役に立ちたい、その気持ちが痛さを耐えさせる。

藪を抜けた。当たり一面、まるで蕨畑の様。

「苗姉《ねえ》ーッ、蕨じゃ、蕨じゃー…仰山《ぎょうさん》有るぞー」喜び勇んで姉を呼んだ。

この時は、父にも母にも兄者にまでも、よう遣ったと褒《ほ》められた。一寸だけ、大人に近づけたようで、嬉しく誇らしかった。

苗は、新三郎を上がり框《がまち》に座らせ、傷だらけの手足を水手拭《みずてぬぐい》でそっと押さえるように拭《ふ》き、「痛うは無えか？　もう一寸の我慢じゃからな」と、傷の薬も優しく塗ってくれる…自分の傷は後回しにして。

春は、他にもサイシンゴ（通称イタドリ）が出る。凄く酸っぱいが、塩か味噌を付ければ何とか食べられる。蕗《ふき》の薹《とう》は、炙《あぶ》って食べるが苦い…。

夏は、英桃《ゆすら》やグイビ（胡頽子《ぐみ》）が果《な》る。甘酸っぱさが喉《のど》を潤し、一時の饑《ひも》じさも癒《い》やす。

無花果《いちじく》は熟れると甘いが、白い果汁が、口の周りの肌を赤く腫《は》らし痛痒《いたがゆ》くする。

秋が、一番嬉しい。子供達だけでなく大人にとっても、柿や栗が果る。山には茸《きのこ》も生える。木通《あけび》・山茄子《やまなす》・山葡萄…子供のお八つも夥《た》んと（多く）有る。

川にも糧《かて》がある。水が温めば、小魚捕り。水路のヤタ（水面下の石組みの隙間で、魚の住処《すみか》や産卵場所）や川の浅瀬の石の下に手を入れて、小魚を手掴《てづか》みにする。

川魚の中に鯰《なまず》に似た、鰭《ひれ》に毒を持つ鱚《ぎぎ》という魚が居る。鰭を掴むと、針に刺された痛みが走り、堪らず「いでぇーッ」と叫び声が出る。刺された所からは血が滲《にじ》む。痛いが毒を搾《しぼ》り出すしかない。「ううう－っ」と唸り声を上げ手足をじたばた動かして、只管《ひたすら》に痛みを耐える…眼からは涙も搾り出される。

その後がまた辛い、抜け切れなかった毒が疼《うず》く。心臓の鼓動に合わせて傷跡が疼く。子供の神経は痛みに敏感だから殊更《ことさら》に辛い。

ほかにもまだ、嫌な事がある。川魚に交じって蛙が居る。握った瞬間に、虫酸《むしず》が走る…軟らかくてざらりとした、もの凄く気色の悪い皮の感触……「婆蛙《ばばげえる》じゃーッ」喚《わめ》いて、ヤタから慌《あわ》てて手を抜く。それでも暫く、あの感触が残る。その上、何とも言えない独特の生臭い匂いも残る。消そうと何度も、川の水で手を洗うが、なかなか落ちないのだこれが。

それでも懲《こ》りず、次の日また川に入り、恐る恐るヤタに手を入れる、飢えを凌ぐ為に…。

姉は、女の子じゃった。

＝もう二度と嫌じゃ＝と言った切り、二度とヤタには手を入れなくなった。

他には、石子詰《いしこづ》めという漁がある。川石に他の石を投げつけ、石の下に居る魚を気絶させて捕る。大人なら玄翁《げんのう》という金槌《かなづち》で石を叩くのだが、子供には使えないから、持ち上げられる程の石を何度も投げ衝《つ》けた後、石を引っ繰り返す。上手く行っていれば、プカリと魚が浮き上がる。

こうして、子供は子供なりに、何かしらの食う術《すべ》を身に付けていった。

川魚漁《かわうおりょう》で、大人達にも悶着《もんちゃく》が起きた。普通の年であれば、田畑を持つ村人は本気で川漁などしない。漁の好きな者が川に入る程度だったが、田畑が荒れた今、川魚も有り難い食糧だ、見逃す手は無い、挙《こぞ》って川に入り始めた。

困ったのは川漁師達。生計の源を荒らされては堪らない。元々、川漁だけでは生計も成り立たないから、少ない田畑も作り、農繁期には農家の手伝いをして米・麦・野菜を貰い、更に吉井川の高瀬舟の船曳きもする。そうは言っても、川漁は彼等の生計の柱であり、身分を問われれば川漁師と答える。

—川漁師達は、連れ立って村に行き、声を揃えて訴えた—

「お願《ねげ》ぇしますらァ、止《や》めっ遣《つか》ァせえ。皆して川に入られたら、川が荒れっ終《しま》う。儂等《わしら》ァも、無闇《むやみ》にゃー漁《と》りょうりゃーせんのじゃ。小《ちい》せえのは逃がし、ぼっけえ（多く）も漁らんのじゃァ…ようよう暮らして行ける分だけなんじゃけー。解《わか》っ遣《つか》ァせえー、その辺《へん》の処《とこ》をなァ、どねぇぞ」

—村人も、言い返す—

「そげぇーな事を言われてもなァ、川ァ天下の授《さず》かり物《もん》じゃァけー、こっちにも漁る権利は有ろうがァーッ…」

そう言われては、返す言葉が無いが、引く訳には絶対に行かない。川漁師の『矢助《やすけ》』が、間に立つ苦しさをそのまま顔に浮かべて、切り出した。

「村の衆が言いんさる事ァ、その通りじゃ。儂等だけが魚を漁るんを異《け》なりぃ（羨《うらや》ましい）と思うなァ、そりゃーそうじゃろう。しゃーけどなァ、落ち鮎の簗《やな》も村の衆にも使うて貰いィ、網の追い込みで仰山《ぎょうさん》漁れた時にゃー皆さん方にも分けて来た。農繁期にゃァ手伝いもさせて貰いィ、お互いに今まで、仲良う住み分けて来た筈《はず》じゃ…そこの処を、もう一遍《いっぺん》、考え直してくれんせー」

—他の漁師も訴える—

「米も野菜の値も上がっとるんは、知っての事じゃろう、魚を持っていっても夥《ほこ》しゅう（大《たい》して）は換えては貰えん…このままじゃァ儂等ァ、飢《かっ》えて終わー」

村人も漁師も、互いに沈黙した。間を計って、新三郎の父の時景が声を発した。

「苦しいのんは、お互い様じゃァ、こういう時こそ乱しちゃー負《お》えん。今迄通りの住み分けを、守らにゃーのう」

時景は、元々この辺りの土豪《どごう》で知行領主の家系の者、その言葉は時に、村長《むらおさ》以上の重みを持つ。その上、言った事は理《り》に適《かな》っていた、村人も渋々でも従うしかない。

川漁師も安心し、矢助が話を括《まと》めて、豊漁があれば必ず村人にも魚を分けると約束した。

矢助は、益原村の川上に住み、川漁師と船曳き人夫を兼ねている。村としては天瀬に属しているが、本村とは距離を隔てた下流に家がある。僅《わず》かばかりの畑が有るだけで、田は無い。

田植え・刈り取りの時期には、時景の家に手伝いに行く、平生から付き合いは深かった。

この川騒動が起きた時、矢助は村長《むらおさ》ではなく時景に相談を持ちかけ、二人で仲裁《ちゅうさい》の策《さく》を練った。

それから三年、田畑も水路も井堰も、藩と村人が総力を挙げて復旧し、益原の村もなんとか元通りになった。

矢助の妻は、『冴《さえ》』と言う。元は武家の娘だったと聞いた、物言いや物腰に面影がある。実は矢助も詳しくは知らない。夜雨《やう》の中、倒れ込むように矢助の家に入って来た。激しい雨の最中《さなか》だった。そのまま二日二晩眠り続けた。

矢助は、精が付く物をと、増水した淵溜《ふちだ》まりに舟を浮かべて網を刺して鯉を漁り、小瀬の流れに網を張って鰻を漁った。

冴は目覚めて起き上がれるようになると、居住まいを正し「厚きお世話を戴き、有り難き事に御座りまする」と、両手を着いた丁寧なお辞儀をした。

矢助は、武家の女子《おなご》と知って驚きもし同時に落胆《らくたん》もした。良家の女の気はしていたが、武家だったとは…元々、女子には縁の薄かった矢助の抱いた、束の間の淡い恋慕と期待が、泡沫《うたかた》と消えるのを感じた。

矢助の覚悟とは裏腹に、冴はすぐには家を出て行かず、矢助を手伝い家事を粉《こな》すようになった。矢助も助かるし、独り者だから誰に遠慮する事もない、共に暮らす日々が過ぎた。季節も変わろうとする頃、矢助は冴に行く当てを聞いた…行く当ては無いと言う…そのまま居着いて、冴は矢助の妻となった。

檀那寺《だんなでら》に頼み、適当な冴の元の籍を作り、矢助の籍に入れて夫婦になった。矢助が過去を聞かないがままに黙していたが、冴はキリシタン大名でもあった宇喜多家の家臣・明石掃部《あかしかもん》の配下の筋で、断絶後も、上道郡に隠れ住んでいた。

冴自身、敬虔《けいけん》な信者という程ではなかったが、主の奥方に仕える内に自然と身に馴染み、弾圧を受けるようになってからは、秘《ひ》して守らなければならないとの思いが逆に強くなった。更に殉教の話を聞くにつれ、この教えは、命を懸けるに値する有り難いものなのだと、信じるようにもなって行った。

長い潜伏の時が過ぎた。異国から来ていたというパードレ（伴天連《ばてれん》：神父）の洗礼を受けた事もオラショ（祈り）の言葉を聞いた事もない。幼い頃に一度だけ、マリア様を描いたという絵を見た記憶が微《かす》かに有る…何やら、観音様のお姿に似ていた様な…。今は僅《わず》かにラテン（南欧）の言葉だという、短い祈りと幾《いく》つかの単語をカナ文字で綴《つづ》った紙片《しへん》が残されているだけだ。

それを唯一、信仰の証《あかし》とし生きる糧《かて》として、御守袋の内側に隠し縫いをして納めている。

冴は、紙片に綴られた文字は全て覚えていた。それを次の子に、何があっても伝えて行きたい…この御守袋さえ有れば…。

冴は姉女房だった。夫婦になる時、冴は年の事だけを気にして言った。
＝私は、年増《としま》に御座《ござ》りまする、貴方様より。それも二つや三つでは…御座りませぬが…それでも…＝

矢助は、何ァんもと答えた。寧《むし》ろその方が、矢助は楽だし助かる。姉の様でも在り、時には母の様でも在る。矢助が何も言わなくても万事上手に取り仕切ってくれる上に、細やかな気遣いも見せてくれる。何より冴は、読み書きが出来た。

矢助は、寺子屋にすら行った事が無い。漁の道具と魚の売り買いに必要な字以外は殆ど知らない。元々、田が三反もない小百姓の三男、無くてもいい子だった。魚取りが好きで、川漁師の手伝いをしている間に養子になった。その夫婦には子が無く、我が子同然に可愛がってくれたが年老いていた。矢助がやっと一人前になった頃、安心したのか相次いで世を去った。

譲られた財産は、山の斜面に張り付く小さな畑が二枚と、川舟が二艘と漁具が一式。独り者となった矢助は、気楽でもあり、さして仕事に精を出す事も無く、その日暮らしの様な生活を過ごしていた。

冴が来てから、矢助の生活は一変した。冴に苦労や辛い饑《ひも》じい思いをさせてはならんと。川漁だけでなく、川や土木の普請の人夫、高瀬舟の船曳き人夫、農繁期には木葉家の田仕事も手伝うようになった。冴が喜んでくれれば矢助も嬉しい、楽しく過ごす内に娘の『好《よし》』を授かった。

幸せが過ぎたのか、少し返せとでもいう様に、大雨が続き、恐れていた今度の洪水になった。矢助の家も被害を受けた。舟が一艘流された。小さい方は二人して何とか岸に上げ、舫《もやい》杭《ぐい》に繋いだ、次をと振り向いた時、大きな流木が舟に押しかかり舫綱《もやいつな》を引き千切った。舟は濁流に沈み、暫くして船底を見せて浮き上がり、激流に波打って、下流に消えた。

木葉に於いても、姉の苗も、十歳になり、女としての心得の裁縫や家事に忙しくなった。自然と新三郎の相手をする暇もなくなり、一方の新三郎も、もう剣術の相手も務まらないほどに腕を上げていた。

新三郎は、里山の竹や木を相手に打ち込み切り倒しては喜んでいる。一打ちで切り倒せた時の爽快《そうかい》さが堪らない。持ち物も竹割鉈《たけわりなた》から、重くて大きい腰鉈《こしなた》に換えた。果然、野武士剣法が身に付いて来る。時折、納屋にある貸刀《かしがたな》の脇差《わきざし》を振ってみるが、まだ振り回されて足を切りそうだ…もう少し時間が。

家の近くに年の近い子供達も居るが、皆農家の子達ばかりで、剣術の相手は出来ない。新三郎の家も、今では農家に違いないが元は武家、帰参を願って、今でも武家の頃の暮らしと仕来りを守り通している。村人も代々の豪士《ごうし》と認め、そのような付き合いをして来る。

遊び相手に入っても、意地悪をされる事は無いが打《う》ち解《と》けても貰えない。特に剣術遊びなどをすると、聊《いささ》かでも心得の有る新三郎には年上の者でも敵わない。おもしろくないからか恥ずかしいのか「もぅ止めじゃ」と、何時の間にか仲間外れにされて行く。

他に郷士《ごうし》の子も居るには居るが、山道の才《さい》の峠《たわ》を越えた隣村なので、なかなかに出掛けても行けない。他にも母が教師の下で、文字書き読書の習い事もある、自然と一人遊びが身に付いて行った。

それが近頃、少し変わった。妹が出来た、名は好《よし》と言う。去年まで会うのは年に二度、田の手伝いに来る矢助と冴に連れられて田植えと稲刈りの時期に来た。初めて見た時は、乳呑《ちのみ》児《ご》だった。姉の苗が子守りに背負い、泣くと新三郎が背中を軽く叩いてやる…その内に泣き止んで眠った。来る度に見違えるほどに成長し、去年の秋には、もう炊事の手伝いの真似事も出来る程になった。

好の守りは姉の役目、新三郎は余り話した事もない。田仕事の上《あ》がりには、木葉家で小作の者も皆集まって、慰労の宴を開く。男達は酒を飲み、女達も藩のご法度を破って、出来るだけの御馳走を、彩りよく作って楽しんだ。

好も、苗と新三郎の間に座って食べる。今年の田植えの後には少し話した記憶が有るが、覚えていないのは、取り止めの無い話だったからなのだろう…。

新三郎は習い事が終わると、北に在る原大谷《はらおおたに》ノ峰《みね》に向かう。山裾《やますそ》には、法泉寺《ほうせんじ》の跡が在る。その寺は、不受不施《ふじゅふせ》派《は》の寺だった。取り壊されたまま草木に塗《まみ》れている。村人も手入れには来ない、来れば不受だと知れるから。

新三郎は、通り道に延びた竹や草を切り払ってゆく。信仰というより歩く邪魔になるからだが…お陰で寺跡への道だけは荒れずに済んでいる。

もう一つ開けた所がある、川沿いの山裾が随分と広くなっている。剣術の稽古や腹立ちの鬱憤《うっぷん》晴らしの独り遊びで、鉈や小太刀を振り回している内に、すっかり刈り払われて里山然《ぜん》となった。残った根を掘り耕せば、畑の一つも出来るくらいに。

その日は、小枝の薪《たきぎ》取りも命じられていて、山裾《すそ》を少し奥に入り小枝を切っていた。ふと、人の気配を感じた。目を向けると、木陰に半分姿の隠れた子供が立っている。着物を見れば、女の子と知れた。その娘は、そこを動こうとはせず、時々木陰から顔を出し、こちらの様子を窺《うかが》う。

「誰じゃー？　そこに居るんは」

新三郎は問う。

「新三郎…さまぁ」

恥ずかしげな小さな声で名を呼び、娘は姿を現した。

見覚えがある、矢助の娘の好だ。また少し大きくなったようだ、近付いて来る足取りも、以前よりもしっかりとしている。

どうしたと問うと、ただ姿が見えたからと、顔を赤らめ下を向いて好は答える。新三郎もそれ以上問う言葉を知らない。黙って好を見ている内に、何故か胸の鼓動が大きくなって来た。どうして良いかも分からず、恥ずかしくなって来たから背を向けて、薪の小枝を次々に切った。小枝を拾おうとすると、好がもう拾っていた。

新三郎が切り好に渡す、好は縄の上に積み上げてゆく…二人は物言わず黙々と続けた。根《こん》を詰めたせいか新三郎は疲れてきた、好を見ると額から汗が流れ落ちている。新三郎は手を休めて、持って来た竹筒のお茶を飲んだ。好は何も持っていない…新三郎は竹筒を差し出した、好はそれを受け取って飲んだ。

新三郎は、母の作ってくれた釜底《かまぞこ》のお焦げのお握りを半分に分け好に与えて、薪の上に並んで座り、残りのお茶も分け合って飲んだ。

二人ですれば薪取りも捗《はかど》り、間も無く、二束《にそく》の薪が出来上がった。新三郎はそれを背負子《しょいこ》に載《の》せて担《かつ》ぎ、「もう帰る」と好に言った。好は「はい」とだけ答え、寂しそうに二三歩退《しりぞ》いた。

新三郎は、そのまま黙って山を下りた。自分で切り開いた里山に着き、やっと後ろを振り向いた。薪を取った辺りに姿は無く、見通しの良い川沿いの山道に降りた所に、好は佇《たたず》んでいた。新三郎は、また恥ずかしくなって、隠れるように姿を藪の中に消した。

新三郎はその後、鉈も小太刀も振らず、里山の斜面に座って、漠然《ぼんやり》と吉井の川や対岸の城山、下流の右に大きく蛇行する辺りの原の河原を眺めながら、好の事を思った。可愛げな幼い娘だ、歳は五つくらいも離れている。自分に妹が居れば、あの様なものかと…妹ならば、時々は相手をしてやっても良い…姉が自分にしてくれたように。

それから好は、新三郎が薪取りをする時には、何処からともなく現れて手伝う様になり、更に時が経つと、里山にも姿を出すようになった。

好は一人っ子だった。天瀬の家には田も無く、近くに住む人の数も少ない、遊び相手も居なくて、寂しくて詰まらない日々を過ごしていた。遊び相手が出来るのは年に二度、益原の木葉家の手伝いに、矢助と冴が連れて行ってくれる時だけ。

幼い好の足では隣村であっても通えぬ程に遠い所だった。今では好も少しは大きくなり、村境までなら届くようになった。家から山坂を登れば大岩があり、そこから眺めれば益原の村が一望に出来て、遠くに新三郎の歩く姿も見える。

もう少し大きくなれば、山道を通って天瀬から益原の村の中にまでも行ける…そうすれば、木葉の家にも行ける…。

新三郎も下に妹弟はいない、姉の苗ももう遊びの相手をする暇は無くなっている。近頃では、兄の頼景《よりかげ》が剣術の相手や家事の要領などを教えてくれる様にはなったが、手並みが違い、直ぐに放って置かれる。

やがて好は、いい遊び相手となった。山野に食べ物を探し、川に魚を漁《と》り、傷付けば手当てもし。姉に倣《なら》って好を可愛がった。

好からすれば、五つも年上の新三郎は何でも出来る頼もしい兄だった。好はもう寂しくなくなった。

延宝の大洪水から三年後、恐れていた通りの凶作が続いたが、もはや藩に余力は無く、貯蔵の米と麦のそれぞれ二千石余を、家屋を失った者に施し、手習所《てならいじょ》を施粥所《せかゆじょ》にする事に留まっている…。無い袖は振れなかった…結果、望まない餓死者が続出した。

その頃、嫡子《ちゃくし》綱政に藩政を譲って五年、西ノ丸で院政を摂《と》っていた光政の威光《いこう》にも翳《かげ》りが見え始めていた。熊山蕃山との不仲も、その一つ。

原因は、諸役人の参加する評定所の設立での対立。光政と永忠は、閥閣《ばっかく》家老の権限抑制と細かな政治の為に必要だと主張し、対する蕃山は、細かな政治は圧制の元と反対した。どちらにも一理《いちり》在る…互いに引かない…。蕃山は近頃の冷遇を非難し、弟の泉仲愛とも袂《たもと》を分かち、藩を去った。

この洪水で、田原井堰の抱える負の作用が表面化した。井堰は、下流の用水確保には多大な益があるが、上流の者にとっては水止めによる洪水の源、無益有害でしかない。事有る毎に撤去を申し入れていた、その矢先の惨事《さんじ》、村人は挙《こぞ》って嘆願《たんがん》を藩に訴えた。

永忠は苦慮した。藩の財政を立て直す為には、新田の開発しかない。畑地に水を引き水田にするにも、瀬戸の海と児島の間に広がる『吉備《きび》の穴海《あなみ》』と呼ばれる遠浅の干潟《ひがた》を埋めて新田にするにも、大量の真水が要る。その為にも、井堰は無くてはならない。

田原井堰の撤去を認めてしまえば、他所の井堰も造れなくなり、延《ひ》いては藩の立て直しの目論見《もくろみ》も泡と消える…何としても。

洪水の防げる目途が立った訳ではないが、取り敢《あ》えず、佐伯《さえき》・父井原《ちちいばら》の、吉井川の流れが直撃し左に迂回《うかい》する決壊し易い川筋に、更なる高い堤防を築くとして、村人を何とか説得した。

このような経緯《いきさつ》を経て、吉井川には田原より下流に、坂根堰《さかねぜき》、倉安川《くらやすがわ》を通して砂川《すながわ》・百間川《ひゃっけんがわ》と旭川《あさひがわ》にまで続く運河の源点にもなる吉井堰《よしいぜき》、更にその下流に、百枝月堰《ももえづきぜき》・鴨越堰《かもいぜき》の四つが造られ、やがて幸島《こうじま》新田や沖《おき》新田を潤すようになる。

今、永忠の頭には、治兵衛が築く長い堤防や大きな樋門に囲まれた、瀬戸の海の水平線にまで広がる壮大な水田の姿が浮かんでいた。

治兵衛なら何とかしてくれようと、無理に頼んだ石樋の石組みは、和気郡《わけごおり》でも御野《みの》郡でも、

《水も洩《も》れぬし、壊れもせぬ》と、評判を呼んでいる。

『出来る。あの男なら、新田の干拓も出来る』

永忠は、治兵衛に望みを懸けていた。

翌、延宝四年（1676）、永忠は、その構想を基本に、藩再建策として総《まと》め、『自分勝《じぶんかっ》手作廻積目録《てさくまわりつみもくろく》・簡略積《かんりゃくづみ》』として藩に提出したが、取り上げられたのは、翌年になっての事だった。

藩の家臣団の反対は強い、倹約《けんやく》の上に新田開発に金を使うなど、自分達にとっては苦しいばかりで、賛成などはとても出来ないと。

―ご詮議《せんぎ》に、列席を命じられたものの―

「倹約の件はさて置き、新田については、藩に財源は更々無く、借財など以《もっ》ての外。まぁ、其方《そのほう》が管理しおる社倉米《しゃそうまい》にて致す分には、申し出の通り…自分勝手にするが良かろう…」と、冷ややか。

なかなかに思い通りには進まない。藩にとって良い事は、自分達家臣にとっても良くなるものと思うのだが…。「武士は食わねど高楊枝《たかようじ》」と言うのは、真意を言い当てている。武士は働こうとしない、するのは碌に見合った勤めの分だけ、それ以外は何とか食えさえすれば、自分の為の食い扶持《ぶち》であろうと稼ごうとはしない。それが面目だ、とでも思っているのか？

普請ともなれば、自分達も駆《か》り出され、泥水に塗れ、重い土や石も運ばなければならない……身を汚し辛い思いをしてまで、遣る事はない。そうするくらいなら、鳴く腹の虫を押さえていた方が、まだましだと。


永忠が新田構想の大反対に遭《あ》っている頃、治兵衛も、あちこちと掛け持ちの仕事で忙しい中、犬島で宍粟《しそう》藩主・豊後守政元《ぶんごのかみまさもと》様の墓碑の細工中に、備前石工の手番・七右衛門《しちえもん》に難癖《なんくせ》を付けられ、つい刃傷沙汰《にんじょうざた》を起こした。

その騒ぎが収まった頃に、光政の正室・円盛院勝子《えんせいいんかつこ》が、夫に先立ち逝去《せいきょ》した。治兵衛も永忠も、息つく暇なく、務めに追われる日々が続いていた。

5

不受不施《ふじゅふせ》の門徒《もんと》

河内屋治兵衛が、津田重二郎永忠に招かれて備前の国に遣って来た頃、吉利支丹《キリシタン》とは別の、もう一つの宗教弾圧が始まっていた。

寛文五年（１６６５）、徳川幕府から『日蓮宗不受不施派寺請《てらうけ》禁止令』が出された。これを機に備前藩主・池田光政は、儒教指向の廃仏向儒策《はいぶつこうじゅさく》を執《と》り、幕府に逆らってまでも礼儀の似ている神道神職請《しんとうしんしょくう》けを強行し、特に日蓮宗不受不施派に対しては、廃寺《はいじ》と信徒の宗旨《しゅうし》替《が》えを徹底した。

光政が最初に採り入れた儒教は、中江藤樹《なかえとうじゅ》や弟子の熊山蕃山《くまやまばんざん》が唱えた陽明学《ようめいがく》（心学《しんがく》）で、自律《じりつ》を重んじた。為政者《いせいしゃ》は仁《じん》を施《ほどこ》し、被政者《ひせいしゃ》（領民）はその身分を弁《わきま》えその業分《ぎょうぶん》に努めよと言う。

仁（博愛？）は天子《てんし》、即ち《天命を受けた人》が行うものであり、仏教のいう《人を超越した御仏《みほとけ》》の慈悲で在ってはならなかった。

光政は、飢饉の時には蔵から御救米《おすくいまい》を放出し、年貢も厳しくしなかった反面、領民の娯楽も禁じ後に『傾城歌舞音曲法度《けいせいかぶおんぎょくはっと》』と呼ばれる令も発して、遊郭《ゆうかく》は疎《おろ》か村祭りまで厳しく監視規制した。

その思いの内には、宗門に対する煩《わずら》わしさが潜んでいたのかも知れない。武家統治に対する、比叡山延暦寺《ひえいざんえんりゃくじ》（天台宗）の抵抗、大坂石山本願寺《いしやまほんがんじ》（一向宗）の反抗、自らも出兵した天草島原の乱《あまくさしまばらのらん》（キリスト教）…頑《かたく》なな門徒衆は統治に逆らう、今また不受不施が…。

この地は、『備前法華《びぜんほっけ》』『妹尾千軒皆法華《せのおせんけんみなほっけ》』と言われる程に日蓮宗の門徒で溢《あふ》れ、不受不施に従う者も多い。光政にとって、刃向かう者は許されざる存在であり、その弾圧も容赦が無かった。他宗の統合も含め、藩内の三百十一ヵ寺が廃され、僧侶《そうりょ》五百八十五人が追放となり半減された。

治兵衛が初めて城下に入ると直ぐに、殺伐《さつばつ》とした空気を感じ、仕事とは別の緊張感が体を走ったのもその所為《せい》だった。

不受不施の、《不受》とは他宗派門徒からの供養《くよう》（土地・財貨・食糧などの寄進《きしん》）を受けず、《不施》とは自宗門徒以外には供養を施さず法施《ほうせ》（祈りや説法）をも施さない事を意味する。

不受不施派の誕生と法難《ほうなん》は、豊臣秀吉の『千僧供養《せんぞうくよう》』に始まるとされている。文禄《ぶんろく》四年（1595）、秀吉は亡《ぼう》父母並びに先祖追善《ついぜん》の為に、京都方広寺妙法院《ほうこうじみょうほういん》に大仏を建立した後、仏門八宗全てに百人ずつの僧侶の出仕《しゅっし》を命じ千僧供養を行う事にした。

この時、日蓮宗妙覚寺《みょうかくじ》の日奥上人《にちおうしょうにん》は、教義に反するとして出仕を拒否した。出仕拒否には根拠が在った。室町時代の将軍・足利義教《あしかがよしのり》も千僧供養を行ったが、その時も、日蓮宗は他宗と同席する事は教義に背くとしてこの出仕を断り、これが時の幕府にも認められていた。

だが秀吉はそれを認めず、初めは「自分も元は日蓮門徒、その教義の由《よし》も分かるが、そこを何とか」と頼んだ。が、日奥は一切応じない。秀吉は、頑《かたく》なな態度への腹立ちと天下人の面目も在り、強硬な出仕命令を再三再四発した。

妙覚寺の僧侶の中にも、秀吉の怒りを恐れ、妥協を促す者も現れた。

「何も法要までせずとも、ただ顔を出すだけで良いと言うのじゃ…それくらいなら…」

―他にも―

「貴方《あなた》様が厭《いや》じゃと仰《おお》せなら、折法《せっぽう》の咎《とが》めを覚悟の私を代わりに参らせて下さいませ…でなければ…この寺が…」

『他宗の者ばかりか、寺内の者までもがこの有り様か……』

謗法《ほうぼう》（他宗）折伏《しゃくぶく》（説得）は教義根幹《きょうぎこんかん》の一つ。謗法の者なら、諫暁《かんぎょう》（今までの仏法思想や行いの過ちを諫《いさ》め、法華経を説き正法を暁《あきら》かにする事）も出来るが、承知のはずの寺内の者に今更何を…。

ただこのまま此の者達と共に座するのも堪えない、もう此の寺にも居られぬ。

「国主諫暁、謗法折伏は是《これ》、日蓮宗の必義」

こう言い放って、日奥は妙覚寺を出て、不受派同士の居る丹波の小泉に蟄居《ちっきょ》潜伏した。だが、それだけでは終わらなかった、秀吉の千僧供養はその後も毎年続いていた。その都度、出仕命令も受派からの説得の手紙も送られて来た。

此れに対して日奥は屈せぬどころか、秀吉には『法華宗諫状《かんじょう》』を、京都の後陽成《ごようぜい》天皇には日蓮聖人の『立正安国論《りっしょうあんこくろん》』に自作の『法華宗奏状《そうじょう》』を添えて送り、法華経と己の行動の正当性を訴えた。

このような所行《しょぎょう》は、日蓮宗受派にとっても悩みの種となった。天下人秀吉は、今までの国主とは違う。如何《いか》に信長の命令とはいえ、比叡山を焼き討ちにし、大坂石山本願寺の一向宗徒をも滅ぼしている。僧侶七代の祟《たた》りをも怖《おそ》れない。本気で怒らせれば、宗派ごと潰されても不思議は無い。

《教義に従うとはいえ、日蓮宗派を滅ぼす事を果たして日蓮聖人が喜ばれるかどうか？》

受派の者も誰一人として喜んで受け入れ秀吉に従っているのではない、受派の中でも事ある毎に受諾《じゅだく》の是非が侃々諤々《かんかんがくがく》と論じられているのだ。

受派の言う『王侯除外《おうこうじょがい》（国主の命令に対しては不受不施を除外とする）』の新義の拠《よ》り所は、日蓮聖人が布教を始めた頃の心得を説いた五綱《ごこう》（五義《ごぎ》・五知判《ごちはん》）に在った。
『教（仏法や信仰）には、種々の教あり
教を受ける機根《きこん》（理解力）にも、種々あり
時勢（状況や時機）また、種々あり
同じ時勢にも、各々《おのおの》異なる国あり
同じ国にも、教の広められる順序次第あり』
と、日蓮聖人も、事情が異なれば布教の難しい事を認めている。
ただ日蓮聖人は、流罪の法難を受けても、敢然《かんぜん》と諫暁布教に努められたが…今は国主も異なり、国情も異なる。諫暁折伏の時機に今暫《しばら》くの猶予《ゆうよ》が有って然《しか》るべきではないのか、と…。
その思いで、受供養の苦汁を飲んだ。
＝解かっている、解かっているから…不受派の思いは充分に解かっているから、もうこれ以上騒ぎを大きくしてくれるな＝と願う。
《守らねば崩《くず》れ　崩さねば持てぬ　双方同時には相立《あいた》たず》
＝崩さねば持てぬ＝　妥協《だきょう》は、板挟《いたばさ》みの中の選択…何れにせよ、選んだ以上は突き進むしかない……。天下人に潰される前に、自分達受派が不受派を自ら説き伏せるしかない、受派の考えは此処に至った。

慶長《けいちょう》四年（1599）受派は、妙顕寺《みょうけんじ》の日紹《にっしょう》を代表に立て不受派の言動を徳川家康に告訴して、日奥《にちおう》を大坂城に呼び出し大坂対論《おおさかたいろん》に臨もうとした。

が、日奥は応じず、出仕《しゅっし》も拒んだ。

＝守らねば崩れる＝　仏法は、此の世の全ての民、即ち国王も領民も総《す》べる国家救済庇護の為に在る。仏法は、人の作った国法に勝る。その理《ことわり》は絶対に曲げてはならぬ。権力に屈すれば仏法の意味は失せる、それが日奥の信念だった。

一方の家康は以前、千僧供養の出仕要請の折、譲りに譲った形だけの出仕の頼みをも日奥に断られており、腹は既に決まっていた。受派からの告訴《こくそ》は渡りに船、日奥の拒否も思惑通《おもわく》り…。

「国主を嫌うなら孤竹《こちく》の伯夷《はくい》・叔斉《しゅくせい》に倣《なら》い、首陽山《しゅようざん》に餓死するがよいッ」

家康はそう言い放ち、日奥の袈裟と衣を剥《は》ぎ取り、十三年間の対馬流罪《つしまるざい》に処した。

受不受の対立はその後も収まらず、三十年後の寛永《かんえい》七年（1630）、受派身延山《みのぶさん》久遠寺《くおんじ》側から、不受派池上本門寺《いけがみほんもんじ》の非難で信徒が奪われていると幕府に訴訟《そしょう》があり、不受派も反論の訴訟を起こした。

受派の言い分は「池上の申す事、筋を違《たが》えた悪口雑言《あっこうぞうごん》。信徒を誑《たぶら》かして居《お》りまする」

不受派言い分は「然《さ》に有らず、只々《ただ》教義の真理を説いておる而已《のみ》」

幕府からは老中・奉行・儒学者も出席し、受派からは日暹《にっせん》はじめ六名、不受派からも日樹《にちじゅ》はじめ六名が集まり『身池対論《しんちたいろん》』が始まった。

受派の日暹《にっせん》は大声で言う。

「既に不受不施は大坂対論で敗れ、日奥は罪人流罪となっているではないか。それを此の上、身延法華を謗法するとは、誠に以《もっ》て怪《け》しからん」

日樹《にちじゅ》は言い返す。

「大坂対論で敗れたとは思うておらぬ。法理は日奥様にこそ御座《ござ》る。威《い》を持って無理に罰しただけの事、非礼はそちらに在る」

日樹は、身延派の僧侶だけでなく幕府の出席者をも睨《にら》み付けた。これが更に幕府の心証《しんしょう》を悪くした。対論とは名ばかり、最初から不受派の咎《とが》めは決まっていた。慎《つつ》ましやかな態度でも有れば、多少は罰にも手加減をと思っていたが…最早無用《もはやむよう》。

日暹《にっせん》は日樹側の弱点を突く。

「偉そうに申しても日樹よ、その方等《ほうら》も国主様から授かった寺領の寺に住んでおるではないか、それで不受では筋が通るまい」

やはりそこを突いて来たかと、日樹は鎮《しず》かに受けた。筋は在る…静かに言い返す。

「寺領は古《いにしえ》より既に授かっております。何も今の将軍様より拝領《はいりょう》致したものでは御座りませぬ」

この言葉に、思わぬ喜びの色を浮かべたのは受派の日暹だった。卑下《ひげ》に思っていたが、言われて見ればその通り、何も余分に拝領したものでもない。日暹は思った。

『日樹よ、敵ながら此ればかりは御前《おんまえ》の言う事が正しい。いやー、よくぞ言うてくれた』

逆に色を作《な》して怒ったのは幕府の面々。老中の中には脇差に手を掛ける者も…裁定《さいてい》役の立場上、やっとのことで餓慢《がまん》し収めた。

その場を執《と》り成《な》す意味も含めて、日暹は次の訴訟を投げた、態《わざ》と語気を荒げて。

「千僧供養の件《くだん》以後は、受・不受共に供養布施を仕合い、正法《しょうほう》・謗法《ぼうほう》の区分は致すまじと相成っておるに、未だ身延を謗法と言い触《ふ》らすとは、これまた、筋が通っておらぬが如何《いか》にィッ」

本門寺の中にも色々な意見の者が居る、穏健《おんけん》な者達も。『穏健な者が誤って受けた供養は用いず返している、共受ではない。』心の中ではそう切り返したが、誤りにせよ受けた事実は曲げられない。口を噤《つぐ》んだ。

日樹は対論の呼び出しを受けた時から、一方的に罰せられるであろう事は覚悟していた。その通りの展開になっている。幕府の者は既に苛立《いらだ》ち、これ以上の対論など不要、目障《めざわ》り耳障りな者達をさっさと罰して終いたいと、虎視眈々《こしたんたん》その機を窺《うかが》っている。何の申し開きをしても通じまい。返事の代わりに諫暁《かんぎょう》を始めた。

「哀《あわ》れなる哉《かな》。四箇《しか》の名言（四箇格言：他宗批判）と不受不施とは其の旨《おもむき》の一《いっ》なる（同じ）事を知らざるとは」

「もうよいッ！　止めィッ！」

遂に逆鱗《げきりん》に触れた。機を計っていた幕府側は熱《いき》り立ち、此処ぞとばかりに打ち切った。この身池対論《しんちたいろん》は、最初から幕府と不受不施の戦いだった、しかも幕府にとっては理論ではなく感情論と勘定論でしかない。

幕府にすれば怨み骨髄。何かと揉《も》め事ばかり起こす日蓮宗は、受・不受を問わず喧嘩両成《けんかりょうせい》敗《ばい》を以て潰して終いたいのが本音だが、この宗派は信徒も激しい、全てを取り潰して石山本願寺の様な反抗一揆《いっき》にでも走られたら…愈々《いよいよ》面倒。この際は数の少ない不受派だけを殲滅《せんめつ》して置こう、見せ令《し》めにするにはそれで充分。それに敵の敵は味方でも在る、受派は残して置くのが今は得策…この計略を幕府は採った。こうして不受派は禁教となった。

この後の徳川幕府の沙汰は非情を極めた。日樹ら不受派の僧侶を八丈島ほかの遠島に流罪とした上、流刑を終えて戻っていた日奥をこの事件の首謀者《しゅぼうしゃ》と決め付け、その年に既に死亡していたにも拘《かかわ》らず、その遺骨を掘り出し、前例の無い《死後の流罪》に処した。

日奥上人の遺骨は、流罪の僧と共に島に送られた。その夜遅く、一人の役人が流人宿《るにんやど》にそっと忍んでやって来た。包みをそっと差し出して言った。

「これは日奥上人の遺骨じゃ。この島に散骨せよと命じられてはいるが……それは余りにも酷《ひど》かろう。散骨致した事にする。判らぬ所にそっと埋め、主等《ぬしら》が赦《ゆる》されて帰る折、そっと隠して持ち帰るが良かろう…」

そう言い残して、その役人はまたそっと消えた。幕府の役人の中にも、法華の門徒は居た。不受派と異体同心の者も居る。他宗であっても、過酷《かこく》な仕打ちはしたくないと思う心優しき者も居た。

これが以降次々と苦しめられる徳川法難の始まりだった。不受派は禁教となり、すぐさま備前・備中にも波紋が広がった。不受派の寺に、身延から入山して来た。庭瀬《にわせ》・妹尾《せのお》の信徒達は収まらない、本山から離脱し、無本寺の独立信徒となった。

次に幕府は法華寺院に対し「不受不施棄宗《きしゅう》」の誓約書の提出を迫《せま》った上、こう言い放った。「飲水行路《いんすいこうろ》、此れ全て国主の供養」と。水が飲めるのも路が歩けるのも全て徳川幕府のお陰であるから感謝致せ、と言うのだ。明らかに国法が仏法に勝っているのだと、その威を押し付けて来た。

そして従わない寺院に対して、遂に寛文九年（１６６９）、「公儀《こうぎ》への書物《かきもの》（棄宗誓約書）を致さざる不受不施の日蓮宗は、寺請取る不可《てらうけべからず》」の『不受不施寺請禁止令』を発した。寺請けを取らせないというのは、信徒を持たせないという事で、廃寺と僧侶追放が行われる。

そして信徒は、檀那寺《だんなでら》と請けを失う。切実なのは請けを失う事、それは非人《ひにん》（戸籍と居住権剥奪《はくだつ》）を意味した。請けを失えば、同時に家土地も失い放浪の身となる。土地を失っては、百姓は生きる術が無い。生きて行く為には、受派か他宗の門徒になるしかない。

宗派を問わず信仰は、自律の法・現世利益や冥福と来世利益の源とは言うものの、今まで信じて来た信仰を変える事は棄教も同じ、捨てれば信念を失う…。

《守れば死し　死すれば守れず》進退窮《しんたいきわ》まった。

この吉利支丹《キリシタン》と同じ禁止令は、不受不施派にとって致命傷となった。非合法とされ、表面上からは消滅させられて行った。

しかし、幕府が危惧《きぐ》していた通り、日蓮宗は『不自惜身命《ふじしゃくしんみょう》』。特に不受派の門徒は、信者も含め不屈不滅の強者《つわもの》だった。この後二百年間、徳川幕府が倒れる後までも、不受派の潜伏抵抗の歴史は続いて行くのだから。

不受派の辛苦の戦いが、備前の国でも始まった。備前法華と呼ばれるように、村ごと皆法華というのも珍しくはない、木葉家の住む益原村もそうだった。人数が多いだけに騒ぎも大きい。この騒ぎの中、新三郎は誕生した。

僧は寺を追われ放浪の身として、無籍無縁の法燈《ほうとう》（リーダー）や法中《ほっちゅう》（一般僧侶）となった。見つかり、不受僧と判れば捕《つか》まり遠島、抗《あらが》えばその場で斬殺《ざんさつ》もある。潜伏逃亡する以外に途《みち》は無い。

信徒も困った。このままでは家族ごと所払《ところばら》いとなり暮らしも立ち行かない上、捕まれば入牢や斬首もある。幕府は狡猾《こうかつ》だった、信徒にはもう一つの途が残された。表向きの改宗をすれば、以外は元の儘《まま》の暮らしが保証された。

これが為政者の巧みな狙いだった。信徒の中で重要なのは農民、彼等は武家の生命線である年貢を納めてくれる貴重な人材。これを失うのは大きな損失、農民に対しては手心を加えた。棄教の改めは厳しくせず、兎に角、他の仏門請けに入れば良しとした。受派であれば日蓮宗でも構わない、これなら転宗も仕易かろう。幕府は、その思惑だった。

だが備前では、その旨《おもむ》きを異《こと》にした。嘗《かつ》てこの地を日蓮宗に染めた松田氏が法華狂いなら、池田光政は儒教狂いだった。幕府に先んじて三年前の寛文六年（1666）、宗派を問わず廃寺統合する寺社淘汰《じしゃとうた》を行い、寺と僧侶の数を半分にする廃仏向儒を行い、神社の方は、多数の小さな末社を大きな神社の境内に移行し統合集約した、その方が上意下達の手間が省ける。

仏式よりも儒教と儀式の似ている神道を好んだ結果なのか、光政は幕府に従わず神道請けを強制した。寺社淘汰も、幕命ではなく僧侶嫌いから来る光政の独断。僧侶の堕落を理由としたが、そこには別の領民支配の狙いがあった。

当時、寺は、寺領を持ち独立的な自治観念を持っていた。そして寺子の手習いや門徒への仏法説教を通じて、領民の思想に深く関わっていた。儒教を広めるには邪魔、それを何としても断ち切りたかった。

儒教の基本は〝乱すな〟。為政者が百姓の道徳心得とさせるには都合が良いから、徳川幕府も朱子学《しゅしがく》を用いている。

それにもう一つ光政が、儒教に狂う理由があった、それが『仁政《じんせい》』。彼は、後世に名を残す慈悲深い良主に成りたかった。その前提は領民の安泰。乱す者は不要。光政は寺社奉行並びに郡奉行に厳しく命じた。

「不受不施も吉利支丹と同じじゃ。団結せぬ間に潰しておかねば。一人として藩内ならずとも残して置く訳には行かぬ、よいなッ」

寛永十四年（１６３７）光政は、吉利支丹衆の起こした島原の乱に出兵した。宗徒達の死を恐れない抵抗…信仰の強さと恐ろしさを、身を以て知っていた。

不受門徒の方も命懸け。禁教令が下って以来、僧も信徒も、時に各々《おのおの》、時に集《つど》い、個々の身の振り方も含めた対応が話し合われた。時に声を荒げ、時に心を痛め沈み俯《うつむ》く。

益原の法泉寺《ほうせんじ》にも、日正《にっしょう》・日進《にっしん》の二人の僧侶が居た。

「日進よォ、備前の殿さんは、殊《こと》の外《ほか》厳しい。もうこの国にゃー居《お》られん、居りゃー必ず信徒に災いが降りかかろう」

日正の重い呟きが、仏前に流れた。日進も納得し、これを伝えに真夜中、灯かりも着けず、暗い夜道を忍んで名主の蔵に向かった。蔵には名主・組頭など村の代表が集まり、村としての対応が話し合われていた。二人が着くと上座に案内された。

「儂等《わしら》は早々に、此処を出て行く。詮議の緩《ゆる》い国を見つけて還俗《げんぞく》をする。信仰を捨てたりはせんが、もう坊主としちゃー立ち行かん」

日正上人は思いを素直に打ち明け、日進も相槌《あいづち》を打って同意を示した。そう言われた名主は、困惑と落胆の色を丸出しにして二人に詰め寄った。

「そげぇな事を言うて遣《つか》ァさるな、お上人様ァ。お二人がおられん様になってしもうたら、儂ら村の者《もな》ァ、困った折《おり》に誰に相談し、死んだ折にも誰に弔《とむろ》うて貰《もろ》うたらええと言いんさるんならァ…。門徒は他宗じゃァ、成仏出来んのんじゃァから…。なぁー、儂らが命に換えてもお世話をさせて貰《もれ》ぇますからに、どっちか、お一人だけでも残って遣ァさらんかな…。お願ぇしますらー」

名主は更に躙《にじ》り寄って懇願《こんがん》する。集った村人達も口々に＝お願ぇしますぅー＝と声を上げ、身を前に乗り出して、縋《すが》る眼差《まなざ》しを向けた。

「お上人様が居られんでは、門徒の者ァ守る力も術《すべ》も無《の》うして終《しめ》ぇますがな…せめて信心だけ《・・・》は自分等ぁの思うものを…」

名主は、重ねて百姓達の胸の内を訴える。村人も大きく頷《うなず》いて同心を示す。

百姓達の思いの根底には、武家支配に対する反感がある。元々武士は、百姓を外敵から守る為の守備団で、同族でもあり仲間でもあった。だからこそ、田畑の仕事をしなくても食い扶持《ぶち》を分け与える気にもなれた。だが今は違う、搾取略奪《さくしゅりゃくだつ》するだけの敵でしかない。それも力尽《ちからづ》くでと言うなら仕方が無い…が、それなら年貢さえくれてやれば、後は何を信心しようが干渉されたくもない。

吉備の人には背骨《せぼね》が二つ有る。力に対しては嫌ながらも時に体の背骨を曲げる事があるが、信念心情の背骨は決して曲げる事はない。二つ目の背骨が、背筋を引き起こした。

新三郎の父時景もこの集いに加わっていたが、更に険《けわ》しい顔で斜めに視線を落とし押し黙っていた。時景も心情は同じだが、別の矛盾を抱えている。木葉家の宿願でもある武家への帰参、その夢は捨てられず…門徒に味方すれば、帰参など露と消える…。門徒の敵となる思いを捨て切れない気持ちが何とも煩《わずら》わしく、同時に裏切り者のようで心が痛んだ。

「此処に居っては、門徒衆に迷惑が掛かると思うとったんじゃが、…ふーん」

そう言ったまま、日正上人が黙り込んだのを見て日進が村人を見渡し、意を決して頷き口を開いた。

「私が、此処に残らせて貰いましょう。日正様はご高齢じゃで、そのまま身寄りの有る他国へ…。私は若い、逃げ隠れするにも宜しかろうから」

「そうして貰えりゃー」

名主以下ほっと一安心して、初めて笑顔を見せた。時景は日進上人の覚悟を決めた凛《りん》とした姿を見て、自分の身の振り方を決めた。

「他の所にも繋ぎを付けて置かにゃーおえん、同じ所に居っては、何時か見つかる。日笠《ひかさ》・吉田《よしだ》・神根《こうね》・佐伯《さえき》・赤坂《あかさか》と宇喜多の家来じゃった者らが村々に居る。他村も事情は多分一緒じゃろうから、互いに助け合うたら良えじゃろうし」

口に出すと、意外な程すっきりと覚悟が決まった。今は不受派の門徒に徹しよう。酷《ひど》い政治が続けば一揆も起こり、藩は取り潰しか藩替えにもなろう。その内に禁宗も解かれるかも知れん。帰参は、それからの事としよう。

「そうじゃ、それが良ぇ」と、皆が顔を合わせた。

「名主さんも、他村の名主さんに繋ぎを…但し慎重に。一つ間違えたら命取りじゃけ」

同じ百姓、同じ門徒であっても同心とは限らない。これを機に我が身の安住をと考える者が居ても不思議では無い。その一人の思惑が、この企《くわだ》てに加わる全ての者を、悪法の犠牲に追い込む事になる。

暫く二人の上人は名主の蔵に隠れ、今後の門徒の対応が話し合われた。

時景は、知人の郷士の中から同士となれそうな人物を予め選び出し、万が一の時に証拠となる手紙は避け、自ら足を運び、世間話などをする中で相手の心情を慎重に探った。当人だけではなく家族の者の、気配顔色や、物言いの端々にまで注意を払い、繋げるかどうかを見極めた後、話を切り出した。話が成らなければ、事と次第では斬り合いとなる。幸い主な人物には、繋ぎが出来た。

信者の選択は、幾つかに分かれた。信者も命懸け。既に寺は潰され、必然的に寺請けからは外されている。藩命の通り近くの神社の請け（人別帳《にんべつちょう》）に入るか、頼み込んで他の仏門の請けに入るしか、この土地に残る手立ては無い。土地を失っては百姓は成り立たず、一家ごと路頭《ろとう》に迷う。此処で生きる為にはどうあれ表面上は不受不施を棄《す》てるしかない。生か死かの極限の選択だった。

「与三次《よさじ》よー、お前《め》ん所《とか》ァ、どねぇする心算《つもり》ならやー？」

困り果てた顔で平作《へいさく》は言う。

「どねぇする言うてもなァ、何ーんも仕様が無かろうがな…。取り敢《え》ぇず儂《わし》ゃー、お指図通りに近くの神社に入っとかァ。元々氏子《うじこ》でもあるし、せーが無難じゃろーと思うてのう。後の事ァ、また後で考えにゃーならまーが」

「ふぅーん」と、声交じりの溜息を吐いた平作はまだ決め兼ねる様子で市介《いちすけ》にも尋ねると、市介も「うーん」と思案深い顔で答える。

「儂ァ寺請けじゃ、それしか請けん。せーも同《おんな》じ法華じゃ、和気村に本成寺《ほんじょうじ》が残っとる。あそこは供養受けしとるが内心は不受じゃとも聞いたで…法華の寺なら南無妙法蓮華経《なむみょうほうれんげきょう》のお題目《だいもく》も唱えられるでなァ」

この後、市介は声を密《ひそ》めて平作に耳打ちしたが、顔が引き攣《つ》っている。

「…次男の佐太《さた》は…籍《せき》には入れん…」

平作は黙り込んだ。籍に入れないという事は、内外両浄《ないげりょうじょう》の法立《ほうりゅう》と成る事。不受僧の法中《ほっちゅう》様の護衛と献身供養をしながら次代の法中となる修行もする。何があっても不受不施を捨てないという覚悟の現《あら》われ。発覚すれば残った市介一家も同罪になるのを承知での事。

平作は考えた末に、神道請けに入った。同じ外濁《げだく》の身と成るなら、藩に対しては恭順《きょうじゅん》の態度を見せて置いた方が…内浄《ないじょう》で不受派を通すにも、法中様や法立さん達を助けるにも、都合が良いかも知れん。それが平作の出した結論だった。

夫々《それぞれ》の思いに従い、去る者、潜む者、外濁の衣を着て残る者、中に保身の為に捨てる者に分かれ、不受不施は表舞台から消えた。

市介の思いは適《かな》わなかった。光政の法華嫌いは徹底していた。不受派ではない顕本法華の本成寺《ほんじょうじ》すら寺請けを禁じられ、神道請けに改宗させられた。この沙汰は、次の綱政の治世になってやっと赦《ゆる》される、不受不施派を除いて…。


内外両浄《ないげりょうじょう》を通す人達の中には、凄《すざ》まじい殉教《じゅんきょう》をする者も出た。これより三年前の寛文六年（1666）、益原《ますばら》村から吉井川を遡《さかのぼ》った佐伯《さえき》村の父井原《ちちいばら》に妙浄様《みょうじょうさま》と慕《した》われていた日能尼僧《にちのうにそう》が居た。その年に出された不受不施禁止令に抗議し、断食入定《だんじきにゅうじょう》に及んだ。

断食に入った妙浄尼の決意を知り、毎日村の衆が集まり、特に女達は涙を流して、思い止まるように懇願を繰り返した。

「妙浄様ァー、どうか止めっ遣《つか》ァせえ、お願《ねげ》ぇですから。これ以上続けんさったら、本真《ほんま》に死んで終《しめ》ぇますがなーァ…。そげぇな事を為《さ》れても、あの阿呆《あほう》たれの宗門役人達にゃー殆《ほこ》しゅー応《こた》えりゃーしませなァ…。グググーッ…。せーより、妙浄様が居られんようになりんさったら…それの方が私等ぁにゃー、ぼっこう（凄《すご》く）応えますらー…グゥーッ、グググッ」

腰の前掛《まえか》けで顔を覆《おお》い、泣いて翻意《ほんい》を願った。

妙浄尼は弱った体の身を伸ばし、笑顔を作って村人を諭《さと》した。

「お気遣いは有り難い事じゃが、止めて遣《つか》ァされ。私《わたし》がこうと決めたんも、領主さんへの腹立ちだけじゃーありゃーしませぬ…私ゃー自分の信じる仏門を、ただ通したいだけなんじゃ。仏門が消えるなら私も消える…それだけの事。それが少《ち》ぃとばーでも領主さんや役人達の心の棘《とげ》にでも成りゃー、それで充分…」

自分の信念を告げた妙浄様は目を閉じ、暫く苦しい息を調えた。村人は物言えぬまま祈りの手を合わせた。

妙浄様は、また目を開いて皆に言う。

「じゃけど、村の皆様には生き抜いて貰わにゃーなりません。どねェな事が有っても、耐えて宗門を守って下されや…私がこうするのは尼とはいえ僧の務めじゃからじゃ。私ァ、仏に成って、この村を見守らせて貰いまするから…なァ、皆の衆……」

こう言い残して、真如院妙浄日能尼《しんにょいんみょうじょうにちのうに》は入滅《にゅうめつ》した。死後は手厚く葬られ、祠《ほこら》に祀《まつ》られ、村人からは「ミョウジョウサマ」と崇《あが》められ、後には、流行病除《はやりやまいよ》けの産土神《うぶすなかみ》ともなり、今も村人を見守っている。

他にも岡山の大野辻《おおのつじ》では善興院日円が、本尊の南無妙法蓮華経のお題目を唱えながら入棺《にゅうかん》入定《にゅうじょう》を果たした。この他藩より厳しい岡山藩の弾圧を『備前心学《しんがく》（儒教）法難』と言う。この受難はまだまだ続いた。

備前に限らず、他藩でも幕命による弾圧があった。この時、幕府は『請《う》け』に新しい機能を加え、寺と領民の支配を固めた。

請けは、従来からある信徒と宗門の互助契約。信徒から寺や僧侶が受ける『受布施《じゅふせ》（奉仕や財施の供養寄進）』、そして寺や僧侶から信者への『法布施《ほうふせ》（経の教えを説く）』『無畏施《むいせ》（畏《おそ》れ悩み迷いなどからの精神的救済）』『財施《ざいせ》（信徒への経済的救済）』と、その記録としての戸籍《こせき》（人別帳《にんべつちょう》や過去帳《かこちょう》）の管理。

これに幕府や藩は、領民の財産管理の機能を加えた。人別帳には家族構成の外に土地・山林・建物・家畜その他所有する財産を記載し、それを国主からの供養として使用の権利を保証する事とし、その管理を寺や神社に請け負わせた。

その見返りとして、不受派から取り上げた寺領を新たに朱印領《しゅいんりょう》として与え、その元信徒達も請けに応じて檀家として配分された。これに因《よ》って以降、寺や神社は寺社奉行《じしゃぶぎょう》の管轄《かんかつ》下に置かれ、完全に国法に従う形になった。

和意谷《わいだに》・敦土山《あづちやま》の墓所完成も間近い六月、切石を運んで来た人夫から、治兵衛は悲惨《ひさん》な話を聞いた。北西に山並み二つ隔てた磐梨郡《いわなしごおり》・矢田部《やたべ》村に隠れ潜んでいた、元本久寺《ほんきゅうじ》の僧・日閑《にっかん》上人が見つかり、それを逃がそうとした家族や地元信者も捕《と》らえられた。彼等は全て、城下の旭川岸にある平井《ひらい》村の柳川《やながわ》刑場で斬首《ざんしゅ》になったという。

外にも係わりが有ったとして、親類縁者二十八人が国外追放となった。その中には二歳三歳の幼児も居たと聞く。これが後に、『矢田部六人衆、二十八人衆』と呼ばれる法難だった。

＝その経緯は＝

矢田部の村人は、たとえ他宗であったとしても密告などする者など無い。見て見ぬ振りをし、隠しの手助けが出来るなら、無理のない範囲で手を貸す者もいる。他宗といっても、百姓の立場も心情も同じ。何時自分達の宗派も禁教にされるか判ったものではない、明日は我が身の、切実さがあった。

一方の藩は、厳しく取り締まる。虚無僧《こむそう》に化《ば》けたり、笊《ざる》振《ふ》り商人（行商人）に成りすまし、村々に入り込み探索を続ける。

時に、不運にも見つかる事がある…。

日閑上人は廃寺追放の後、各地を流浪《るろう》していた。元は矢田部村の百姓・河本五兵衛《かわもとごへえ》の次男で、不受不施派本久寺に出家修行中に禁教となった。棄教せず、法中の身で流浪の末、故郷に戻り、実家近くの草庵《そうあん》に家族や村人に守られて、布施や葬儀の務めを果たしていた。

不受派の信徒は、他宗の引導《いんどう》では成仏《じょうぶつ》出来ない。表向き、他宗の仮葬儀を終えた後、改めて隠れて不受派の本葬儀をする。

田植えの時期を迎えていたある日、遂に発覚し、父五兵衛・兄仁兵衛《にへえ》と共に捕らえられた。それを伝え聞いた三人の村人が田植えの苗を打ち捨て後を追い、解き放ちを願ったが、逆に捕らえられ城下の牢に送られた。

この三人については、転宗の手形（誓約書）を差し出せば赦免《しゃめん》も叶《かな》うと役人は仄《ほの》めかしたが、三人は揃って「然《しか》れども我等、代々不受不施にて御座候《ござそうら》えば…」と、きっぱりと拒否した。

不受派の頑固な抵抗に藩は怒り、更に、関わりがあったとして親類縁者二十八人も追放に処した。

刑を見せられた村の衆は堪らない。平井も不受の村だった。村人は、弾圧と刑の惨《むご》たらしさの二重の苦しみを味わされた。

せめて弔《とむら》いだけは…平井の村人は、銭を出し合い、刑場の下役人に賂《まいない》し、始末した事にして遺体を引き取り、夜に密《こ》っそりと荷車で西大寺の河口に運び、そこから吉井川を舟で遡り、佐伯の矢田部村に送り届けた。


「何も、殺さんかてええやろ…」

独り言が口を吐《つ》く。治兵衛は政事《まつりごと》に関わる心算《つもり》は毛頭無い、自分の仕事をするだけだが、心に晴れない気持ちを抱いた。

『その藩主はんのォ…ご先祖の墓を…今ァ造ってんねんなァ…私《わい》はァ…』

前日に嬉しい報せを聞いた処だった。古万《こま》が女の子を産んだ。『恵《けい》』と名付けられた。

「棟梁《とうりょう》、子ォが出来《でけ》たておめでとうさんです。けどまァ跡継《あとつ》ぎや無うて、一寸《ちょっと》ばかし残念やの」

大坂から一緒に来た石工衆の半喜《はんき》の顔に向かって、治兵衛は言った。

「何言うてんねんなー御前等《おまんら》ァ、そんな事あらへんでェ、私《わい》は本真に女の子ォが欲しかったんや。私《わい》ん家《ち》は、男ばっかりやった。朝から晩まで、ガチャガチャガチャガチャ喧嘩の仕通《しどお》しや…気ィの置き場も在らへんかった。それに比べて、古万ん家《とこ》は逆に女の子ばっかりや、落《お》っとりとしィて良かったがな。せやさけェ、私は本真に女の子が欲しかったんやァ。望み通りで、嬉しいこっちゃ」

治兵衛は、心底そう思っていた。職人は、親の腕が良いからといって、その子の腕が保証される訳ではない。一子相伝《いっしそうでん》の秘技《ひぎ》でも有れば別だが、親子二代の名工などなかなかに在るもんじゃない。治兵衛も修業の為に家を出て、新しい親方の所に移った。その内、親方の息子より腕が立つようになった、だから石工達を率いて、棟梁として此処に来た。家や名を継がせたいなら、弟子の中から腕の良いのを選べばいい。娘は好きな男の所に嫁《や》る。

子供の頃の古万の姿に、未だ顔を見ない娘の姿を重ねて、絵空笑《えそらえ》みを浮かべて悦《えつ》に入っていたのに…邪魔じくさって…。

この仕事が終われば、大坂に帰れる。厭な事は忘れて親子三人、水入らずで楽しく暮らせる。思い直して、治兵衛は墓の完成に没頭した。

暫くして細工の仕上げも終わり、組み立ての段になった、その報告に津田様の屋敷を訪ねた。家の者に案内された先は、何やら音のする庭の片隅。見ると永忠は黙々と薪《まき》を割っていた。そういえば一度、聞いた事がある。

＝嫌気《いやけ》抜きは薪割りじゃァ。怒りを込めて斧《おの》を打ち込む。次々と割って、疲れる頃には気も晴れる＝

手を止め腰の手拭《てぬぐい》で汗を拭《ふ》いた永忠の顔には、まだ険しさが残っていた。治兵衛が間を見計らって、石細工の終わった事を告げる。

「そうか、御苦労であったな治兵衛。なら、明日にでも検分に参ろう」

「お願い致しまする」と言い終え、そのまま帰ろうかなとも思ったが、治兵衛は、永忠が不受派の事をどう思っているのか、どうしても知りたくなった。お殿様のお気に入りで忠実な家臣だと聞く、なら…この仕打ちも或《あ》るいは津田様のご判断か？　だとしたら…もう金輪際《こんりんざい》、備前の仕事は、きっぱりと断る。

「津田様ァ…不受不施というのんは、そないに悪いものなんですやろか…？」

その問いに永忠の険しかった顔は、更に険しくなった。「新太郎《しんたろう》（光政）様の、お決めになる事じゃが……何も、あれ迄《まで》も…のォ…気の重い事じゃ」

深い溜息を吐き、休めていた手に再び斧を取り、エィッと渾身の力を込めて丸木を打った。パンッと綺麗な音を立てて、薪は二つに割れ飛んだ。

永忠の本心を知って、治兵衛は少し安らいだ。後に治兵衛は、こんな噂を聞いた。国を追われた二十八人衆の中には、遠い東の日蓮聖人の誕生の地だという房総《ぼうそう》にまで辿《たど》り着いた者が居ると。

なら、幼児を抱えた家族も、何処かで生き延びているに違いない。きっと、そうあって欲しいと、治兵衛は願った。

6

石の樋門《ひもん》

寛文《かんぶん》十年（１６７０）、御山の道には、近隣の村人が年貢の減免と引き換えに運んだ石が敷かれ、途中には墓参の休息として茶屋が建てられ、茶水《ちゃみず》用の井戸も掘られ石組みもされた。治兵衛達の仕事の全てが終わったのは、翌年の春も終わりの頃だった。

治兵衛は、早々、徒弟達と一緒に大坂に帰る心算《つもり》でいた。

『早い事、大坂の古万《こま》の家に帰ろう。年に何遍《なんべん》かは、暇《いとま》帰りさせて貰《もろ》うてるが、仮住まいのようで、ちっとも落ち着かれへん。それに二年前に娘の恵も生まれよった。帰る度《たんび》に、大きィに可愛いィになって行きよる。あらァ嫁《かか》の古万によう似て別嬪《べっぴん》に成りょんでー、早う帰って顔も見ィたい、抱いても遣りたいがなァ…』

一方、永忠には別の思いがあった。見事な細工の技術、それに創意工夫もあの能力も、見す見す手放して終うのは、余りにも惜しい。一度手放してしまえば、再度招こうとしても、その時には、他藩や他商人に既に雇われて、戻っては来られまい。ならばこのまま我が藩の、お抱え石工として召抱えて置かねば。分家や藩士の墓作り、寺社の改修など、仕事ならば幾らでも有る。

永忠は、光政にその旨を自らも願い上げると共に、普請奉行の藤岡内助からも「その技、巧妙なれば」と、進言させた。光政も御山の出来映えを見て知っている、快諾《かいだく》が得られた。

帰り仕度《したく》といっても、単身で来ている治兵衛には荷も少ない。早いが暇乞《いとまご》いに出向こうと思っていた頃、城からの帰りだと永忠の方から訪ねて来た。

「これは津田様、態々《わざわざ》お越しとは、こちらからお伺《うかが》いせんならんと思うてた処《とこ》で」

「部屋がすっかり片付いておるな、流石《さすが》に手際の良い事じゃ」

「へぇ、早目に片付けて、連れ等の所の様子でも見に行こうかと」

「そうか、御苦労ついでに、お前のその荷を解《ほど》いてくれぬか、治兵衛」

「へぇッ？……」

予期せぬ言葉に、治兵衛は戸惑った。

「留《とど》まって欲しい。と、願うておるのは、この重二郎《じゅうじろう》だけではない、普請方も揃うて願うておる。何よりも、殿の御承諾《ごしょうだく》も戴《いただ》いての事じゃ。ただ留まってくれと頼んでおるのではない。留まって貰うからには、我が藩のお抱え石工の、しかも棟梁としてじゃ。帯刀御免《たいとうごめん》の給米《きゅうまい》四十五俵五人扶持《ふち》の平士《さむらい》の身となる」

治兵衛は武士の身分にはからっきし疎《うと》いが、聞けば扶持高からすれば、お代官やお奉行直下の御徒組頭《おかちくみがしら》並みだと言うから驚きだ。だが治兵衛には武士に成る気は更々無い、どころか堅苦《かたくる》しく窮屈《きゅうくつ》なのに、鷹揚《おうよう》に威張《いば》って見せる人達の仲間なんかには入りたくもない。

「お武士《さむらい》はんになるのんは、一寸《ちょっと》ォ…」

治兵衛は、渋い顔で頭を振る。

「心配致すな治兵衛、何も武士になってくれと言うておりはせん。仕事も石工のままで良い。その上、人夫として働く軽輩《けいはい》の藩士達にお前が直《じ》かに指図をしても良うなる、それくらいの違いじゃ」

嫌気は薄らいだが、それだけでは残る気にならない。確かに此処では、自分の思う存分の面白い仕事をさせて貰ったが、大坂に帰れば新しい仕事も待っている。此処に残っても、これ以上に自分を磨く仕事も無さそうだし、下を向いて、どう断ろうかと思案を始めた。

「なァ治兵衛、お前に頼みがある、手を貸して貰えんか」

今度は、永忠の顔が曇った。

「殿は仁政を志《こころざ》され、農民からの年貢も多くは召されておらぬ。家臣達からは『百姓ばかり大切に仕《つかま》つり、士共《さむらいども》をば有り無し（粗末）に仕る』と不満が出る始末じゃが、殿は『百姓が成り立ちてこそ』と、強く諫《いさ》めておいでじゃ。が、年々出費は増すばかり、倹約《けんやく》だけでは孰《いず》れ立ち行かぬようになる…。策は、石高《こくだか》を増やす外無い。即ち、新田開発じゃ」

家臣達が年貢を上げるように藩主に迫るには理由があった。光政は、播州姫路藩五十二万石だった父・利隆が三十三歳で早逝《そうせい》した時はまだ八歳だった。幼少を理由に、因幡《いなば》・伯耆《ほうき》鳥取藩に藩替えされ朱印高《しゅいんだか》三十二万石に四割もの減封《げんぷう》となった。

減封となれば家臣の数を減すべきだがそれをしなかった。ならば知行高《ちぎょうだか》・給米高《きゅうまいだか》を減らすしかないが、家臣の願いでそれもしなかった。しかし足らない物は足らない。そこで辻褄《つじつま》を合わせる奇妙《きみょう》な独自の『直高《なおしだか》』と言う架空の取高《とりだか》を作り出した。

表向き（名目）の取高はそのまま直高で据《す》え置き、実際の手取り収入は減封に合わせて四割減とする。直高（元の）知行地百石取りで年貢六公四民とすれば収入は普通六十石だが、実際に受け取る年貢は四割減の三十六石とし朱印高（実高）に辻褄《つじつま》を合わせるのだ。

他藩の者と同じ役職でありながら石高が少ないでは肩身も狭い、それを避ける為の見栄高換算なのだが、武士にとっては張らなければならない、大事な見栄だった。

そうは言っても見栄だけでは餓《ひも》じい、腹を満たすには米の収穫を増やすしかない。新田の開発が急務となった。明暦《めいれき》二年（１６５６）には新田開発令が出され、寛文二年（１６６２）には和気郡井田新田《いたしんでん》と上道郡松崎新田《まつざきしんでん》が完成していた。

今年やっと、和気郡友信《とものぶ》（友延）新田が完成した。が、ここでまた、光政公の過度の仁政が出た。やっと出来た友信新田を、中国の故事《こじ》に倣《なら》い、周代の井田法《せいでんほう》に則《のっと》り、一公八民の年貢と決めてしまった。永忠にすれば頭の痛い事だった。

それよりも大きな難題は、新田開発が思うように進まない事にあった。更に追い討ちを駆けるように、八百ヵ所に及ぶ溜池の修理や造成に手腕を振るってくれていた石川善右衛門《いしかわぜんえもん》が病に倒れた。

「治兵衛よ、其方《そなた》の石工の腕が新田作りに使えまいか?…木は腐り壊れるが、石なら硬く丈夫で長持ちもしよう。無理を承知で頼む。百姓の為にもなる事じゃ、何とか…」

続けて永忠は言う。農家には次男・三男坊が居る。その子達に田を分け、嫁を娶《めと》り家を構えれば、年貢を上げなくても生活は苦しくなる、耕作面積が減るからだ。新田を開き、そこに移れば田を分ける事もなく家を持てるし、藩としても石高が増える。藩の為にも百姓の為にもなるのだと。その上で、頭を下げて頼まれた。

頼まれると弱いのが治兵衛の性格。それに池造りや潮(留)止め・灌漑《かんがい》などは遣った事が無い新しい仕事だ。川の河口に何百町歩《ちょうぶ》もの水田を作るという壮大な話だ、そこに自分の技を…遣ってみたい、遣り甲斐《がい》もありそうだ。

だが治兵衛の一存《いちぞん》では決められない、古万と恵が…。偶《たま》には大坂に帰っているとはいうものの、かれこれ四年間も嫁《かか》の古万を放ったらかしにしている、二年前に生まれた恵を育てながら古万は苦労と寂しさに耐えている。自分ひとりの我儘《わがまま》だけでは、もう決められない。

治兵衛は荷物を残したまま、石工達と一緒に一度、大坂に戻った。すっかり備前の田舎暮らしに慣れてしまった治兵衛には、浪速《なにわ》の街の活気と賑《にぎ》わいに戸惑いを感じるくらいだが、やはり生まれ育った所は良い、三日もすると元の暮らしに戻って行けた。芝居もあれば茶屋もあり、街のあちこちでは何や彼やとお祭り騒ぎ、灯の消えたような心寂《うらさみ》しい岡山の城下とは全く違う華が在る。

古万は大坂横堀炭屋町生まれ、閑《しずか》というても天王寺育ちの古万を、摂津《せっつ》の国で言うたら山奥の箕面《みのお》か池田《いけだ》に連れ出すようなもんや。とても「はい」とは言うまいなと、大坂に馴染むに連れて、治兵衛は津田様の顔を思い出すのが辛くなって来た。

それより何倍も辛いのが、治兵衛の帰りを喜び浮かれている古万の姿を見る事だ。言い出せないまま、返事の期限が迫って来る。家の縁側で、恵の遊び相手をしながら時折、深い溜息を吐《つ》いた。

古万は、治兵衛の異変に気付いていた。治兵衛が考え込むのは仕事の事だけ、それも一晩か二晩、それがここの処ずっと続いている。帰坂してから続いていた酒宴に誘われても、出掛けようともしない。暇があれば神社仏閣巡りをして細工物を見て回る人が、遠出もせず近所をぶらついただけで家に戻っては、古万の様子を、何か言いたげな顔でちらりほらりと見ては俯《うつむ》く。

割り切りの良い治兵衛が、愚図《ぐず》愚図と言い出しかねているのは余程の事なのだろうが…もうそんな姿は見たくない。

＝私《うち》に、遠慮なんかせいでもえぇのにィ…＝

「何か私に、話したい事お座《ま》すのやろ、私は何を聞いたかて驚きまへんさけ…何ィ？」

古万は笑みを浮かべて、明るく言った。治兵衛は覚悟を決めて、古万の前に座り直して話し始めた。

「実《じ》っァなァ…備前の津田様から、新しい仕事をなァ、頼まれたんやが…」

治兵衛は、今度の仕事は何時終わるか判らない事、その為に古万と娘の恵も備前に移り住むようになるだろう事、備前の国は大坂とは違って、芝居も祭りも賑やかしも殆ど無い寂しい所やという事も、洗《あら》い浚《ざら》い話した上で、行く行かないかは、古万の判断に任せる事にした。

「備前の仕事はお断りしたかて良え、此処かて仕事ならなんぼでも有るさけェ」

流石に古万も驚いた。そんな事もあろうかと薄々想《おも》いもしたが、自分までもが、住み慣れた浪速を離れて他国の寂しげな城下で暮らす事になろうとは…。

「…備前なァ…。…まッ私も、一寸だけ…考えてみるしィ…」

古万も、即答は出来なかった。

「嫌ならそれで良ぇにゃ…絶対にィ、無理はせんとけ」

きっぱりとそう言う言葉とは裏腹に、治兵衛の顔に未練が浮いているのを古万は見た。

「なァー…備前へ行くのんは、貴方《あん》さん一人ィ？　他に連れは？」

「何《なん》ぼ何でも、一人で出来る仕事やない。手馴れた職人の五人や六人は必ず欲しい」

ふーん、と言い残して古万は夕餉《ゆうげ》の買い物に出掛けて行った。それから三日目の昼下《ひるさが》り。

「貴方さん、備前のお仕事しィたいんですやろ…。一緒に居られるんやったら私《うち》、箕面《みのお》の山奥でも備前にでも付いて行くしィ」

娘の恵を膝の上に乗せて和《あや》しながら、ちらりと治兵衛を振り向いて、古万が言った。古万なりにあれこれと先の事も考え悩んだ筈なのに、それを一切《いっさい》腹に収めて意外な程にあっさりと承諾《しょうだく》の返事をしてくれた。他には何も言わなかったが、一つだけ条件を付けた。

＝小頭の六介《ろくすけ》はんが、夫婦《めおと》で一緒に行ってくれはるのやったら＝と。

六介は、墓所造りでも一緒だった頼りになる小頭だ。もう初老に近いが、夫婦に子は無かった。先《せん》には、治兵衛と同様に単身で備前に行った。

亭主が居ない間、古万は留守番・出産・子育てを一人で粉すしかなかった。実家の母も来てくれるが、何時もという訳にはいかない。治兵衛の親の家も遠くはないが、棟梁の家とあって弟子の出入りも多く忙しくてそうそうは来ても貰えないし、来て貰っても却《かえ》って気遣いの方が多くなる。

そんな時、気楽に頼《たの》めて頼《たよ》りになるのが近所に住む六介の家内の『富《とみ》』だった。亭主が備前に行って留守の間は、しょっちゅう互いの家に寝泊まりもしていた仲だ。富は、底抜けに明るくお喋《しゃべ》り好きで話も合う。二人で居ると退屈する事が無い。富さえ一緒なら、何処に行っても寂しくなんか無いと、古万は思う。

治兵衛は早速にその日の夜、酒と肴を手に、六介夫婦の家に頼み込みに向かった。挨拶もそこそこに、治兵衛は口を切った。

「今日は二人にどうしても、頼みたい事があって来させて貰たんや…実っァなァ」

「備前行きの話かいなぁ」

六介の方が、先に切り出した。続けて富が、しゃーないという顔をして話を継ぐ。

「ここ三日、朝昼晩…一緒に行ってェなー、一緒に行ってェなー、お願いやァ、て拝《おが》み倒されてんにゃ、古万ちゃんにィ」

「我《わい》の方かて再三再四、顔見る度《たんび》に頼まれてなァ。ああ頼まれたんでは、しゃーないなと富と話してた処や」

治兵衛は、古万に仕《し》て遣《や》られたと苦笑いをした。それにしても手回しの良い事だ、これなら備前に行っても、内《うち》々の切り盛りは充分に果たせる。富さんも付いていてくれるとなったら、何の心配も無い。これで決まった。

残り五人、備前に行った者、行かなかった者にも声を掛けて人数を揃え、備前行き承諾の返事を津田様宛に急ぎ送った。


六介は捨て子だった。石工の家に拾われ、石工として育った。拾ってくれた父親は、人は良いが大酒呑みで、家は食うや食わずの貧しさ続き。働ける年になるとすぐに父親に連れられて、治兵衛の父親の家に見習いとして入った。

富は、器量こそ今一つだが笑顔だけは飛び切りで、六介とは三つ年上になる。父親は富が顔も覚えぬ内に他に女を作って家を出た切り。お店《たな》の女中勤めをしていた母親も流行り病で亡くなり、母の後を継《つ》ぐようにその店に女中奉公に入った。

六介がそのお店の庭造りで出入りをさせて貰っていた時、六介が独り者だと聞いた富が、合間に茶や菓子、帰り際にはこっそりと酒や肴と世話を焼いたのが縁で、何時しか夫婦となった。

仲睦《なかむつ》まじい二人だが、富が高齢だったこともあったのか子宝には恵まれなかった。その所為もあってか、治兵衛を幼い頃から我が子のように可愛がり、少々やんちゃをしても眼を細めて笑い飛ばして許してくれたし、親や兄に叱られた時に逃げ込むのも決まって、この二人の家だった。

憶《おも》い返せば、治兵衛が子供の頃に、見様見真似で彫った石蛙を注文品と一緒に納め、周りの石工達に、その腕前を認めさせる事になったのも、あれは六介の配慮ではなかったかと…。治兵衛の実の親は棟梁の立場、必要以上に厳しくされる事もあるが、六介にはその柵《しがらみ》が無い、正味の温かさをこの夫婦には感じた。

治兵衛は人数を括《まと》めて、再び備前に入った。

藩のお抱え石工の棟梁とあって、備前の待遇は格別だった、治兵衛は約束通り、名字帯刀《みょうじたいとう》を許され五人扶持を賜《たまわ》った。名字は吉留《よしとめ》（吉富《よしとみ》とも）と名乗り、屋号は河内屋《かわちや》とした。

帯刀を許された治兵衛は、刀身一尺（約30㎝）ばかりの短刀では差した心地がせず、小太刀と言ってもいい程の刀身一尺七寸（約51㎝）の中脇差しを試しに腰に差してみた。最初はずっしりとした重みが心地好《よ》かったが、暫くすると怠《だる》くなり、その後はどうにも腰が痛くて堪らない。

『何が嬉しゅうて武士はんは、こないな重い人切包丁を二本も腰に差してんにゃろ？　真面に使える腕もあらへん者《もん》まで…。ふん、腰の重さと痛さに耐えるのんが、武士の誇りやとでも、思うてんのんかいな？』と、治兵衛は思った。

石工の自分には、やはり無用の物と悟って、帯刀が必要な時だけ、匕首《あいくち》ほどの一番短い短刀を帯びる事にした。

外の石工達にも、夫々《それぞれ》に扶持が与えられた。新たに大坂石工達の為に、京橋《きょうばし》を渡った旭川の中洲にある西中島町《にしなかじまちょう》の東側に土地屋敷も与えられて、そこに一緒に住む事になった。

西の京橋側の対岸には、高瀬舟や小船の入る船着町《ふなつきちょう》があり、そこを河口に下れば大型の船着場で、船奉行や役人達の屋敷の在る船頭町《せんどうちょう》。更に下れば藩の御召舟《おめしぶね》や小早舟《こばやぶね》が置かれ、それに携《たずさ》わる人達の船番小屋《ふなばんごや》・加子《かこ》（水夫）小屋などが建ち並んでいる。

東の中橋《なかばし》を渡ると、一回り大きな中洲の東中島町《ひがしなかじまちょう》があり、馬方屋敷《うまかたやしき》と呼ばれる馬番の役人達が馬の世話をする所がある。旅馬宿《たびうまやど》と言う一般の旅の馬方達の馬を預かる小屋もあり、旅人の土産《みやげ》にもなる管飴屋《くだあめや》も店を出している。

西国街道とも呼ばれる山陽道は、此処から北東にある百間川を渡って田圃《たんぼ》の中を南に下り、森下町《もりしたちょう》の惣門《そうもん》から城下に入り、片上橋《かたかみはし》（勲橋《いさお》）を渡って町屋の片上町《かたかみちょう》、伊部焼《いんべやき》の店のある伊部町《いんべちょう》と下って、国清寺《こくせいじ》の手前の小橋町《こばしちょう》で西に折れる。旭川に架かる小橋《こばし》を渡って東中島、中橋《なかばし》を渡って西中島、京橋を渡って丸の内《まるのうち》（内山下《うちさんげ》）へと入り、北の美作《みまさか》の国から南下して来た津山往来《つやまおうらい》と交わる。

戦《いくさ》が無いからいいようなものの、いざ戦ともなれば、此処は攻防の地となるに違いないと治兵衛は思う。住む事になった西中島町は古くは扇慶町《せんけいちょう》と呼ばれていたらしい、池田忠雄《ただかつ》の時代に能楽師の扇慶を住まわせた所だからという。

その頃から旅籠町《はたごまち》と決められ、織物・道具・小間物・薬その他の『十六色の旅商人』の宿泊場所と定められ、当時は『赤前垂れ《あかまえだれ》（遊女）』を置く事も許され大いに賑わっていた。

今の藩主光政は、これを淫《みだ》らとして禁じて終った。辛うじて裏業《うらぎょう》として酌婦《しゃくふ》が『蹴転《けころ》』で相手をしてくれる事も有るらしいが、これとて見つかれば「罪此れ有り」のご法度。何ともかすかすの、味気ない旅籠町になった。

とはいえ、石工が仕事をする所としてはなかなかに都合が良い。近くには飯屋・居酒屋もあり、独り者でも食うには不自由しない。眼と鼻の先の南端には船着場も在って、児島《こじま》の北浦や高島、離れた犬島からの割石を船荷で容易に運び込める。こうして治兵衛達泉州石工の、新しい暮らしが始まった。


寛文十年（１６７０）、領内の八百ヵ所とも言われる溜池の整備を行った郡奉行の石川善右衛門が死去した。

備前は、『晴れの国』とも呼ばれる。好天が多いが反面水不足にもなる。大河から遠い地や高地は山からの谷川水が頼りで、必然的に雨水を溜めて置く必要に迫られている。

山裾には堤防を築いた大きな池を造り、山間の谷間《たにあい》には山地を削り底を掘り下げた小さな池を造る。池が造れる限り、場所は山頂にまで及ぶ。備前の国では、大きな山の谷間には必ずと言っていい程に溜池が造られている。そこから水路を通して、田に水を送る。

田は田で…。木を伐《き》り山を開き、岩を砕き石を除き、その石群を使って石垣を築き、耕し、平らにして、鰻の寝床《ねどこ》・猫の額《ひたい》ほどの棚田を作り続け、一枚一枚の田に冴《さ》やかな美しい夜月を映す千枚田を作り上げた。

水が無くては稲作は出来ない。年貢を取る武士にとっても、納めなければならない百姓にとっても、全ての生命線は水にあると言っていい。

藩主の若年《じゃくねん》を理由に減封されても家臣の数を減らさなかった池田家にとっては、死活問題だった。家臣は実禄六割とされている…江戸でも貧乏侍《びんぼうざむらい》といえば《備前の侍》と決め付けられる程に質素だ。

新田開発と同時に、今ある水田からの収穫量確保は藩是となっている。その為にも溜池や水路の保全は必要不可欠の事業だったが、取水排水口は木製だったので長持ちがしなかった。修理の度に、池を干したり、大掛かりな囲い込みも施さなければならない。農閑期の補修が間に合わなければ、その水系の田は減収になる。丈夫な樋が、求められていた。

石工達はお抱えとなって暫くは、藩の墓石や寺社の階段・玉垣《たまがき》などを造ったり、暇があれば地元で作っていた石臼《いしうす》・茶臼・手水鉢《ちょうずばち》も作りながら、硬い花崗岩の細工に慣れて行った。

治兵衛はそれらの仕事を小頭の六介に任せて、自身は永忠から頼まれている池や川の水口樋門《ひもん》、そして海沿いの潮留樋門《しおどめ》を見て歩いた。樋は木で出来ている。木枠に溝を入れ、板木を嵌《は》め込み人の手で引き上げ降ろしをしている。木製では大きな水圧にも耐え難く、木は湿りと乾燥を繰り返すと腐り易い。

治兵衛の頭の中に、新しい樋門の姿が浮かび上がって来ていた。木枠を石に置き換える、石枠が動かぬように丈夫な石組みを築く、石枠には幅の広い樋の溝を掘り、大きな水圧にも耐えられる厚い樋板を落とし込む。とても人力だけでは動かないから、石でも吊り上げられる轆轤《ろくろ》か知車《ちしゃ》（梁状《はりじょう》にした轆轤）で巻き上げる、その軸受《じくう》けも石に彫る…。

策が出来れば、先ずは試してみるのみ、早速修理の池に石の樋を組んだ。試すには持って来いの小さな池だ。石樋は井桁《いげた》の形にした。少しの歪《ひずみ》も無く彫られた石枠の溝に、厚い樋板がぴたりと収まった。【図4参照】笠石《かさいし》の載せられた両脇の石柱に、横渡にして知車《ちしゃ》を取り付け、棕櫚縄《しゅろなわ》を巻いて樋板を上下に動かす。樋板は水を含んで膨らみ、石枠にぴたりと貼《は》り着いて水漏れもない。治兵衛の考えの正しさが証明された。

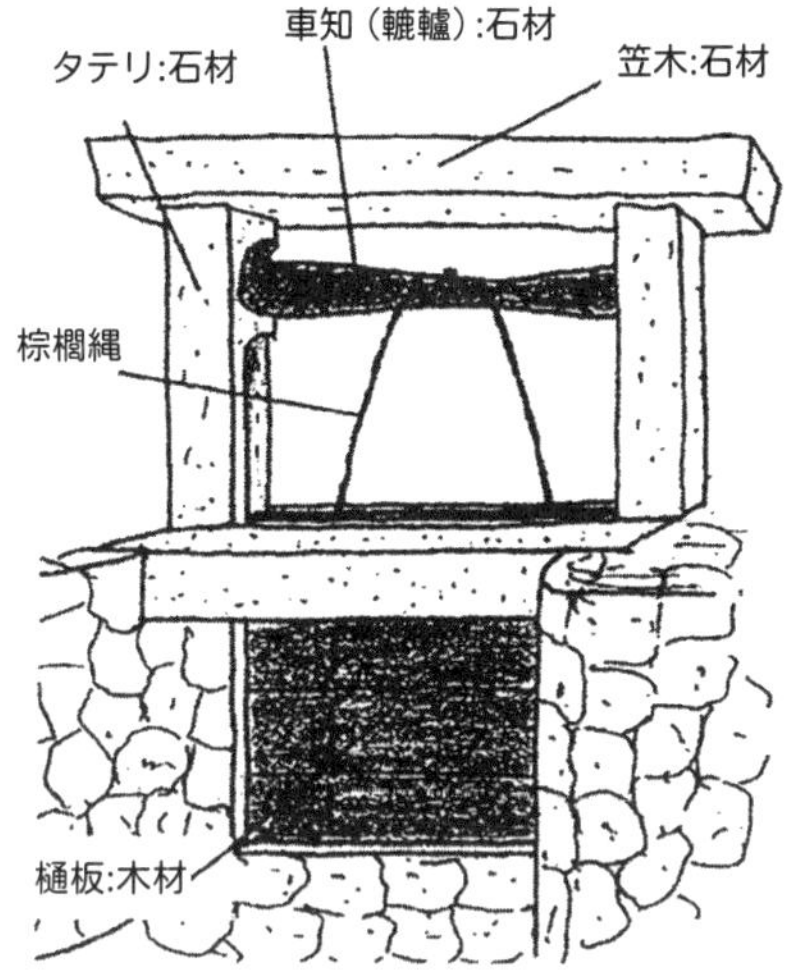

図4　大樋（水門）

治兵衛は、池の樋の完成報告に出向いた。

「津田様、池の樋が一つ出来《でけ》ました。目一杯に水を溜めてどないなるかと思いましたが、崩れもせず、水抜きも以前よりも楽になったと言うて貰えて、私《わて》も安堵《あんど》してる処だす」

「うむ、見させて貰うた。あれなら長らく崩れる事もあるまいで。いやー、よう遣ってくれた」

永忠は会心の笑みを崩さぬまま、次の難題を治兵衛に投げる。重苦しい顔で言うより笑顔で言った方が、受ける治兵衛も少しは気が楽かと…。

「暫く休め…と、言うてやりたい処じゃがなァ、済まんが早速に次の頼みじゃ。和気の井田村にある潮止めの樋がなァ、また壊れたそうじゃ…何とか頼む」

「ヘッ…」…受けるしかないが、治兵衛の口から出た返事は、「ヘェ」と承《うけたまわ》るよりも、驚きの「エッ?」の方に限りなく近かった。

何ともまぁ、人使いの荒い藩や事…この時ばかりは、えらい所に来てしもたと改めて後悔の思いが立った。

場所は配下の者に案内させると言った切り、どないなってるの説明も無い。

『自分の目ェで見て地元の者の声を聞いた上で、後は自分でェ、何とかせんかい、と言うこっちゃ。んでェ、何とか言うのんは…上手《あんじょう》に良《え》え物《もん》を作《こさ》えてくれ、言《ちゅ》う事やはナ……。

言う方はええわいなァ。けどォ遣《や》る方は骨が折れまんにゃでェー…本真《ほんま》にィ』

言われへんけど、面と向こうて一遍《いっぺん》言うて見ィたい気がする……。

永忠にも切羽詰まった思いがあった。潮止めと悪水《おすい》の排水が上手く出来なくては、新たな水田の干拓が不可能になる。光政に請われ召抱えられた陽明学者の熊山蕃山が、新田開発の拡張に批判的な理由もそこに在った。新しい干拓池が造られると、以前の干拓地の排水が行き場を失い悪水に晒《さら》されて、水田の用をなさなくなるのだ。

逆流しない排水路・堅固《けんご》な防波堤・その水を制御《せいぎょ》出来る大きく丈夫な樋門。それさえ造れるならば、干拓出来る河口は幾らでもある。幸い備前の国には、吉井川と旭川の二つの大きな川があり、河口には遠くまで浅瀬の海が広がっている。そこを干拓し水田とすれば、減封となった石高も補えよう、藩も助かり農民も。

棚田を開墾するより、遥かに早く広い水田が出来る。

棚田は、開くに手間が費《か》かる。やっと作った田も小さく狭く、耕作にも小手間が費《か》かる。それを維持するにも…土は、水を含むと膨らみ、高く築いた石垣を内側から押し出し、時に隙間から流れ出て、そこに草木が根を張ると石を押し広げ、やがて崩れる…また築き直しに…。

棚田を渡る風に揺れる黄金《こがね》の稲穂は殊《こと》の外《ほか》美しく、水を張った一枚一枚の田に映る月の姿は幻想的ですらある。だがその裏側には、労多くして収穫少なしの厳しい現実もあるのだ。何としても、河口に新田を拓くしかない。その可否を決めるのも、全て治兵衛の腕と叡智《えいち》に懸かっている。部屋を辞して姿の見えなくなった治兵衛に向かって、「頼みまする」と、両手を着いて永忠は深く頭を下げた。

翌日、下役人に案内されて井田村に着いた。そこは、墓所の巨石を陸揚げした片上港を、海沿いに東に行った、伊里《いり》川という小さな川の河口に当たる。此れより東は、播磨の国と接する港町の日生《ひなせ》になる。

そこには、石で築かれた小さな樋門があった。新田が造られた寛文八年（１６６８）に造られたというから、三年が過ぎたばかりなのに、潮止め堤の内側には海水が混じり込んでいる。見れば堤防の石組みも粗《あら》く、折角の石の樋門も隙間だらけで、その用を成していない…これでは…だが、どうする。

池は水が穏やかだからいいが、流れや波のある川や海は、堤を洗い樋門を崩す。野分《のわ》け（台風）や大流れ《おおなが》（洪水）ともなれば、その威力は凄まじい、水の勢いを弱める策が何か…。治兵衛は、大荒れの波に洗われる泉州の防波堤や船着場の石巻を想った。崩れるのは、水流が乱れ、巻き込み巻き上がる所、その辺りを捨石で埋め、その表面を凸凹の無いように大きな石を並べて巻く導流堤《どうりゅうてい》を築く、その石組みも水の流れを弱め穏やかにする楕円形に。堤防は二つ築き、間の潮留溝《しおどめこう》で、浸水した海水をそこで防ぐ。

そしてもう一つ、今造られている小樋《こひ》だけでは、遊水池《ゆうすいち》に溜まった排水を流し切れない。干潮の間に全ての悪水を流し切らなくては…梅雨や大雨の時には尚更《なおさら》、もっと大きな樋門も要る。

治兵衛は、遊水池の地形を書き写し、樋門・石巻を置く場所と形も書き込み、夫々の長さ深さ幅の寸法を細かに測り書き付けた。此れを基に、必要な石切の算段をする。

治兵衛の頭の中には、此処での仕事の手法や手順までが、次々と浮かんで来た。海辺の湿地帯だ、此処で重い石の細工をするには不向きだし、石の置き場も少ない。

大量に必要な堤防の捨石や積み石は、近くに在る流紋岩の石を切り出して使い、石代と運賃を切り詰める…貧乏藩の所帯《しょたい》に合わせて。

巻き石で小細工の不要な組み石は、犬島や児島の石切り場で叩き仕上げまで済ませて、舟で逐次《ちくじ》必要な量を一度に運ぶ、海辺の利点を最大限に利用する。

細工の必要なものは、西中島の細工場で削り組み立てた物を、解体《かいたい》して舟で運ぶ。此処での仕事は、石積・石組みが殆どで、残りは最後の細かな細工と調整でいい。作業の能率も上がるし工期も短くて済む。

樋門の石組みは、楔形《くさびがた》の切石を使い、継ぎ目の位置をずらした。こうすれば、石に掛かる力が多方に分散され、安定して歪《ひずみ》も来ない。更に角《かど》の石の表面は丸く削り、水の抵抗も少なくした。此処の水の流れを和らげる突き出した楕円形の導水堤の巻き石造りは、形が似ている処から後に饅頭形と呼ばれる。

饅頭形【図２参照】は遊水池側に長さ三間《げん》（約５・５ｍ）、海側に幅の異なる六間（約１０ｍ）の物が二つ、見栄えも美しい物になった。

樋【図３・４参照】の小樋は、水量に応じた細やかな排水が出来るように、中桟《なかさん》（中柱）を入れた二つ樋口とし、樋板には笠石《かさいし》を貫いた梯子型《はしごがた》の引き手を付けた。大樋には、幅八尺（約２・５ｍ）の厚板を引き上げる為の

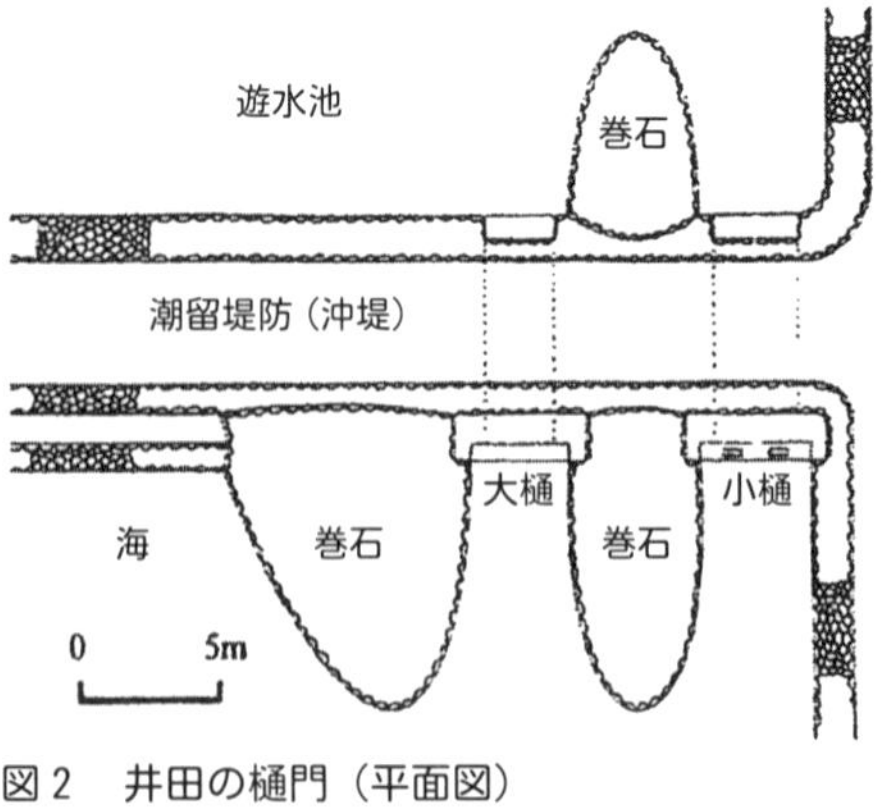

図２　井田の樋門（平面図）

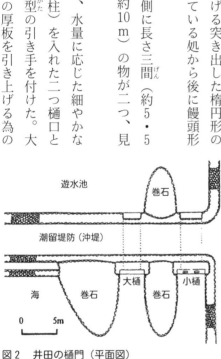

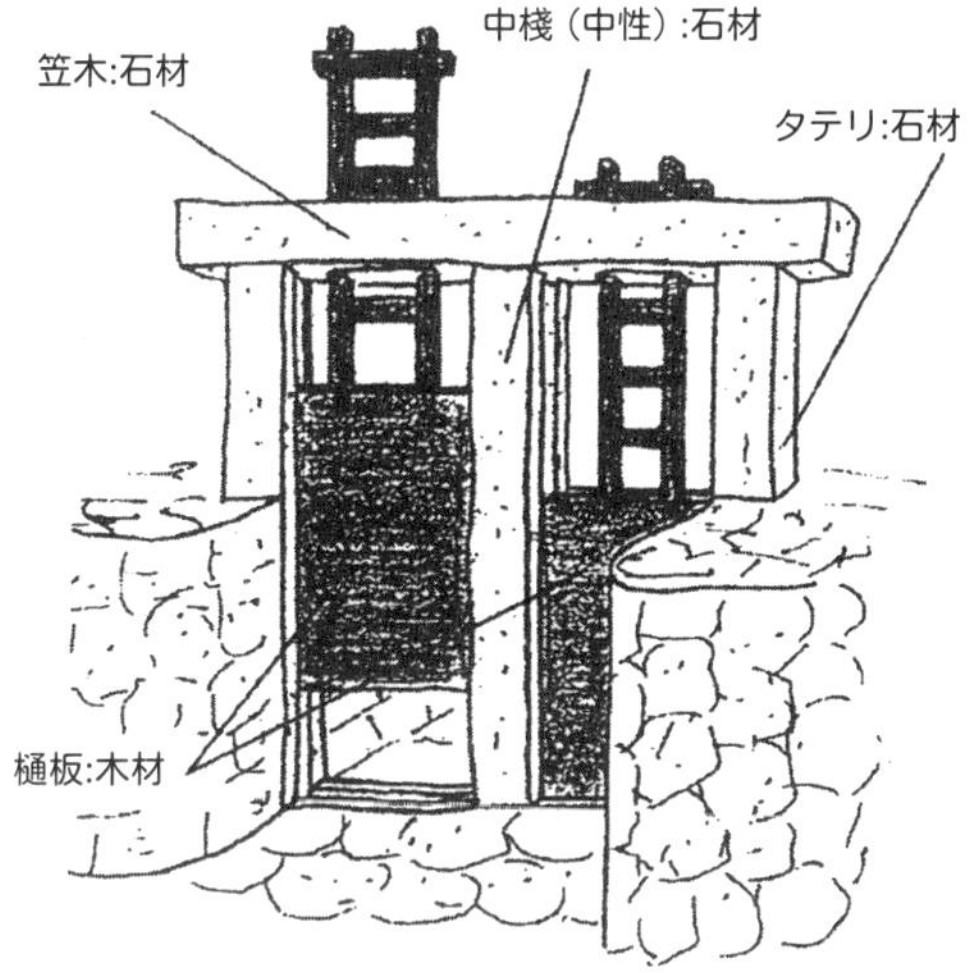

図3　小樋（石樋）

棕櫚縄《しゅろなわ》巻きの知車《ちしゃ》を取り付けた。

同じ悩みは、東片上村にもあった、治兵衛は続いて、そこの木造の樋門も石造りに変えた。

この仕事が間も無く、村人から大好評を得た。村人は口を揃えて言った。

「只今迄《ただいままで》、少しも狂い無く御座候《ござそうろう》。…後々は諸所《しょしょ》の樋、不残《のこさず》、石樋に改可《あらたむるべく》申し上げ候」

と。この評判を聞いた他村の庄屋や農民からも、藩へ次々と石樋に換えて欲しいとの嘆願《たんがん》が出た。

この好評振りを何よりも喜んだのは、当人だった。

『良っしゃー、海の潮留めが出来たァ。なら、川の井堰にもその樋門にも使える筈や…用水の方も、何とかなるゥ』

治兵衛の足許から、カアーッと熱気が遡《さかのぼ》ってくる、達成感に包まれた喜びが全身に満ちた。この評判が、この後の治兵衛の生涯を決める事になり、もう浪速に帰る事も出来なくなる。

朗報は、すぐさま永忠にも届いた。

「これで良ーしッ」重二郎（永忠）は、大声を挙げて膝を叩き、何度も大きく頷《うなず》いた。

引き留めて置いて本当に良かった。治兵衛は墓作りだけではない、この男は石で作れる物なら何でも作る、見知らぬ物でも自分で考え工夫する。想った以上の宝物だ。天才と言うべき逸材《いつざい》を手にする事が出来た幸運の喜びを深く噛み締めた。

永忠の脳裡《のうり》には、旭川・吉井川の河口に広がる湿地帯が、藩是《はんぜ》の新田に生まれ変わる姿が浮かんで来る。治兵衛なら石で堤防を築き、石で大きな取排水樋門も造る。木と違って石は腐らない、その上治兵衛の石組みは後々も寸分狂わないという。補修の必要もなく、次々と新田開発に専念出来る。結果、費用も時間も少なくて済む。石なら安価で近くに幾らでも有る、細工に手間が掛かるが…そこも治兵衛が何とか…。

それからの治兵衛は、それ迄に増して忙しくなった。急を要する壊れた水樋の修理に加えて、新田の堤防や川の荒手作りと、同時に数ヵ所の仕事を片付けなければならない。

＝目の回る忙しさちゅうのんはこの事やナ。本真に目ェ回りよんでェ、敵《かな》んな＝

余《あま》りの忙しさに、流石の治兵衛でも内心愚痴《ぐち》が出た。

都度、石を切り出していたのでは間に合わない。津田様に石の切り置を願い出た。予《あらかじ》め大き目の石を島から切り出し、西中島に運んで積み置しておいて、石工には日々その石を必要な大きさに小割して石材を作らせ、それを出荷の船着場に運ばせておく。やがて西中島の川岸は、入石《いりいし》・出石《でいし》が山と積まれた。

石工の数も足らない。

「津田様、こない忙しゅうに成っては、石工も足りまへん。大坂から呼んで来ィへんと」

「大坂の石工でないと、どうにもならんか？　備前の石工は、使えんか？」

永忠は後々の事を考え、備前石工の育成も考えていた。

「十年待って貰えますのんやったら…。石工は、石磨き三年・道具作り三年・石作り三年と申します。荒仕事をするにしても、五年や六年はお暇を戴きませんと」

「……そうか…それ程に経《かか》るか…。なら、必要な人数は、大坂から呼ぶが良い。その上で頼みが有る、備前の石工を見習いに加えてくれ。行く行くは、あの者達にも治兵衛の技術を覚えさせねばならぬ。それもこの重二郎の務めの一つじゃ」

治兵衛は承知した。弟子になるなら、浪速者も備前者も無い。治兵衛は、石工の棟梁として、仕事の統括者として、藩との交渉人として、家に帰れば時に夫として娘の恵の父親として、息つく暇もない日々が続いた。

―忙しさは、ついつい人を急《せ》かせる―


＝ガキッ＝　鈍い音がした。

「ウワッ」嫌な悲鳴が聞こえた。

何が起こったのか治兵衛には直感的に判った。備前石工の若い見習いが、片眼を押さえている。治兵衛は喚《わめ》いた。

「眼ェーは擦《こす》ったらあかんぞーッ、痛うても餓慢晒《がまんさら》せー、擦ったら眼ェ見えんようになンぞー。誰かァ、手桶に水入れて持って来たらんかいッ」

こんな事もあると前以《まえもっ》て手配していたのだろう、治兵衛の配下の者が、直ぐに手桶を持って来た。

「ええかァー、眼を大きに開いて、この手桶に顔を突っ込んで頭を振るんや、瞬《まばた》きせんと」

見習い石工は、言われるがままに顔を浸《つ》けて頭を振る。息苦しくなったか顔を上げた。

「もう二三回、遣らんかい」

治兵衛の言葉に従い繰り返す。

「どや…見えるかァ？」

見習いは手で顔を拭《ぬぐ》い、徐《ゆ》っくりと目を開き、周りを見て…頷いた。

「ほうかァ、なら大した事は無さそうやが、瞬きをしィて未だ痛いようやったら石が刺さってるやも知れん、医者に見て貰うた方が良ェ…。これで解かったやろ、鑿《のみ》より前に絶対にィ顔を出すなと言うた意味が。よー肝《きも》に命じとかんかい。眼ェが見えんようになって、一番辛いのんはワレ（お前）やぞ。暫くあっちで休んどりィ。誰か連れてったれ」

この時は優しく諭《さと》すように言う。この事があって、口も気も荒いが、気配りと優しさも持ち合わせていると解かり、治兵衛に対して、備前石工達の中にも親しみを抱く者が出始めた。

西中島の石工達の暮らしの世話は、古万と富が、雇い入れた地元の女中達を使い手落無《そつな》く粉《こな》している。最初は何が何やらさっぱり解からなかった岡山弁にも何とか馴れ、古万も、富や大坂から来た女房達とは浪速言葉で話すが、地元の者には「ぼっけー、負《お》えん、そうせられー」と備前言葉も流暢《りゅうちょう》に使い分けをしている。

年に二度は、親類縁者への挨拶と墓参り、それに息抜きも兼ねた里帰りをするが、近頃では、大坂の賑やかさに戸惑うまでになって仕舞《しま》っている。

住めば都とは、この事かと…。

—忙しさは人を苛立《いらだ》たせもする。刃傷沙汰《にんじょうざた》となる事件が起きた—

延宝六年（1678）七月、治兵衛は和意谷の六の御山に、豊前守《ぶぜんのかみ》池田政元（政周《まさちか》）の墓を命じられ、犬島で石の荒削りをしていた。その石を見て、島の石番手代《いしばんてだい》の備前石工七右衛《しちえ》門《もん》が難癖《なんくせ》を付けた。

「不細工《ぶせえく》じゃのー、せーがお抱え石工のする仕事かァ。小《ちい》そうて、粗末な」

厭味がつい口から出た。仕事の重荷は備前石工達にも同様に伸《の》し掛かっている、彼等もまた苛立っていた。その上に、備前と泉州の因縁もある。泉州石工の腕は認めながらも、地元の石工を差し置いて棟梁に召し抱えられ、備前の者は一段下に置かれている、それに対する腹立ちも有った…。

「何やとワレーッ。何吐《なんぬか》しとんじゃー、殺《い》てもうたんどワリャー」

治兵衛も切れた。苛立っていたのは同じ、自制が効《き》かない。今まで建てた墓は褒められこそすれ、難癖の一つも付けられた事は無い。

池田政元は、光政の異母弟で播磨の国・山崎宍粟藩主となった恒元の子で、延宝五年（1677）に逝去したが、養子としていた綱政の子・恒行も翌年に七歳で死去、当然の事に子が無かった為に絶藩となった。その為、備前池田家が引き取り、和意谷墓所に埋葬することになった。官位は従五位の下であり、輝政公や光政公との違いを考慮し、碑銘を入れただけの質素な造りにするよう命じられていた。

確かにこの荒切りは、中途半端で多少は歪《いびつ》な所もある。今までなら、此処でここまでの削り込みはしていないが、舟と陸の運搬の様子も分かった、これくらい削り込んでも割れる心配はない。

他の仕事もあるから、出来るだけ早く仕上げたい、そう思って削り込んだ。本当ならもう少し形を整えてからと思っていたが、舟の都合で、中途半端な所を残して、運ぶ事になってしまった。

それがどうあれ、人に文句を言われるような削りではないと自負している。それを…泉州石工の誇りと面子を傷付けられた。

それに怪事《けち》を付けるというのは、どう考えても喧嘩《けんか》を売っているとしか思えない。売られた喧嘩は必ず買う…子供《がき》の頃からの信条だ。

治兵衛の喧嘩の流義は、素手でやる。

《買うたるぅ》

「誰も手出しは晒《さら》すなーッ」

治兵衛は泉州の徒弟達を抑えて、一人で七右衛門に挑《いど》み掛かった。駆け寄るなり、拳を顔面に喰《かま》す。七右衛門が転がり倒れた。

「オドリャー」と叫んで、備前石工の徒弟達が喧嘩に加勢して来た。横から二人。左から殴り掛かってくる奴の腕を逆に捩《ねじ》じり上げて蹴り倒し、右からの一人は振り向き様に殴りつけた。

七右衛門は、鏨《たがね》を握って立ち上がった。こうなったらもう止められない。泉州者に大きな顔をされて面白くない。日頃の鬱憤《うっぷんば》晴らしに厭味を言ったが、こうまで怒るとは予想外だった。もうそんな事はどうでも良い、乗り掛かった船だ、ついでに片《かた》を着けよう。

とはいっても、相手は藩のお抱え石工の棟梁、それに刃向かうのは藩に刃向かうのも同じ、もう只《ただ》では済まない……咎《おとが》めは覚悟した。

なら、こっちの気持ちを込めて、寝込むくらいには痛め付けてやろう。だが相手は相当に強い、素手ではとても敵《かな》いそうもない…道具までは使いたくはないが仕方がない、脅《おど》しにはなる。他の二人も鎚《つち》と梃子棒《てこぼう》を握った、思いは同じ。

治兵衛は喧嘩馴れしていた。子供の頃から兄弟喧嘩は毎日の事、近所の餓鬼《がき》等とも何か有れば口よりも手が先に出た。その内、餓鬼大将になってからは、子分達を引き連れて近くの町に行っては、遊び代わりに喧嘩をしていた。

喧嘩にも骨《こつ》が有る。遣《や》っつける時には、非情なくらいに叩きのめす。手加減すると、長引くだけでなく、相手に付け入る隙を与える。強さと非情さを見せれば、相手は怯《ひる》む。

多数が相手でも、三人ばかり同じ様に遣っつけるともう向かって来なくなる。そこで透《す》かさず、引導を喰《かま》す。「打突《どづ》かれたい奴は、掛かって来んかい」これで勝負が着く。

手加減した積もりは無いが、備前者は怯《ひる》まない。逆に目が据《す》わった、本気だ。鼻を折られたくらいでは、どうという事は無いらしい、今迄とは勝手が違う、下手をするとこっちも、怪我《けが》だけでは済まない。治兵衛も足許《あしもと》の研ぎ込んだ鑿《のみ》を握る。

打ち下ろして来た梃子棒を躱《かわ》すと、すぐに鎚が顔を掠《かす》めた。身を立て直す間も無く、七右衛門が＝喰《く》らえー＝と、鑿を肩口に打ち込んで来た。躱し切れない、着物と肩の皮を裂かれた。

もう命の遣り取りだ、治兵衛も本気になった。

身を翻《ひるがえ》し、七右衛門の上腕に鑿を打ち込んだ。＝ウギャーッ＝と、悲鳴を上げるが、構わず積み石に押し付け、鑿を持ったまま拳を三発、顔に叩き込んだ。七右衛門は、気絶してぐったりとした。

振り向いて、後の二人を睨み付ける、今度は怯んだ。

「文句のある奴ッァー、掛かって来んかい」

治兵衛は、喧嘩を見ていた備前衆に向かって啖呵《たんか》を切る。皆、顔を強張《こわば》らせて黙り込んだ。

そこへ、港に居た役人が駆け付けて来た。


後日、裁きが下った。治兵衛にお咎《とが》めは無かったが、津田様には少し渋い顔をされた。七右衛門と加勢した二人は、藩の石工の職を解かれ、出身の故郷に戻された。本来ならもっと重い仕置きだったが、治兵衛が、自分にも非があると津田様に願い出て、その刑を減じて貰った。

技術に差が出るのは仕方の無い事。此処では治兵衛が勝《まさ》っていただけ、逆の立場であったら同じ様にしていたかも知れない…。

喧嘩をしたとはいえ、石工も相身互《あいみたが》い。田舎に帰っても、石工の仕事なら幾らでも有ろう…。

翌年、墓は完成した。

7

斬馬刀兼光《ざんばとうかねみつ》

新三郎の体も大きくなり、兄者頼景《よりかげ》との剣術稽古も務まるようになった。兄は父親相手の練習をしているから武術の形に則《のっと》っているが、新三郎は形の無い野武術《のぶじゅつ》だ、普通なら攻めない腰や足に平気で打ち込んで行く。

勝手の違う剣法を「何じゃーその百姓剣法はーッ!」と、兄は罵《ののし》るが、新三郎は平然と言い返す。

「実戦になったら面・胴・小手は鎧兜《よろいかぶと》で守られて刀が立たん、隙間を狙うのが一番じゃーァ。新三郎の剣法は、実戦剣法じゃ。こう成るんが厭じゃったら、最初からちゃんと教えてくれとりゃー良かったんじゃャッ。もう遅《おせ》ェわー」

新三郎は剣法だけではなく、生き方も父や兄とは異なる型破りな実践主義を始めていた。

新三郎は、元服（十五歳）を機に一振りの刀を打って貰う事にした。倉の中から気に入ったものを選べと、父に言われて品定めをしてみたが、気に入る物が無い。欲しいと思う備前物は、父と兄が母屋の部屋に各々《おの》隠し持っている。倉に残っていたのは、その場雇《やと》いの足軽に貸し出される『お貸し刀』と呼ばれる粗末な数打物《かずうちもの》ばかり。

戦に出る訳では無いので、そんな物でも充分なのだろうが、新三郎には一つの拘《こだわ》りというのか望む処があった。

＝自分の持つ刀で、太い孟宗竹《もうそうちく》を一撃で切り倒したい。そして斬っても、折れも曲がりもせず…そんな刀が欲しい＝

馬を斬っても刃毀《はこぼ》れもしない、斬馬刀という刀があると聞いた。その刀なら新三郎の望みも適《かな》えられるかも知れない。斬馬刀がどんなものなのか、新三郎も見た事が無い。丈夫でなければならないから、刀身《とうしん》は分厚く重い刀なのだろうと想像するだけだ。

村に鍛冶屋《かじや》が居た。名を『兼光《かねみつ》』と言い、前は刀鍛冶をしていたと。新三郎は自分の望む刀を、兼光に鍛《きた》えて貰えたらと考えた。

鍛冶屋の兼光は自分の事を「野鍛冶の兼《のかじのかね》」と呼ぶ。野鍛冶と言うのは、刀鍛冶ではなくなったからだと。お百姓さん達が野良仕事《のらしごと》に使う鉄道具《かなどうぐ》を造る鍛冶屋の意味だと…。

野良とは野原。野良仕事はその原野を切り開き、改良して田畑として耕作する作業を意味する。切り開くに使う鋸《のこぎり》・鉈《なた》・鎌《かま》、土を耕す鋤《すき》や鍬《くわ》。その道具を造るのが野鍛冶だと、兼光は言うのだ。

古くは平安から戦国末期まで、その隆盛《りゅうせい》を誇《ほこ》った備前鍛冶も、天正《てんしょう》末期の度重なる洪水に襲われ、殊に天正《てんしょう》十九年（１５９１）、吉井川の川筋が変わる程の大洪水に見舞われ、福岡《ふくおか》・

長船《おさふね》とも壊滅《かいめつ》状態となり、刀産地としての名は消えた。代わって美濃《みの》が大量産地となり、備前の刀工達も新しい職場を求めて京都・近江・美濃・尾張・大坂へと移住し、その技を伝えながらも何時しか他派の中に消えて行った。

兼光は、長船に残った数少ない備前鍛冶の流れを汲《く》む一人だった。が、その細々とした刀工の生業《なりわい》も、平和の続く今、刀の需要《じゅよう》も無く、立ち行かなくなった。徳川の開幕後間も無く、武士の大小差しの寸法改めがあり、一時的に忙しい時もあったが、以降はもう注文は殆ど無く、暇を持て余す日々が続き、数少なかった刀工は更にその数を減らして行った。

兼光もそうする外なかった。妻子が居た、食わさなければ…。刀工には未練があったが、それ以上に兼光は備前の地が好きだった。残って此処で、野鍛冶になろうと決めた。同じ事を考える者は居るもので…同じ郷に二人の野鍛冶は要らない。兼光は吉井川を遡《さかのぼ》り、和気の郡に移って来た。

昔、吉井川の下流域の長船と接する福岡の地には、有名な福岡一文字派の刀鍛冶が居た。備前を含む吉備の地は、古くから不純物の少ない良質の砂鉄が採れた。炭と一緒に炉の中に入れ、踏鞴《たたら》（鞴《ふいご》という空気袋を足で踏んで空気を送る）吹きによる玉鋼《たまはがね》から作られる刀は名刀とされた。

平安時代には古備前派包平《かねひら》の作った、元先《もとさき》の身幅差の少ない豪快な大太刀の大包平《おおかねひら》がある。鎌倉時代に入ると刀鍛冶は盛んになり、山城国《やましろのくに》の粟田口《あわたぐち》派・大和国《やまとのくに》の当麻《たいま》派・手掻《てがき》派、そして備前国には福岡一文字派・長船派が、備中国に青江《あおえ》派が興《おこ》り、他国の美濃や相模《さがみ》にも刀工が居て、互いに技を競い合い、硬軟の地金《じがね》の組み合わせや焼に拠《よ》って、独自の地肌や刃文を作りだした。

後鳥羽上皇《ごとばじょうこう》は、自らも刀を鍛《きた》える程の刀剣好きで、毎月一人ずつ『番鍛冶《ばんかじ》』の名の有る刀工を呼び寄せて、刀を作らせた。その刀工の中の七名が備前福岡一文字派で、備中青江派が三名、残りの二名が山城粟田口派。

福岡一文字派の一文字は、銘《めい》に一の文字を切ったからで、その「一」は天下一を表したといわれるが、選ばれた刀工の数の多さを見ても頷《うなず》ける。特に、上皇自ら鍛えに加わった刀には菊紋《きくもん》が彫られ『菊御作《きくぎょさく》』と呼ばれ、一文字の銘と合わせて『菊一文字《きくいちもんじ》』となった。細身だが雅《みやび》で気品の有る造りになっている。

南北朝時代になると、大太刀《おおだち》・野太刀《のだち》といった大振りな刀が好まれた。その当時の長寸《ちょうすん》の大太刀が磨上《すりあ》げ（長さを短くして打刀《うちがたな》に作り直す事）もされず、兼光の居た鍛冶場に手本として残されていた。その名工棟梁の銘が、長船派の「兼光」。この野太刀の造りが好きで、何時しかこのような刀工に成りたいものと、この銘を勝手に貰った。それでも公然と刀にその銘を打つのは憚《はばか》られて、一文字「兼《かね》」としか入れた事がない。

この野太刀の刃文には、伝統の『丁子乱《ちょうじみだ》れ（丁子の実に似た大小の半丸の連続する紋様）』ではなく、漣波《さざなみ》の様な小さな波紋様の『互《ぐ》の乱れ』が出ている。兼はそれより波紋の大きい『湾《のた》れ』を出したいと、刀工をしていた頃に何度も試みたが、遂に作る事は出来なかった。

室町中期以降、合戦は騎馬から地上戦へと様変わりし、作られる刀も、刃を下向きにして下緒《さげお》で腰の帯に佩《は》く（綯《く》って吊り下げる）太刀《たち》の形から、刀身が短く刃を上向きにして腰の帯に差す打刀《うちがたな》に変わって行った。それに従って、銘を打つ面も逆になった《裏打ちする場合もある》。兼光も、打刀しか打った事がない。

戦国時代に入ると戦が続き、刀は消耗品となった。中でも多数の刀工を揃えた備前と美濃が双璧《そうへき》で、長船派の與三衛門《よざえもん》祐定《ひろさだ》はその特注の「注文打」に優れた業物《わざもの》を残した。

その繁栄も、天正末期の洪水と江戸幕府の安定の平和で潰《つい》えて終った。兼光は仕方なく刀工を諦め、野鍛冶になった。

始めてみると、野鍛冶には野鍛冶の難しさと言うか、面倒臭いまでの手間の掛かる奥深さが在ると解かった。始めた当初は野鍛冶を侮《あなど》り、この仕事に気持ちの鬱《ふさ》ぐ事もあった。

百姓達も、元は刀工だと聞いて兼光の作る道具に敬意を払いながら使っていたが…やはり使い勝手の悪い物は、野良仕事にも無駄な手間と労力が費《か》かる。次第に、直《なお》しや作り方にも注文が多くなって来た。

中には気の短い百姓も居る。面と向かって文句を言って来た。

「元は刀工か何《なん》かァ知らんが、使えん道具しか造れんのんなら、鍛冶屋たァ言えまァがな」

「何じゃとォーッ、おどりゃー（お前は）」

すぐに言い返した。兼光も気の長い方ではなかった。しかも刀工としての誇りをズタズタにされた。好きで遣《や》っている野鍛冶ではない。背に腹は代えられない、万已《ばんや》むを得ず、妻子の糊口《ここう》を凌《しの》ぐ為に…。世が世であれば、こんな思いをしなくても…。

そんな気持ちを抑える為に『造って遣っとるんじゃー、野良具《のらぐ》を…』と、気持ちに秘めて鎚《つち》を握っていた。

その秘めた気持ちも今、面と向かって否定され無残に打ち砕かれた。兼光にすれば、人前で侮辱されたも同じ。切れた…。

赤く焼けた打ち掛けの鎌を、その百姓に向かって投げつけた。百姓も負けてはいない、それを躱《かわ》すと、直《なお》しに持って来た鍬を振り上げる。兼光も、金鎚を振り上げる。互いに罵《ののし》り合いながらの大喧嘩となった。

近くに居た他の百姓が急ぎ駆け付け、二人の間に入って双方を宥《なだ》めたが収まらず、とうとう村の名主が仲に入って、何とか道具を持っての争いだけは止めさせた。

この事を機に、兼光は野鍛冶に対する思いを変えた。打ち砕かれた自尊心は、二度と元に戻《もど》る事は無かった。相手の言う事が筋違《すじちが》い間違いであれば、戻す事も出来た筈だが…相手の言う事に理があった。

それからの兼光は、これからは誰からも文句の出ない、「良ぇ道具じゃー」と言われる様な野鍛冶になる…。「流石ァ元刀工じゃァ、並みの鍛冶屋じゃ無ぇ」と、どの百姓からも言われる様な鍛冶屋になると、固く決めた。

そして自らを「野鍛冶の兼」と、称するようになった。使い勝手が悪ければ、無論、只《ただ》で直す。道具を売る時も、使わせた後で相手が納得してからでないと金は受け取らない。その中で兼光は、野鍛冶の難しさを身を以《もっ》て教えられて行った。

刀工の時は、見本となる刀と同じ鍛《きたえ》をする事に専念していれば良かった。その出来映えも、殆ど見映えで決まる。その刀が実際にどれ程切れるのか？　切れ味が続くのか？　その刀を手に入れた主の使い勝手に合うのか？

兼光は、自分の鍛えた刀がどうだったか？……実は知らない。

刀である以上、切れなければ話にならない筈だが、切れ味が悪いと返された事は一度もなかった。戦の無い世の中では試しようもないのだろうか？　その必要すらも……。

それに比べると、野良道具は日々実際に使い込む道具だ、飾り物ではない。使う者にとって使い勝手が悪ければ、その道具は出来の悪い道具になる。一人ひとりの体の大きさ、手足の長さ、力の有無が異なるように、一人ひとりの使い勝手が異なる。という事は、一人ひとりに合う特注品が必要だという事だ。

その勝手も、使う本人の感覚でしかない。兼光の目にも見えない。こんな感じなのかなと試行錯誤《しこうさくご》しながら推《お》し測《はか》るしかない。そう決めて作り始めると、刀鍛冶にも負けない奥深さが在った。

そして今では村人から「刀工の兼さん」と呼ばれるようになったが、本人はまだまだと「野鍛冶の兼」を改めようとはしない。

「兼さん。この新三に、孟宗竹を切り倒せる刀を打って貰えんじゃろか」

新三郎は兼光に新刀を頼んだ。もう刀は打たんと、即座に素っ気無く断られた。新三郎は、どうしても斬馬刀が欲しかった。自分が侍となったら、その時に差す刀は、野武士が使うような野暮《やぼ》で丈夫で、切るというより打ち裂く斧《おの》の如《ごと》き刀でありたいと。

父も兄も木葉家の者は、何時か必ず再び侍に戻ろうとの願いを抱き続けている。父も兄もその日の為にと、先祖の戦の勝利品だという身幅の広い備前の刀を大切に隠し持ち、錆《さ》びさぬようにと日頃の手入れも欠かさない。その志を、新三郎も持ち続けたい。その為にも粗末な貸し刀ではなく、自分に相応しいと思える刀が欲しい。何と言っても、刀は武士の魂。

「なァ、兼さァん…」

事ある毎。顔を見る度。やがて毎日。更には朝夕、日に二度…。新三郎は声を掛け続けた。兼光はうんざりした顔で、終いには＝仕事の邪魔ァすなーァッ＝と、本気で怒り出した。

仕方なく、新三郎が諦めた頃。和気の川津《かわづ》（和舟の船着場）に止まった川上りの高瀬舟から、大きな金床《かなどこ》と長柄《ながえ》の金鎚《かなづち》が降ろされた。荷主は兼光、長船から取り寄せていた。

兼光は野鍛冶になると決めた、だからもう刀は二度と打たない。その気持ちが揺らいだ…。新三郎に根負けした訳ではないが、野鍛冶としても、近頃では自分で此れならと思える道具も作れる様になった。無理をして、刀工の記憶を押し隠す必要も無くなって来た。刀も道具の一つと思えば…そんな考えも、ふと頭に浮かぶ。

一振り打ってみようかと思い立ったのは、枯れ葉が北風に舞い始める初冬の頃。お百姓は麦播《むぎま》きも終わり、近くの山に薪《たきぎ》や割木《わりき》を作りに入る。鍛冶屋にとっては暇になる時期だが、兼光はこの冬の間にじっくりと腰を据え、道具の作り貯めをする。農時期になり注文が来れば、その時にその主に合わせて加減をする。こうしておけば、忙しくなっても何とか間に合う。

それに鍛冶は火を扱う仕事、何せ熱い。冬の方が断然に楽だ。夏季に遣る仕事ではない、火花が散るから裸にもなれない、風通しを良くしても、炉前の温度は然《さ》して変わらない。長年遣っていても、やはり熱いものは熱い。

新三郎はもう諦めて、中も見ず無言で鍛冶屋の前を過ぎていた。吉井の川に沿って津瀬《つぜ》を吹いて矢田《やた》を曲がり、天石門別神社《あまのいわとわけじんじゃ》から大瀬を下る北の風に乗り、この冬初めての雪花が混じり舞った日、兼光の方から声が掛かった。

「新三ァ。まだ、刀が欲しんか?」

通り過ぎようとしていた新三郎は、足を止めたまま中には入らず「欲しいッ。じゃから、他の刀鍛冶に頼むッ」と、不貞腐《ふてくさ》れた言い方で応えた。

「…欲しいんか…あの刀が…。じゃけどなァ、あねぇな刀ァ、今の様な鎬《しのぎ》を高《たこ》うする四方詰《しほうづめ》鍛《きたえ》じゃー、とても出来んぞォ…昔の直刀《ちょくとう》の様な本三枚《ほんさんまい》にして鍛えにゃーな。今と異《ちが》う造りの物を頼んでも、誰《だぁれ》も作っちゃーくれんじゃろーし、作ってくれても値が張るぞーッ、二倍も三倍もなァ」

兼光も、投げ遣りな言い方で返す。

「じゃから諦めェーと、念押しかぁーッ！」

新三郎はムッと来て、怒り混じりで言い返す。怒りながらも解かっていた、兼光の言う事が正しいと。それっきり、二人の声は途絶えた。新三郎は、口惜しさに顔を歪《ゆが》めて歩き出す。

「望み通りの物《もん》が出来るか出来んかァ、分からんぞォ…儂《わし》も久し振りじゃで…」

新三郎の背中に、打《ぶ》っ切《き》ら棒《ぼう》な声が飛んだ。足が止まった。眉間《みけん》に皺《しわ》寄《よ》せて暫く考え込んだ?…　やがて『?』の意味が解かった。新三郎の顔が、一変して歓喜《かんき》となった。二度三度と跳び上がって、鍛冶屋に飛び込んだ。

兼光は新三郎の喜ぶ顔を見て、困った顔で頷く…。打ってはみようと思ったものの、自信は無い。その反面、刀工師の意地と面子に懸けても失敗は出来ない。今更ながら断れるものなら断りたいが…もう後戻りも出来ない。

覚悟を決めた瞬間から妙なもので、刀工の魂が蘇り、闘志というのか激しい意欲が沸いて来た。兼光の眼と度胸が据《す》わる。

「刀作りは一人じゃあ出来ん、連れが要る。せぇも、息の合う連れじゃーねえと負《お》えんし…。儂の連れじゃった刀工はもう居らん…。新三、お前《め》ぇがその連れになるしか無《ね》ェ。出来映えの半分は、お前ぇ次第《しで》ぇじゃァ。お前ぇは度素人《どしろうと》じゃが、儂は一人前《いちにんめ》ぇの連れとして扱う」

そこまで言って兼光は、一息入れるように炉の所に行き、鞴《ふいご》を押して新たな炭を加えた。

「お前には無理じゃとなったら、刀打ちはそこで諦める。儂《わしゃ》ァ、お前ぇに文句は言わん…代わりに駄目じゃと思うたら、もうそこで止める。それだけじゃ、せーで良ぇんならなッ」

キッと睨《にら》んで念を押した。

新三郎はこんな怖い兼光を見た事がない、鬼人に見えた。正直言って恐ろしい。気魄《きはく》と覚悟の凄《すさ》まじさが体をグサグサッと突き通して来る。刀作りとはこれ程のものなのか…もっと安易に考えていた自分の愚かさを思い知らされた。

それでも自分の刀が欲しい。これ程までに凄まじい刀工なら、きっと斬馬刀も作れるに違いない。新三郎も覚悟を決めて頷いた。

吉備の鋼《はがね》を長船の刀工に求めてみたが、残り少ないと言う。知り合いを頼り、集められるだけ集めた。心金《しんがね》は何とかなったが、側金《がわかね》は備前物だけでは足りない。仕方なく足らずは、流通している問屋物《とんやもの》を注文した。近頃は鋼の流通も良くなり、全国の鋼を合わせた地金《じがね》問屋が扱う物が主流と成っている。兼光も何度か打った事がある、地金は略《ほぼ》均質で綺麗な仕上げになるが…果たして斬馬刀に合うかどうか?…。

地金の鍛《きたえ》が始まった。新三郎も兼光も昼間は自分の仕事がある。夜な夜な少しずつ鍛えて行く、時間と根気が要る。その上、新三郎は鎚を打った事がない。鍛と言うから、強く打った方が良いのだろうと力任せに打ち込んで仕舞う。兼光の差し出す地金の面に、垂直に且《か》つ均一に打ち込まないと斑《むら》な鍛になり、鬆《す》や歪《ひずみ》が生まれる。

折れず、曲がらず、良く切れる。この相反する要素を、高度な次元で仕上げるのは至難の業だ。

最初は『水減《みずへ》し(水圧《みずへ》し)』から始まる。玉鋼《たまはがね》の地金を熱して鎚で叩き、薄い扁平《へんぺい》な板にして水で急冷してやると、余分な炭素が剥《は》がれ落ちる。何度も繰り返す内に、硬い銑鉄《せんてつ》から軟らかい鋼へと変わって行く。

この減し金を小さな鉄片に砕き、この中でも炭素含有量の多い硬い銑鉄に近い物、一番少ない軟らかな包丁鉄《ほうちょうてつ》、そして中間の適度の硬さと粘りを持つ玉鋼に分別する。

久し振りの作業だ、兼光は慎重に選り分ける。選り分けた塊《かたまり》を『てこ』と呼ぶ鍛錬用の道具の上に積み、和紙で包み藁灰《わらばい》を付け、粘土汁をかける。これを炉の火床《ほどこ》に入れて、風を送り、粘土が焼きつくまで加熱し、小鎚で形を調《ととの》えて鉄の塊を作る『積沸《つみわか》し』をする。

此処までの作業は、殆ど兼光が一人でした。新三郎は兼光の鎚捌《つちさば》きを見学しながら、言われるが儘に、火床に炭を入れ鞴《ふいご》を吹いた。

ここからが下鍛《したきたえ》に入る。積沸しで作った地金を赤く熱し、師匠の兼光と弟子の新三郎が交互に鎚で叩いて伸ばし、中央に鏨目《たがねめ》を入れて折り返し、また叩き伸ばす『折り返し鍛錬《たんれん》』を、縦横方向に何度も繰り返す。

これが新三郎の試練。交互に叩く『向こう鎚』が、常に同じ強さで垂直に兼光が打った箇所に正確な重ね打ちを入れられるかどうかに懸かっている。熟練された弟子ならば鉄の色や伸び具合を見て、位置や力を微妙に加減しながら打てるのだが、新三郎にそれを求めるのは到底《とうてい》無理。同じ所を同じ力で…兼光はただそれだけを新三郎に求めた。この同じ所を打つ動作が『相槌《あいづち》を打つ』の語源になったのだと言う。

簡単ではなかった。同じ事を同じ様にただ繰り返す、この単純で地味な作業が続けられるかどうかで、刀匠に成れるか否かが決まると言ってもいい。刀作りは、技術も然《さ》る事ながら忍耐の仕事だと兼光は思う。

新三郎の鎚には、やはり斑《むら》が出る。打ち始めは余る力を抑え切れず、早打ち強打ちになる。終《しま》いになると疲れて、強さも早さも疎《まば》らな乱れ打ちになる。酷《ひど》くなると、兼光は鍛を止めて地金を火床に投げ込む。

文句は言わないと言った。言えば新三郎は動揺し、更に乱れが大きくなるだけだ。だが、悪いものは悪いと教えなければ、刀は出来ない。無言の仕草で示す…。刀工の頃の兼光なら、とっくに怒鳴り、或いは金鎚を新三郎の足許に投げ付けていたに違いない。元々、気は短い方だ。

野鍛冶になって良かったと、兼光は思う。百姓さん達の細かな注文に応えている内に、人との触れ合い付き合いの中にも、忍耐が身に付いた。癇癪《かんしゃく》の虫の抑え処も、判って来た。腹が立ったら早目に止める…仕事も話も。そして煙管《きせる》に一服《いっぷく》火を着けて、ボケーッと空を見上げて見る…。今夜は、月が寒空《さむぞら》に白く冴《さ》えている。

下鍛の間に、新三郎が物になるかどうか？　歩留《ぶど》まりの悪さも考えて、地金の余分も買ってはいるが…。

光明が無い訳ではない。兎に角、新三郎は真剣で真面目だ。疲れても、自分の方から止めようとも休もうとも言わない。あの忍耐力だけは、兼光も驚かされる。後は…力の配分を覚えてくれれば…。

新三郎は、昼間の鍛冶場にも現れるようになった。野鍛冶も手伝う。習うより慣れろと言うが、日と共に鎚の扱いが身に付いてくる、力の入れ具合入れ処が少しずつ。それに従って無駄な力は使わなくなり、長続きするようにもなった。

下鍛が終わった。最後の鍛は、何とか様《さま》になった。上鍛《うわきたえ》に使える程には至っていないが、近頃は著しく腕を上げてきた。それに懸けてみようと…駄目なら駄目で、その時は止めれば済む。

下鍛の済んだ銑鉄・包丁鉄・玉鋼を再び砕いて、硬さの異なる心金《しんがね》・側金《がわかね》・刃金《はのかね》の三種類に分けて積沸しをする。柔軟性のある心金は、刀の背から中心部に入れて折れないように。その下に硬さと粘りを持つ刃金を置いて切れ味を出す。硬い側金（皮金）で両側を包み、曲がらぬように固める。

普通の四方詰鍛《しほうづめきたえ》ならもう、一つ背の部分の棟金《むねがね》を用意する所だが、今度は本三枚鍛《ほんさんまいきたえ》にするからそれは不要だった。

下鍛が終わった頃には、もう春も終わりになっていた。

「兼さん。明日から田仕事じゃ、暫く鍛冶が出来ん。麦刈り、田起こしと、田植えの終わるまでお預けじゃ」

新三郎は残念そうに言う。兼光も農具の注文が増えて来た。いかに若い新三郎でも、田仕事の後に鍛冶は無理。兼光も暫く野鍛冶に専念する事にした。

田植えが終わると梅雨も明け、夏が来た。日が暮れて、暑気《しょき》が抜けてから、やっと鍛が始まる。上鍛はなかなか進まなかった。上鍛には更なる正確さが求められる、この鍛で刀の質が決まってしまうのだ。この徐《ゆ》っくりとした仕事が、却《かえ》って良かったのかも知れない。一日に鍛えられる時間は僅《わず》かしかない、急いでも仕方が無いと居直って丁寧《ていねい》な仕事をする。

向こう鎚の一打一打の間合いと強さ、打ち所を確かめながら、師匠の兼光との暗黙の息を探《さぐ》り測《はか》って叩く。新三郎は次第に鍛錬の骨を掴《つか》んでいった。

兼光の妻の『初《はつ》』も、火焼《ほや》けた着物の繕《つくろ》いをしながら、聞こえて来る鍛の槌音《つちおと》が、軽快な周期《リズム》で耳に心地好く響くのを感じていた。以前の刀鍛冶の頃の懐かしい音色に。ふうーっと、長船の想い出が蘇《よみがえ》って来る。これなら良い刀も出来ようと、初は思う。

上鍛は、下鍛以上に折り重ねと伸ばしを繰り返す。鍛錬の度に、不純物や炭素が取り除かれ、均一で強靭《きょうじん》な鋼に成って行く。同時にこの重ね目が、刀の地肌となって現れる。

《斬馬刀》か……。

兼光も打つのは初めて、直刀の鍛を基に、厚みと反《そ》りを加える。切れ味もだが、何よりも丈夫さが要る……斧《おの》の様な。野鍛冶の経験が役に立つ。

新三郎は上達したといっても、未だ刀工の域ではない。斑《むら》は、鍛錬の回数で補うしかない。新三郎にも自分にも、そう言い聞かせて只管《ひたすら》打ち続けた。普通の倍は打ったかと思う。

これを組み合わせて重ね、打ち伸ばし、刀の形に仕上げる。刃金《はのかね》の上に心金《しんがね》を載せて鍛接《たんせつ》した芯金《しんがね》を硬い側金《がわかね》で包み、これを刀の形に打って『素延《すの》べ』する。此処からはもう、兼光一人の仕事になる。

「新三ァ、こっから先は儂の仕事じゃ。お前は、自分の勝手が良ぇように注文を付けりゃーええ。それがお前の刀になる」

新三郎は伸ばされた刀を振り、その長さや重さ形の注文を付ける。兼光は、その希望に沿って打ち出してゆく。こうして、新三郎の使い勝手に合う、新三郎だけの刀が作られて行った。

これから先、刀は一度短く切り落として終うともう接《つ》なげない。二人は慎重に慎重に、事を運んだ。最後に先端部を斜めに切り落とし、小鎚で背側に打ち曲げて切先《きっさき》を出す。曲がりと形を細かく調えた後、手押し鉋《かんな》の銛《せん》（銑）や鑢《やすり》で表面を削り整え、刃も研ぎ出し、砥石《といし》で荒砥《あらと》ぎ（生砥ぎ）をして刀の形が出来た。

兼光は仕上げの焼入れに掛かる。長かった…。作り始めてから、もう二度目の冬が来た。

焼入れの為の『土置き』をする。耐火性粘土に松炭と砥石の粉末を混ぜた物を、練って塗る。刃の部分は、薄く自分の出したい刃文を筆で描く、濃淡も置き加減で行う。側面は、焼を弱くする為に厚く塗る。この加減で刃の反《そ》りと刃文が決まるが…なかなか思い通りに出来上がるものではない。

薄い土置きの所は、焼きも強く容積も膨張する、水槽での急冷時には素早く冷えて硬くなる。厚い所は、焼きも弱く膨張が少ない、冷却も徐《ゆ》っくりで靭性《じんせい》（しなやかさ）を持ち折れにくくなる。焼き温度の膨張差が刀の反りを生む。

斬馬刀の重ね（肉厚）は厚い…刀と側金の焼入れの温度差を大きくしないと、思う反りが得られないと思うが…どれ程置けば良いのか、兼光にも判らない。刃金も普通の物よりも厚い…焼を強くするにはより薄く…その加減も不明。刃文は大きな波の様な『湾《のた》れ』を出したい。

迷いながら…悩みながら…最後は、信念と気迫を込めて…その形を薄く刃に描いた。

兼光の思惑《おもわく》が当たるか否かは賭けでしかない。覚悟の焼きが入れられた。


刃の荒砥ぎまでが出来たと、報せが来た。鍬の直しを頼んでいた近所の佐吉《さきち》が、受け取りの帰りに知らせてくれた。新三郎は食べ掛けていた昼飯を途中止めにして、鍛冶屋に向かって走った。

「兼さん、出来たんかァーッ。何処に居るん？」

鍛冶場に飛び込むなり、大声を出して呼ぶ。

「こっちじゃー、此処《こけ》ぇ居るぞ」

奥の鍬の柄《え》などを作る木造り場から、兼光の声がした。新三郎が小走りに駆け込むと、分厚い欅板《けやき》の作業台の前で、丸太の腰掛けに片胡坐《かたあぐら》で座り、麦と米の混じった握り飯を手掴《てづか》みで食べていた。

「これじゃァ。出来映えを見るだけの荒砥ぎしかしちゃーおらんが、まァ見てみィ」

右手で握り飯を持って頬張りながら、左手で欅台の上の斑《まだら》紋様の刀を掴《つか》んで、打《ぶ》っ切《き》ら棒《ぼう》に手渡す。その手で、添え物の大根と菜の漬物をまた手掴みにして口の中に放り込む。膳《ぜん》に置かれた箸《はし》には、使われた痕跡《こんせき》が無い。

兼光は仕事中には鍛冶場を離れない。昼飯は殆ど此処で済ませる。握り飯なら、歩きながらでも片手仕事をしながらでも食える。食べながらでも、炉の火加減、地金の熱し加減を見続ける。熱中した時には、昼飯すら食べない。今日は区切りが着いたらしい。

新三郎が兼光と鍛えた斬馬刀は、重ねが厚い所為《せい》か思う程の反りは出なかったが、刃文は望み以上の物が出ている。大きく波打った湾《のた》れ紋様が、手元の刃区《はまち》から中程にわたってはっきりと浮き上がり、物打《ものう》ち切先《きっさき》にかけては漣波《さざなみ》の様な『互《ぐ》の目乱《めみだ》れ』がくっきりと現れている。

兼光が刀工だった頃に、何度試しても出来なかった紋様だった。備前伝は伝統的に紋様が淡い。地と刃の境目に出る紋様も、湯気が仄《ほの》かに匂い立つ様な微細な粒子の『匂《にお》い』になる。他伝に出る『沸《わ》き』と言う、粒子が眼でも見える紋様はない。刃文にしても、大小の丁子《ちょうじ》を並べた様な『丁子乱れ』といった細かな紋様になる。

何故出来たのか？　兼光にも解からない…。はっきりと異なるのは、焼入れに使う水にどっさりと氷を入れた事、この水の冷たさが或いは……。それとも、地金を地元の物だけでなく流通物を混ぜて使った事か？…。それとも、新三の鍛えが良かったのか？？…。造りの異なる直刀造りの本三枚鍛だからか？？？……。

刃文は不揃いだが、それなりの風情があり、反りは少ないが、武骨な武者刀にはお似合いだ。悪い出来ではないと、兼光も思う。

新三郎は、その不揃いの紋様を、殊の外に気に入った。

「こりゃー良ェー……造りも厚うて丈夫じゃし……これなら絶対、孟宗竹でも切り倒せるゥ…。兼さん、こりゃァー、名刀じゃーッ」

刀を見上げながら自然と小躍《こおど》りしている、余程に嬉しいのだろう。兼光も嬉しい。久し振りに打った刀が、思う以上の物に出来上がった。喜びが違う…やはり自分は刀工なのだと改めて兼光はそう思った。

注文主に気に入って貰えたので、仕上げに入る。炭の火焔《かえん》で炙《あぶ》って『合取《あいと》り』という焼き戻しをして、刃も含めた刀全体に適度な柔軟性を与える。反りと曲がりを修正し、全体の形を調える削りを加え、最終的な刀の形を作り出す鍛冶押しをした。

それが終わると、握りの部分の茎《なかご》の形を整え、尻は舟形とし、柄と繋ぐ目釘穴《めくぎあな》は刀の重さと振りに耐えられるように大き目のものを二つ、滑り止めの鑢目《やすりめ》も今迄のものとは変えて幅も広く長く斜めに『勝手下がり』を刻んだ茎仕立《なかごした》てにした。

刀の棟《むね》（峰《みね》）は少し丸めたが、両側平らな五角形の切刃造《きりはづく》りのままでは余りに無愛想《ぶあいそう》過ぎる。棟近くに浅い溝の樋《ひ》掻《か》きを入れた。これで何とか、武骨《ぶこつ》くらいで治まる。砥石で地金と下地砥《したじと》ぎし、茎に鏨《たがね》で製作年や銘を入れる銘切《めいぎ》りをする。銘は何としようか？……無名か『兼』か。

仕上げ砥ぎは手間が掛かるし、良質の砥石も無い、砥ぎ師に任せる事にした。鍔《つば》は付けないから白鞘《しらさや》を鞘師に、下地塗りを塗り師に廻した。見た目は、木刀に見える様に……。

砥ぎに出してから二月《ふたつき》、やっと白鞘塗りに収まった斬馬刀が出来上がって来た。思いの外に時間が費《か》かったのは、砥ぎ師も鞘師も、刀を鞘の中で浮かせる鎺《はばき》を造る白銀師《しろがねし》も、近頃では刀工同様に滅切《めっき》りとその数を減らしていたからだ。

刀が新三郎に届いた。刀の寸法二尺二分（66㎝）、身幅一寸二分（3・6㎝）、重ね三分強（1㎝）。切先《きっさき》は、猪首《いくび》切先で短いが丈夫な拵《こしら》え。反りは少なく、ずっしりとした武骨な刀だ。まるで長鉈《ながなた》の様。鞘は、鍔《つば》を付けない白鞘造りに薄茶色の塗りを施し、鯉口《こいぐち》近くの柄と鞘の両側に、下緒《さげお》を通す栗形《くりがた》を特別に付けて貰った。平生は決して抜けないように紐《ひも》で結んで縛り、表向きは木刀だと言い張る積もりだ。

早速、近くの竹藪に向かった。試し切りだ。刀を抜き数度の素振りをしてみた…重い…。この寸法でも扱いが難しい、振り損ねたら、自分の足を傷つけかねない。

今年生えたばかりの淡竹《はちく》の若竹を、袈裟《けさ》に打ち込んだ。軽い手応えを残して、斬馬刀は竹の胴を抜けた。次はもう少し太い真竹《まだけ》を見つけて、エィッと一撃打ち込んだ。想った程の抵抗も無く、斬馬刀はまた切り抜けた。斜めの切り口も鮮やかに滑り落ちた上部の竹は、地面にザクッと突き立った。

反りが少ない分、打ち込んだ力がそのまま刀の先の物打部《ものうちぶ》に集まり、その切れ味が凄い…。新三郎は、期待以上の満足に胸が高鳴る。自分に相応しい名刀が手に入った。孟宗竹を切ってみたいが…まだ切り抜ける自信が無い…もう少し腕を磨いてからに……。

竹汁を拭《ぬぐ》い、鞘に収めて腰に差し、小走りに家に戻る。刀の銘が知りたい。新三郎は一緒に鍛える中で、兼光の今までの生き様を聞いた。兼光は、もう刀工ではないから野鍛冶と同じ『兼』の銘しか入れないと言っていたが…。柄の真竹の目釘《めくぎ》を抜き、刀身を外した。???その銘は…無かった…。

新三郎は、がっかりした。銘も入れられぬ出来なのか?…。確かめなくては…、新三郎は鍛治場に向かう。兼光は、何時もと変わらず鎚を振っていた。

「兼さん…」力なく声を掛けた。

気配を感じて、顔だけ振り返った。

「どうした新三…」元気のない姿を見て、鎚を止めた。

「切れなんだか…折れたんかァ？」兼光の顔が引き攣った。

「良ぅ切れるッ。刃毀《こぼ》れもしとらん」

「なら？　何が負《お》えんのなら？」

「銘が……入っとらん」

兼光は一瞬きょとんとした顔を見せた後、大声で笑い出した。一頻《ひとしき》り笑い終えると、その訳を話した。

「造りは納得して貰うたが、切れ味がどねぇなか？　それを納得して貰わんと…銘は入れられん」

新三郎が竹の試し切りを話す。兼光は刀を受け取った。銘を刻む音が。新三郎に刀が返された。その銘には…『兼光』の二文字が…。

照れ臭そうに刀を渡してくれたのは、きっと刀工兼光自身も満足の出来映えだと納得しての事なのだろう。この刀は間違いなく長船の刀工が鍛えた名刀なのだ。喜びが新三郎の中で一層募《つの》った。

——一方——

好は、このところずっと日々が詰まらない。新三郎が刀作りに熱中して、全然相手にしてくれない。鍛冶屋に顔を出しても、気が散るからと話もしてくれないし……。

《もう嫌いになっちゃおうかなァ……。》

8　吉備の背骨と不受の背骨

木葉新三郎は、十八歳になっていた。もう立派な大人《おとな》だと自分では思っているが、兄や姉と比べられると、劣って見えるのは仕方がない。その所為《せい》で、周りからまだ子ども扱いされる事があるのが、近頃の癪《しゃく》の種だ。

大人扱いしてくれるのは、幼馴染みの好《よし》だけだ。

＝新三《しんざ》様はもう大人じゃから…＝　それが近頃の好の口癖になった。そう言っては、嬉しそうな恥ずかしそうな顔をする。

そう言う好も十三になり、もう子供ではなくなっている。時に見せる物思いな横顔には、姉の苗に似た色香を漂わせる事があり、新三郎も時につい見入って仕舞う…それが喋り出すと、笑い転げる子供に戻る。新三郎としては、何かと近頃は扱い辛い。

好は、母から手習いを始めているし、家事も手伝いというより、母の冴が漁に出た時などは、炊事賄《すいじまかな》いは代わって一人でするようになった。世間の目も有り、互いの親からも、あまり会わぬようにと釘も刺された。

二人が会うのは、新三郎が里山に剣術の稽古に来る時。新三郎は、枯れ木の枝を集めて石囲いの炉に火を焚《た》く、立ち上がる煙が暗黙の合図になる…熱い夏の日でも煙は上がる。

好は、長居はせずに、近頃の身近に起こった事を話し、新三郎の様子を聞く。もう昔のように一緒に遊びに行く事も無くなった。悪い事ではない筈なのに…年頃というのは面倒なものだと、大きくなった自分を、少し恨めしく思う。

もう一つ好に大きな変化があった。母の冴からオラショ（祈り）を授けられた。母の生い立ちから父・矢助との出会い、そして母が禁教の吉利支丹《キリシタン》である事も聞いた。吉利支丹がどのようなものなのか、話を聞いただけでは漠然としか解からない。信じれば必ず救われるのだという、死んでもパライソ（天国）という美しく輝く幸せな国に往《ゆ》けるのだと。

その有り難い教えも、この国では禁じられている。見つかれば不受不施の人達と同じ様に捕らえられ、酷い仕打ちを受けるのだともいう。

―続けて冴は言った―

「好がそのような危ない教えは嫌じゃと言うなら、信じんでも良ぇ、母も教えん」

好は母の顔をじっと見た。とても穏やかな顔だった、全てを好の思うが儘《まま》に任せようとしているのが解かる。母の言うマリア様というのは、何時もこの様な御顔をされているのだろうか…。

「母様は、これからも信じて行かれるのか？」

好の問いに大きく頷き、そうじゃと答えた。母の姿は、威厳《いげん》豊かで神々《こうごう》しく思えた。恐れることは何も無いのだと、母はその姿で表している。好は決めた、母を信じようと。
外にも禁教を背負いたい理由があった。時折、両親の秘《ひ》そ秘そ話の断片に聞く…《不受・佐伯・益原・お役人達・用心・木葉のお家》の言葉。木葉新三郎様も益原の人…であるなら、自分も似た立場に身を置けば少しは気持ちが近付けるかと…。

冴は、御守袋の中に隠していたラテン語の書付を開き、新たに一枚書き写して好の御守袋の中に秘して収めた。水に浸した指で、好の額に洗礼《せんれい》を施し、信者の証とした。それから冴の知る唯一の祈り《オラショ》の言葉を好に伝える。
両手を組み、膝立ちをして、頭を垂れて唱える。
＝ぐるりょーざ　どーみーの　いくせんさー
すーぷる　しーでーら＝（※注　228頁参照）
矢助も久し振りに聞いた。冴がするこの一風変わった仕草を、最初は武家の習わしの一つかと思っていた。祈る様な仕草だが、両手を組み膝を折った半立ちの姿。矢助なら正座をして両手を合わせる。尤《もっと》も冴も人前ではそうしていた。
冴が異教徒だと知ったのは、幼い好が熱を出した時だ。矢助は、船引の仕事で疲れ先に眠り込んだ。夜中に目覚めた…聞き慣れない言葉が、好の枕元に響いている。

＝デウス様　マリア様　ぐるりょーざ…＝

仏門の真言《しんごん》（梵語《ぼんご》＝サンスクリット語）に似ているようでもあるが、語りの調子が全く違う…もしかしたら…これが伴天連《ばてれん》？

矢助は徐《ゆ》っくりそーっと身を起こした、冴は祈りに夢中で気付かない。祈りながら熱を下げる水手拭《てぬぐい》を換えている。頬に疲れの翳《かげ》りが見えた、冴は一睡もしていないのが解かる。

伴天連になれば、祈れば病も治せるのじゃろうか？　そうかも知れんと思い、矢助はじっと見ていた。祈りの声が突如止んだ…気配に気付いた冴が振り向いた。

「…お前様…」

見つかって終うたかと、矢助は頭を掻《か》いた。冴の表情が、驚きから悲しげな落胆になり、やがて眼を閉じて静かな覚悟へと転じた。

暫くして眼を開け、冴は居住まいを正し、矢助に向かって静かに話し出した。

「御覧の通りにござります。別に隠す積もりは有りませなんだが…つい言い逸《そ》びれておりました…如何様《いかよう》にもお前様の思うが儘《まま》に。ただ御慈悲を下されば、私は好を連れて身を隠しとう御座います」

「往《い》かんでえぇッ、往かんでくれーッ」

矢助は慌《あわ》てて止めた。冴も好も居ない暮らしなど、地獄に住むと同じ気がする。一蓮托《いちれんたく》生《しょう》。矢助も冴の前に正座して、告げる。

「儂はこの家の養子じゃ。先の宗門改めで、この屋は真言《しんごん》になった…儂もそのまま従《したご》うた。が、生まれた家は、元は不受。言うちゃーならんが、今も不受…。儂も気持ちは不受のまんまじゃ…じゃから、お前が別に伴天連さんでも構わん。ただ儂ァ、今更ぁ伴天連さんにゃァ成れんがな」

冴は矢助に深く頭を下げ、申し出を受け入れた。解かって貰えれば隠す必要も無い。冴は以前お屋敷でしていたように、隠し細工を施す事にした、無論判らぬように、そして言い訳も出来る形に。

小さな観音様の像を買い、台座の裏に傷に似せて十字《クルス》を刻む。壊れ障子は格好の材料。折れた障子の桟《さん》に左右から斜めに二本の支え木を入れ雪洞格子《ぼんぼりごうし》にする、それが十字架の形になる。誤魔化しの為に、周りにも、不揃いに斜め一本の支え木の格子も作る。十字架は、自分達にだけ解かればいいのだから…。

「デウス様、マリア様にお祈りすれば、死んでも必ず天国《パライソ》という幸せな国に行ける。何も怖い事も無い、何も心配する事も無い」

苦しい事や辛い事があると、冴は何時もそう言う。何度も聞いている内に、矢助も次第にそんなものかと思うようになった。

＝人が死ぬんが気疎《きょうて》ぇ（怖い）んは、死んでどねえなるかが分からんからじゃ。幸せな良ェ国ィ往けるんなら、辛《つろ》ぅも無ぇし、気疎《きょうて》ぇ事も有りゃーせん＝と。

更に加えて冴は言う。背中に羽根の生えた天の使いが、迎えに来てくれるんじゃそうな、道に迷う事も無く、天へ天へと昇って往くんじゃと…。矢助も噂に聞いた事がある、吉利支丹になった者は、死ぬのを恐れんようになるんじゃとも。

「儂《わし》ゃー、マリア様もデウス様も見た事ァ無ぇ。お前が為《し》ょーる祈りも出来ん…けぇな者《もん》でも往けるんかァ、その天国《パライソ》とけぇは？」

「マリア様やデウス様は誰でも迎えて下さるそうじゃ、私が頼んで、きっとお前様も連れて行って差し上げましょう。アッそうそう、悪い行いだけは致されませぬ様に、悪者はインヘルノという地獄に堕《おと》されるそうに御座りまする。が、まぁお前様ならその心配は…。ははははっ」

矢助は年を取るに従い、冴の言う事を信じたくなって往く…。

姉の苗に、縁談が決まった。決まったというか、ずっと以前に親同士が、将来何の差し障りも無ければとの口約束が、そのままに何事もなく本決まりになっただけの事。まあ男の方はそれでも良いが女は嫁ぐ身、せめて夫となる方の人格や出来れば顔立ちなども納得しておきたい。

母の幸にも、木葉家に嫁ぐ前に同じ思いがあった。許婚《いいなずけ》の家だと小さな頃に二度ばかり連れられて来たが、その頃は時景もやんちゃな男の子でしかなかった。年頃になると、改めてどの様な方なのか次第に気に掛かり始めた。和気の渡し場へ届け物をした帰り、そっと門の遠くから様子を窺った…すっかりいい若者に成っていて、少し武骨そうだけれど難しくはなさそう…まぁあの人なら何とかなりそう。幸はそう感じ取って、この家の嫁に入った。

苗にもそうあって欲しいと、幸は苗に相手を見て来るように勧《すす》め、その結果どうしても嫌だと思うなら、別の人をと夫に話そうと思った。

苗は母が作ってくれた様子見の口実の届け物を持って先方の家に伺《うかが》った。不意の訪問で先方は構えも無く、苗は普段通りの姿を見る事が出来た。

相手の御方は普通の農家然としていて、とても武士には成れそうもない…のほほんと人が

良さそうで、鎧兜《よろいかぶと》より蓑笠《みのかさ》の方が似合う。苗は死と隣り合わせの武家など望んでいないから
その方が良い。背は高くなく、顔立ちは優しげ、母親似の左の八重歯が何とも愛くるしい。
苗は直感した、私の言う事を何でも聞いてくれる夫になりそう……。
舅様《しゅうと》は一癖《ひとくせ》有って厳しそうだが、姑様《しゅうとめ》は緩やかで息が詰まる事も無さそう、何といっても
嫁の立場は姑次第。苗もこれならと納得し、ここは点数稼ぎとばかり、お愛想と柄《がら》を超えた
淑《しと》やかさを見せ付けて帰った。
苗もなかなかの健《した》か者になっていた…。

強い陽射しを受けて稲は株を張り緑の色も濃くし、百姓達は蝉時雨《せみしぐれ》を聞きながら稗《ひえ》や草取
りに精を出している。夏草はよく伸びるとはいえ、そう迄しなくてもと思う程に田に入る。
雑草よりも厄介なのが蝗《いなむし》（稲虫＝ウンカ）、茎から養分を吸い、稲を弱めたり枯らしたり
する。烏の羽根や竹の葉を振って追い払う。夜は夜で、松明《たいまつ》を灯して田を廻って追う。少し
でも収穫を減らすまいと、百姓は労を惜しまない。
農業には、収穫逓減《しゅうかくていげん》という悲しい法則がある。単位面積当たりに投入する労働が一定の量
を超えると、労働に対する収穫効率が減って行く。労多くして益少なしとなるのだ。それで

も百姓は少ない益を求めて働く…健気《けなげ》に。

そんな熱い夏の日だった。好が慌てて新三郎のところに駆け込んで来た。役人が村に向かっていると言う。

「五人じゃ。槍を持っとる者もおった。法泉寺跡の藪《やぶ》の方に向こうとる」

法泉寺跡といえば、法中《ほっちゅう》・日進《にっしん》様の隠れ菴《いおり》が在るが…何故？　村人の密告はない。此処は村中が不受派の内心者と言ってもいい。他宗の者も居ないではないが…密告などしようものなら村に居られなくなる。

そういえば先頃から、見なれないザル振り商人（行商人）が村の奥まで入り込んだり、旅人が屢《しばしば》道を尋ねて迷い込んだりしていた。内偵《ないてい》の役人だったのかも知れない。兎に角、早く知らせなければ、そして早く逃げて貰わなければ。新三郎は、斬馬刀の仕込みを腰に差し、名主の家に駆けた。

大樹菴《たいじゅあん》は、薪小屋《たきぎごや》に似せて作った隠れ菴《いおり》。藪を抜ければ、石築きの土塀を伝って名主の雑《ざっ》穀《こく》倉に通じる。この倉の中二階と地下にも隠し部屋があり、法中様の隠れ家と看経講《かんきんこう》の集会場ともなっている。

法中様が見つかれば、名主も下手をすると村人の多くも、刑を受ける事になる。走りながら新三郎は、腰に下げた煤袋《すすぶくろ》を取って手を叩く、掌《てのひら》は煤で真っ黒になった、その手を顔に擦《なす》り着ける。念入りに顔中を、そして首筋にも擦る。

更に念のため、手拭《てぬぐい》で頬被《ほっかむ》りもした。これで人相が消せる。もし役人と立ち会っても、捕まりさえしなければ面が割れる心配もない。それから新三郎は腰の刀を後ろ斜めに回した、この方が走り易《やす》い。間に合ってくれと願いながら、息を切らして走った。

好は、役人が来る事を、村の家々を廻って知らせた。知らされた者も次の知らせに走る。瞬《また》く間に知らせは、村中に広がった。

危険を報せる合図の狼煙《のろし》が上がる。大樹菴に近い百姓の『徳松《とくまつ》』と『安次《やすじ》』の二人も見た。逸早《いちはや》く、菴に駆けつけた。顔には同じく煤を塗り、腰には草刈鎌《くさかりがま》を差し、手には三《み》ツ子《ご》と呼ぶ三本の鉄爪の付いた備中鍬《びっちゅうぐわ》を持った。

役人が来た事を報《しら》せはしたが逃がす間も無く、村に役人達が踏み込んで来た。二手に分かれたらしい。菴に来たのは、槍を持った上役と木棒を持った下役の二人だった。徳松と安次は、菴の前に立って役人と対峙《たいじ》した。

槍を持った上役人が、眼を吊り上げて喚《わめ》く。

「コリャーッ、お前等ァー！　邪魔をする気かァーッ。控《ひか》えんかー、我等は役人じゃー、三十二万石のお役人様じゃ。邪魔すなァー、退《ど》けーッ、叩っ切るぞー」

覚悟なら常日頃からしていた、徳松も安次も恐れ入る様子は微塵《みじん》も見せない。どころか、腹を立てた。口は開かない方がいいのだが、役人の言い草に腹が立ち、日頃思っている文句を投げ付けずには居られなくなった。

「喧騒《やかん》しいワーッ、何《なん》が役人様ならー。そっちが役人なら、こっちゃー、その役人を食わして遣《や》っとる三十二万石のお百姓様じゃーッ。殺《や》れるもんなら遣ってみィーッ」

吉備の背骨が喚《わめ》かせる。吉備人は、二つの背骨を持つ。表向きの不受への命令には従い、一本目の体の背骨は曲げ腰を折った。だが、もうそれ以上の妥協はしない、二本目の心の背骨は決して曲げない。

『外濁《げだく》はしても、内浄《ないじょう》の不受だけは死んでも守る』

「お前等なんぞに、邪魔はさせん」徳松の叫びに、安次も死の覚悟を決め鍬を振り上げた。

相手の役人も負けてはいない。先祖は織田信長にも仕えた猛者《もさ》、後には引けない。

「なら望み通りに、串刺《くしざ》しじゃー」

言うが早いか槍を構え、徳松の心臓を目掛けて一直線に駆けた…直ぐに、家伝のこの槍は島原の乱の後、初めて人の身を刺し通す重苦しい手応えを感じる事になろう…。

＝ガシャッ＝　異様な音と手応えがした。槍が地面に叩き付けられている。槍の柄《え》は備中鍬に押さえられ、鍬の爪が牙の様に地中深く刺さった槍先を咬《か》んでいる。押せども引けども、槍は抜けない。今迄とは全く勝手が違った。役人は、面喰《めんくら》った。

徳松は武術など知らない。それに身を躱《かわ》す暇も無かった、鍬を槍に向かって振り下ろすしかない、ぎりぎり間に合った。三ッ子の爪が、槍先を捕らえ地に叩き付けた。

安次と下役人は、息を呑んでその様子を見ている。その後は、互いに柄を持ったままの力比べになった。役人は持ち上げようとし、徳松はそのまま押さえ付けて置こうとする。力勝負なら百姓は負けない、日頃から重い米俵も平気で担いでいる。

役人は、槍を梃子《てこ》の要領で上下に少しずつ動かし、隙間を作ろうとしていた。昨日の雷雨で地面は軟らか…槍が軽くなった…抜ける。

徳松もそれを感じた。それならと徳松は、少し鍬を浮かせ、爪に槍を絡《から》ませたまま柄を捩《ねじ》り、「オリャーッ」と気合一発、斜めに大きく振り上げた…。槍は役人の手を離れ、空中に大きな弧を描いて石垣を越え、雑草の中に消えた。

《真逆《まさか》……こんな事が…》役人達は驚いた。百姓がこんな技を持っていようとは。加えてこの気魄《きはく》の強さ…父親から聞いた吉利支丹の抵抗にも劣らない、凄いものに思える…。

不受派は違う、明らかに攻撃的だ。勝手が違うが…引き下がる訳にもいかない、上役人は刀を抜いて構えた。

そこに新三郎が駆けつけた。背に回していた斬馬刀を鞘に収めたまま、木刀の様に抜いて構える。三対二となり、役人が劣勢になった。その上、煤を塗った顔は表情が読めず、不気味で自然と強そうにも見える。

役人達は押されて、石垣の崖際《がけぎわ》まで追い込まれた。新三郎は二人に目配せをする。法中様《ほっちゅう》に逃げて貰わなくては…一人で間合いを詰めて、役人の前に立ちはだかる。徳松達が助けに入る間《ま》が出来た。二人は菴《いおり》に駆け出した。

新三郎は一人で、二人の相手をする。

父や兄から時々、手合わせをして貰っているが、未だ父にも兄にも勝てないでいる。ただ振りの速さだけは、二人に勝る。

ずっしりと重い太刀を、思いの儘《まま》に振り回す。面白くない事があると竹を切る。最初は柔らかい若竹を切っていた、その内に淡竹《はちく》が断ち切れるようになり、今では太い真竹も切れるように成っている。…まだ肉の厚い孟宗竹《もうそうちく》は切り倒せていないが…。

今の自分の腕が、役人達に通用するのか？　見当も付かない。勝つ必要はない…法中様が逃げ延びる時間稼ぎが出来ればいい。その後は、捕まらないように必死に逃げるだけだ。

もし捕まれば、噂に聞く拷問《ごうもん》に耐える自信は無い、苦し紛れに誰かの名前を叫ぶかも知れない。恥知らずの裏切り者に成り果てる。それならいっそ、自分の刀で喉か心臓を突く。余《あま》り苦も無く死ねると父から聞いた、それなら何とか出来そうだ…。

イヤーッ、上役人が切り掛かって来た。だが、踏み込みが浅い。徳松に槍を取られた事で、怯《ひる》みが出ていた。それに新三郎は我流とはいえ百姓らしからぬ剣の構えを執《と》っている、軽率には動けない。二人でジワジワと押してくる。優勢となった役人が、間合いを詰めた。

「あの二人を追えーッ」上役人が叫ぶ。

「はっ」下役人は小さく頷いて、横手をすり抜けて走る。下役人は走りながら報せの呼子《よびこ》を吹いた、間も無く他の役人達も此処に駆けつけて来よう。

新三郎自身も捕まる訳にはいかないし、法中様達の時間稼ぎも必要…難しい駆け引きになった。対峙《たいじ》しながら逃げ道を思案する。近くの民家の迷路が、脳裡に浮かんだ…見えた。

新三郎は、少し逃げてはまた構える時間稼ぎを繰り返し、上役人を引きつけたまま、間も無く駆けつけて来るであろう役人達が見渡せる、溜池の堤に向かって移動した。

村の間道の辻を見張っていたらしい役人が、三方から駆け寄って来るのが見える。そろそろ時間稼ぎもいいだろう…取り敢えずの役目は果たした、後は逃げるだけだが…その前に、ふと腕試しがしたくなった。

新三郎は浅く腰を落とし、自分の好きな横一文字より少し切先《きっさき》を上に向け、体を斜《はす》に構えた。役人は中段に構え、間を詰めて来る。

新三郎も負けじと間を詰めた…踏み込めば互いに切れる近さになった…。イヤーッ、役人が上段に刀を振り上げ打ち込んで来た。

早い！　刀が頭に打ち下ろされるのが見えた…切られる…全身に恐怖が走った。

新三郎は、斬馬刀を払いながら地に転んだ。両腕に擦り傷の痛みは有るが、切られたような痛みは無い…まだ生きている。次の太刀が来る！　それに備えて、また横に転がり、半身を起こして袈裟に構えた。

うがーぁ〜。呻《うめ》き声がする。声の方を振り向いた。役人が、足を抱えて転打《のたう》っていた。

一の太刀を躱す時、何かを打ち据《う す》えた手応えが残っている。咄嗟《とっさ》に身を屈《かが》め、転がりながら、野武士流の足打ちを喰《く》らわせたらしい…。野武士が武士に勝った。

喜んでいる暇は無い、遠くない所に役人らしい声がする。もう逃げの一手だ、背を向けて全力で民家の迷路に駆け込んだ。生垣に囲まれた隠し辻に身を潜め、足音が去るのを息も密《ひそ》めて待った。

その頃、徳松と安次は法中《ほっちゅう》様を連れ、小屋から裏藪へと逃げていた。法中様は、坊主頭が目立たぬように頬被《ほっかむ》りした以外は着の身着のまま、それを厭わず逃げられれば良いのだが。

此処からは、東に行けば日笠《ひかさ》村に通じ、そこからは、北の三国《みくに》にでも隣国の美作《みまさか》にでも行ける。西の小山を廻れば天瀬から佐伯に、更に旭川沿いの金川《かながわ》までも。北へ天神山に登れば遠回りにはなるが、その後は何れのところにでも抜けられる。

「このまま、早う」

徳松と安次が言う。だが、法中《ほっちゅう》様は頭《かぶり》を横に振った。

「逃げるだけなら、確かにそれが一番じゃろう。じゃが、袈裟《けさ》も経典も大切な伝燈《でんとう》の文字《もじ》曼荼羅《まんだら》御本尊のお題目も、全て名主さんの隠し倉の中じゃ…あれが無うては、法中の務めが果たせん…喩《たと》え逃げおおせても、意味が無《の》うなる」

後から届けようにも、暫くの間は方々に監視の眼も厳しい、それに落ち着く先も何処とも知れず。旅立つ路銀《ろぎん》も無い、無一文では余りに心細いし…急な事で、徳松達にも持ち合わせは無い。危険を承知で隠れ倉に帰る。

益原村は、吉井川沿いの津山往来からの入り道の大道が二本、略《ほぼ》真っ直ぐで見通しが良いが、それを瞬時横切って農家の小路に入ると、細い道は曲がりくねり枝分かれもして、全く見通しが利かない迷路の如く入り組んでいる。こうなる事を意識して作った訳ではないが、得手勝手《えてかって》に定めた不条理な屋敷割が幸いしている。

隠し倉のある名主の家の周りは高い土塀で囲まれ、入り口の門も屋敷の中央にはなく最も奥まった隅に在り、容易に中が覗《のぞ》けぬようにしてある。更にそこまでの道には、行き止まりの辻、そして村人だけに解かる抜け道も用意してある。

両隣の民家には、道に沿った木塀の一角に通り抜けの出来る隠し戸を設け、それを隠す木が植えてある。そこを入れば草が絡《から》まる空井戸があり、横堀の地下道を通って、一つは名主の家の隠し倉へ、もう一つは外からは見えない生垣を通って茶畑に入り竹藪から山へと逃げられる抜け道になっている。

川上の佐伯の村では土塀・板塀・石垣・生垣で迷路を作り、知らない者が入ると家に入れず堂々巡りばかりする、余所者《よそもの》泣かせの辻まで作っている。

徳松と安次は、役人達が新三郎の後を追ったのを確かめた上で、それでもまだ慎重に周囲を窺《うかが》いながら、名主の倉の裏門に辿《たど》り着いた。門からは入れば早いが、もし遠くからでも見られでもしたら、場所も暴露《ばれ》るし名主も仲間だと明かす事になる。門を過ぎ、隣の隠し塀から入る。

時が経ち、騒々しい声は聞こえなくなった。どうやら、法中様達も無事逃げ延びた様だ。

新三郎は、刀を腰に戻して辻を出た。塀の角を曲がると、役人と出くわした。法中様を追ったあの下役人が、一人で戻って来ていた。

「アッ」同時に同じ声を上げ、同じく後ろに飛び退いた。下役人は慌《あわ》てて刀を抜いて構えたが、直ぐに打ち込んでくる気配はない。

新三郎は、徐っくりと鞘ごと斬馬刀を抜き、腰を低く構えた。下役人も腰を落としジワリと左に回り込む。新三郎は同じ所に立ったまま、相手に合わせて身を回して行く。相手の刃が身に当たれば切れる、ただ痛いだけでは済まない…さっきは咄嗟の動きで勝てたが、今度もそうなるとは限らないから。

下役人は、前に少し間合いを詰めては直ぐに後ろに退《しりぞ》く。持った刀も荒い呼吸に合わせて上下する、立ち会いに馴れている様子は無い。

新三郎は少し落ち着いた。勝てるかどうかは判らないが、逃げるなら出来そうだ。先程の上役人程の気魄も無い。新三郎は自分の方から間合いを詰めてみた。相手が弱気なら逃げ出すはず…だが…少し下がっただけで逃げる様子はない。下役人にも、意地も役目も有るらしい。手配の法中を取り逃がした上に、邪魔をした百姓まで捕らえられないでは、逆に自分が責めと咎《とが》めを受ける。しかも相手の持ち物は木刀、どうあっても取り押さえる外なかろう…。

新三郎の両手の上に墨の汗が滴《したた》り落ちた。その分だけ顔の墨が剥《は》がれ、乱れた縦縞模様《たてじまもよう》を描いている事だろう。時が経てば、面が割れる危険性もある…。

下役人も覚悟を決めて間合いを詰めて来た。

《打ち込んで来たら、躱《かわ》して逃げよう》新三郎も間合いを計りながら詰める…踏み込んで打ち合えば切先《きっさき》が届く距離になった。

二人の足がまた止まった。打ち込む時機を、互いに計り合う。もう剣を交えるしかない。どちらが先に動くかだが…。新三郎は待つしかない。邪魔立てならまだしも、先制攻撃したとあっては村の咎《とが》めは厳しくなる、身を躱して逃げたい。先程も身を守っただけだ…。

だが此処は塀に囲まれた細い路地、先程のように横に逃げるのは容易ではない。互いに動けぬまま時が過ぎた。苛立ったのか、緊張に耐えられなくなったのか、下役人は泣きそうな顔で刀を振り上げた。

「ウワ～～ッ」目を剥《む》いて飛び込んで来た。

刀が新三郎の身に落ちて来る。反射的に身が動く。後ろに跳ねた。刀が目の前を過ぎて行く。

「アギャ…」低い呻きを上げて、下役人が膝から崩れ落ちた。右手の小手を押さえて唸り出す…刀は地に転がっている。身を躱すと同時に、斬馬刀を振った…それが小手に当たったらしい。新三郎は一目散《いちもくさん》に逃げ去った。

好は、新三郎の家の近くの小屋の隅で無事を祈っていた。

『新三郎様が、どうか無事で在りますように…どうか無事で…ゼウス様、マリア様』

そして両手を組み跪《ひざまず》き、意味の解からないまま〈栄光の神《オ・グルリオザ・ドミナ》（聖母《マリア》）〉の祈り《オラショ》を唱える。

「Gloriosa《グルリョーザ》 domina《ドーミーノ》 excelsa《イキセンサー》 Supura《スープラ》 sidera《シーデーラ》（栄光の聖母様、天高く輝く御星よ）」（※注＝ゴゴニチぐるりよざ　皆川教授　http://jroustyle.blog45.fc2.com/blog-entry-200.html)

守護神様。

新三郎は何とか逃れて、途中の民家で顔と首の墨を洗い、斬馬刀兼光も莚《むしろ》に巻いて隠し、着物も借りて着替え、態《わざ》と猫背に背も丸めて歩き、無関係を装いながら、出来るだけ人目に付かない経路を辿って家に向かった。

好の姿が見える。新三郎はそっと近づいた。

好は気付かない、何かを祈っている…聞いた事のない呪文《じゅもん》を、聞き慣れない抑揚《よくよう》の口調で。

「好ィ…」そっと新三郎は声を掛けた。

好の祈りが止み、弾けるように振り返った。新三郎と判ると好は、勢い良く跳ねて新三郎に抱きついた。身が小刻みに震えている。押さえた泣き声が、クックッと好の喉を鳴らす。

粗い息遣いが、胸に響く。

新三郎も、自分の無事を確かめる様にギュッと好の柔らかな体を抱き締めた…。

初めての、しかも二度の真剣との立ち会いで、よく無事でいられたものだ…。また幻想とも思える出来事が想い返された…恐怖と覚悟と夢中の戦いと今の安堵《あんど》が、走馬灯となって廻り続ける。好を抱き締めていれば、異次元な世界から元の世界に戻れる。好の柔らかさが異常な体の昂奮を鎮め、好の温もりが狂った虚《うつ》ろな気持ちを温めてくれる。

どれ程の時間が経ったのか、長かったような短いような…二人の恋路に悪戯《いたずら》をする涼しい風が吹き抜けた。好と新三郎は、徐っくりと体を離した。目と目が合うと急に恥ずかしくなり、二人は同時に下を向いた。

やがてまた好は新三郎に近付き、手拭《てぬぐい》で丁寧に顔や首筋に洗い残された煤墨を拭《ふ》いた。拭き終わると、好は手拭を懐《ふところ》に戻し「無事で本当に良かった」と呟いた後、顔を両手で覆って声を上げて泣き出した。新三郎はどうしていいか判らず、ただ泣く姿を見ているしかなかった。新三郎も未だ初《うぶ》…だった。

その頃、空は急激に暗くなり、冷たい風が暴れん坊のように吹き抜け、やがて天を轟《とどろ》かせ山を揺らす雷鳴が響き、瞬く間に大粒の雨が先も見えぬ程に白い闇を張った。

雷鳴と雷光《いなびかり》に驚き、好は新三郎に絡《しが》み付く。新三郎は肩を抱き、身を寄せて並んで座った。好は新三郎の肩に顔を寄せて、目を閉じた。こうしていれば、たとえ近くに雷が落ちても構わない気がする。

新三郎は、好から伝わって来る温かさを心地好《よ》く感じる。このまま夕立が止まなくてもいい…暗天に閃光《せんこう》を走らす雷を、今は楽しげに見上げた。

やがて雷も次第に遠ざかり、新三郎の気持ちも落ち着くと、好の祈りが気になった。

「好ィ、さっきの呪文は、あれは何じゃ？」

好は返事の代わりに、手で十字《クルス》を切った。

吉利支丹…新三郎は理解した。居たのか、こんなに近くにも。宗門は異《ちが》うが同じ禁教。似た境遇か…新三郎は好がより身近に思えて、今まで以上に愛しい感情が湧いてくるのを感じた。それを伝えようと、好の肩を少し強く抱き締めた…。


その夜、こっそりと名主の家を、新三郎は父兄に付き添われて訪ねた。そこには徳松と安次も来ていた。法中様が無事に逃れたというのに、誰の顔も暗い。徳松が重い口調で言った。

「新三《しんざ》さん…あんたは、どねぇじゃった？」

年下で若造の新三郎の事を、徳松は「さん」付けで呼ぶ。徳松の家は木葉家の家来だった。今は侍を捨て独立した百姓となっているが、主人筋の家を立てて今でも敬意を示す。

「儂ゃー、鍬で役人の槍を草叢《くさむら》に投げ飛ばして終うた…。役人が偉そうな事を吐かしやがってからにィ…ついこっちも向き（本気）になってなァ…」

徳松も、事の重大さに改めて後悔する。

「新三郎は…役人二人に怪我を負わせて終うたらしい。大事《おおごと》じゃ…せーだけでも。剣術を教えたんが却《かえ》って…」

父の時景はそう言って、苦々《にが》しく唇を噛んだ。

しょんぼりと俯《うつむ》いている弟を見ていると、頼景も胸が痛む。話を聞いてからずっと、弟の身を自分に置き換えて考えていた。

「…仕方が無かったんじゃ…切られる訳にも捕まる訳にも行きゃーせん。下手に逃げりゃー、迷路の辻を役人に教える事にもなるしなァ」

名主も含め皆、頷いた後、名主が呟いた。

「…事情はその通りじゃが…さァて、難題はこれからどねぇすりゃーじゃ？」

誰もが眼を落とし沈黙した。溜息交じりの深い吐息が、薄暗く湿った小さな隠し部屋に漂う。誰にも妙案は無い。藩の出方を見るしかない、となった。

この事件は、為政者たる藩の面目と威信を大いに傷つけた。戦の無い時代の武士というものは、空威張《からいば》りと面子《めんつ》だけを頼りに生きているようなものだ。必要性など何も無い。もっとはっきり言い切って終えば、無駄飯食いの居候《いそうろう》でしかない。

しかも武士の象徴たる戦闘能力に於いて百姓に劣ったとなると、存在の意味すら無くなる。威厳と面子の回復の為には、徹底した弾圧＝暴力と厳罰＝の見せしめを与える外ない。

藩は熱《いき》り立った。

「村ごと潰せ！」もはや仁政などと綺麗事は言っていられない。仁政は、従順な領民に対してだけの慈悲だ。儒教の祖の孔子ですら、魯《ろ》の国で大夫《たいふ》の少正卯《しょうせいぼう》を、国政を乱したとして、

「仁」で諭《さと》し導く事なく、自ら批判していた「刑法」を以《もっ》て処刑しているのだ、構うものか…。

この噂は忽《たちま》ち、新三郎達の住む和気郡内にも伝わった…そして法中様にも。

＝他村への見せしめの為、名主始め何人かは関わりの有無に拘《かかわ》らず処刑されよう。その上、年貢も法外に高くなろう。行く行く他村から人を移し土地も取り上げて仕舞おう＝

村人が集まった。沙汰を知って、誰もが押し黙っている。時景が、沈黙の重い空気を押《お》し退《の》ける大きな息を吐いて口を開いた。

「妙案が無いなら、少し思う所が在るんじゃが…」

一同、膝を時景に向けて縋《すが》る目で頷く。

「藩は本気じゃ。こうなりゃー、村ごと潰す気じゃ、間違ぇなく。ここまで虚仮《こけ》にされりゃー、意地にもならァな…。そこで、もう潰されるもんじゃとして、どねぇするかじゃが…」

時景は順に一堂の顔を見た。そうなるかも知れないとは想っていたが、それを現実の事として目前に突き付けられると、誰もが恐怖の金縛りに囚《とら》われた。言った当人の時景も、背中に広がる冷たい怯《おび》えを痛感していた。

逃れられないなら居直るしかない。胸の中から熱い感情が湧いてくる。吉備の反骨が動き始めた。熱い炎が…冷たい恐怖を蒸発させて行く…眼を上げて再び時景を見た。

「儂等は、年貢も納めとるし、表向きの改宗もした。百姓の務めは、全部果たしとる…こっちにゃー何ーんの非も有ゃーせん。じゃのに」

不受の信仰を捨てない限り、何処でどう生きようと…果てようと、不受の信者。続けて時景は私案を告げた。

＝不受を捨てない家は一人ずつ法立を出す。他村他藩に縁の有る者は其処《そこ》に行く。縁も無く、この村に残る外無い者で家族と土地を守りたい者は是非も無い、何とか命が助かるなら藩の沙汰に従うがいい。残りの戦う者は、村を出て藩に対し、法華経の正法《しょうほう》を説く『諫暁折伏《かんぎょうせっぷく》』を行い徹底抗戦する…無論、命は捨てての事。

他村に移った者は、その地で不受の教えを守る。内外両浄の法立《ほうりゅう》となった者は、他所で法中様《ほっちゅう》を探して付き従い守り、必要ならば僧としての修行も積み、次代の法中となる。内信者が居る限り、不受不施の灯は消える事はない。外濁内浄の内信者が出家外浄して法立となりやがて法中が生まれる、この輪廻《りんね》を永久《とわ》に繰り返す。不滅じゃ。＝

覚悟を決めていたのは村人達だけではなかった。土蔵に身を潜めていた法中の日進上人《にっしんしょうにん》も『村潰し』の沙汰を聞き、逃れられない事を知った。一通りの修行を終えていた法立を次の法中に立て、自ら役所に名乗り出て、逆に諫暁折伏を行う覚悟を決めた。後は、伊豆《いず》に島流しか、入牢《じゅろう》中に攻め殺されるか、それとも斬首《ざんしゅ》か磔《はりつけ》か…。

村に咎《とが》めが有ってはならない。役人の邪魔をしたのは村人ではなく、付き添っていた法立が村人に化けたものだとし、其の者達もあの後直ぐに他国に逃げたとするように書置きし…夜中に人知れず村を出た。


村人が事の次第を知ったのは、法中様が役所に名乗り出た後の事だった…。此れを知った、日進上人に付き添っていた法立の一人は後を追い、役所に救出に出向いたが捕まった。

村人は動けなかった。日進上人の書置きには、村に罪の及ばないようにこれ以上の挙動を戒め、くれぐれも不受不施の灯を絶やさぬ事を願うと認《したた》められていた。

それでも年老いた熱心な信者の中には、解き放ちの嘆願《たんがん》に役所に出向き、入牢される者も出た。

法中様は、伊豆で一番遠い八丈島《はちじょうじま》に島流しとなった。法立さんは、役人に怪我をさせた罪を被《かぶ》り、俵詰《たわらづ》めの刑の前に責め苦と病を得て入滅した。赦免《しゃめん》嘆願をした年寄りの中にも、釈放を待てず牢死する者も出た。

その命と引き換えに、村潰しの咎めを村人は免《まぬ》かれた。死を覚悟していた村人は、改めて不受不施への思いを強くした。信仰を深くし、内浄を一層清らかにする、そしてこの信仰の灯を決して消す事無く、代々永劫に継いで行くことで、表向きの改宗の外濁を贖《あがな》って行くのだと…。それが法難を受けた人達へのせめてもの供養…。

法立さんを自分の身代わりにして終った新三郎の気持ちは、誰よりも重かった。切腹も考えたが、それでは法立さんの死が無駄になる…どうしたら良いのか？…これからの生き様の中で見つけて行くしかない…不惜身命《ふしゃくしんみょう》の覚悟で。

不屈の背骨を、新三郎も背負った。

法中様達を救い切れなかった事が悔《くや》しくてならない。兎に角、突き上げてくる怒りを吐き出さないと気が狂いそうだ。新三郎は斬馬刀を掴んで竹林に走った。太い孟宗竹の前で止まった。じっと睨み付ける。対峙した時の役人の姿を孟宗竹に重ねた。

＝打手切る《ぶったぎる》＝　新三郎は斬馬刀が折れてもいい気で、怒りを打《ぶ》っ付けて袈裟《けさ》に切った。

孟宗竹は枝を撓《しな》らせて傾き、隣の竹にその身を預けて動きを止めた。斬馬刀は切り抜けず、三分を残して竹胴の中に食い込んだまま止まっている…。

小手を下げて徐っくりと刀を外した。裏と表…刀の曲がりと刃毀《こぼ》れを見る。…無い。物打《ものうち》に竹輪の跡を残すだけで、兼光の業物《わざもの》は何一つその形を変えず、竹林を疎《まば》らに通る光に目映《まばゆ》く輝いている。

「イヤーッ!」改めて一撃…怒りを込めて斬馬刀を振った。切り抜ける感触と共に、竹は騒《ざわ》めきながら身を預けていた竹を滑り落ち、地に横たわった。

一太刀で切り倒せなかったのは新三郎の未熟の所為、刀に不足は無かった。刀を拭いて鞘に収めた。《孟宗竹を切る》その思いが叶ったというのに、未だ怒りは残ったままで、気は晴れない。

淡竹《はちく》の竹林に行き、新三郎は切って切って切り捲《ま》くった…斬馬刀は一撃で淡竹を薙《な》ぎ倒して行く。息が切れても刀を振った、果たせぬ無念を吐き出すように…。決して吐き出し切れない事を知りながら…。

法難騒動《ほうなんそうどう》も鎮まった頃、村の年寄りが亡くなった。この老婆も熱心な不受派の信者だった。弾圧に抗《あらが》い断食入定《だんじきにゅうじょう》した佐伯《さえき》村の妙浄《みょうじょう》様を鑑《かがみ》とし、常々死ぬ時はその真似事でもしたいと話していた。病の床に就いてからは、水以外には口にせず、その死期を早めた。

その線香の絶えない内に、もう一人年寄りが亡くなった。大雨が降った。川の水嵩《みずかさ》が増し、灌漑《かんがい》水路に流れ込む水量も異常に増えた。このままでは溝の畦《あぜ》を越え、田が水浸しになる。樋門の止め板を高くしようとして、足を滑らせ急流に呑まれた。帰りの遅いのを心配し、捜しに出た家の者が溝の曲がりに見つけたが、既に息絶えていた。

この老人も熱心な信者だった。看経講《かんきんこう》という門徒の集まりがある。それを一度も欠かした事がない。禁教となる迄は、堂々とお寺や近所の信者の家に集まって、お経を唱え、僧侶からその意味を説き聞かせて貰っていた。

お坊様のお勤めは読経《どきょう》と言う。村人の勤めは看経《かんき》と言う。同じ経を唱えて、どう違うのか？　新三郎は法中様に問うた事がある、その時には「同じ様なもんじゃ、気にせんでも良ぇ」と受け流された。

仕方が無いので、自分勝手に考えた。『読《よ》む』と『看《み》る』の違い。読むというのは意味が解かるという事。意味が解からなければ、仏語独特の言い回しや、造語の難解文字をただ看ているに等しい。その違いかと…勝手な解釈をしてみたが…。

漢字が読めないからといっても、経文の全体の意味や意義は僧侶から聞いて知っている、門徒達の信仰に何の違いも揺るぎも無い。

禁教になってからは、この看経講《かんきんこう》も秘っそりと行うしかなくなった。外に見張りを立て、合い言葉も仲間内にだけが知る隠語を作り、時には何時でも遠くに逃げられる身支度までして集う。そしてその勤めも、次第に抑えた声に…受ける弾圧の辛苦悲哀《しんくひあい》の気持ちが籠《こ》もり、看経や唱題《しょうだい》は次第にその抑揚《よくよう》に一種独特の哀調を帯びて行く。

その老人の葬儀《そうぎ》が執《と》り行われた。不受派の者達は二度の葬儀をする。表向きの請けとなっている神社や寺で、型通りの払いや読経で引導を受ける。だが…他宗のどんな有り難い引導を受けても、不受の仏は決して成仏出来ない…それが哀しい。

他宗を封じる為に、葬儀の前の内々の通夜の時、法立さんを施立《せだ》ち（仲介）として僧の法中様を呼び、紙に書いて貰う紙塔婆《かみとうば》と日奥上人の書かれた文字曼荼羅《もじまんだら》の木版刷りを死装束《しにしょうぞく》の中に忍ばせる。

そして表向きの葬儀の後、改めて法中様を呼び、『かんむり』と呼ぶ曼荼羅を棺に掛け、蕭然《しめやか》に読経の声さえ密《ひそ》やかに成仏を祈る…。

これでやっと不受派の者は、成仏が出来る。

後の世になり、已むを得ず法中様が呼べない時に、法立さんが代行した。ここに再び不受不施の正統性を問う難題が起こる。
＝法立の引導を認めるか否か？＝
「守らねば崩れ　崩さねば守れぬ…」
相反する命題…これが備前不受派を二つに分ける火種となって行く。

9　新田と用水

名君とも称された池田光政は、天和《てんわ》二年（１６８２）享年《きょうねん》七十四歳で逝去《せいきょ》するが、その十年前、光政は嫡子《ちゃくし》綱政に藩主を譲り隠居となっていた。

同時に津田重二郎永忠も、評定所列座の任を解かれ、和意谷《わいだに》墓所と学問所並びに社倉米《しゃそうまい》と井田《せいでん》の専管《せんかん》となり、住まいも城下から和気郡木谷《きだに》（閑谷《しずたに》）に移されていた。それは光政の命で、その理由は《才（天才）は使いようを誤まれば危うし》との配慮だったが、裏を返せば綱政への不信と不満の表れとも言えた。

不人気だった学問所は十年足らずで閉鎖状態になっており、実質の仕事は、井田（新田）と社倉米（災害時のお救い米として貯蔵されたが、財政運用資金の元金としても使われ、新田開発資金ともなった）の管理となった。永忠には好都合だった。藩の閥閣《ばっかく》・重役との煩《わずら》わしい駆け引きなどから解放され、以前から考えていた藩財政復興の為の新田開発の思案に専念出来る。

延宝三年（１６７５）、藩内の大洪水被害の上に追い討ちを賭けるように、京都御所焼失に因る造営負担が重く伸し掛かって来た…一日も早く新田を造らなくては。そうでないと、全ての負担は結局、百姓衆に背負わせる事になる。

当時の藩の収入は、八割強（83〜85％：変動有）が農民からの年貢で、借銀《しゃくぎん》＝借金《しゃっきん》が一割強（12％前後：変動有）、商人町人の地子銀《じしぎん》（地代）・運上銀《うんじょうぎん》（営業権と税）は微《わず》かに一分（1・2％）、漁猟師《りょうりょうし》などの万請代《よろずうけしろ》（漁業狩猟権料）は一厘（0・1％）と無に等しい。人数割りを考慮しても負担割合は農民が遥かに高い…。《多く取れる所（階層）から多く取れ》それが何時の世も変わらない税収の鉄則なのだ。

本年貢《ほんねんぐ》（六公四民の税）六割に高掛物《たかがかりもの》（付加税＝労役負担としての夫米《ふまい》・口米《くちまい》・糠藁《ぬかわら》代で8・6％と村の下役人手当等の雑費）が一割強上乗せされ、実質七割を超える負担も、新田を造り耕作面積を広げ収入石高を増やせば、少しは軽く出来よう、それが永忠の思い。

＝幸いにして、治兵衛が居る…あの才は、新田開発にも必ず役に立つ筈じゃ＝

治兵衛が、和気郡の井田と東片上、御野《みの》郡福田村にも石の樋門を築き、大好評を得たのが翌年、延宝四年（1676）だった。

治兵衛は、その卓越した技量と難題を解決して行く知恵と工夫を兼ね備え、永忠をも驚かし感心させる治水の働きをしてくれている。その才能を更に新田開発に生かせれば、永忠が頭に描く夢は確実に実現出来る。

二人は藩の地図を前に差し向かいに座り、新田を造営する場所や大きさ、水源と水路と排水の場所、費《か》かるであろう費用と財源などについて忌憚《きたん》無く話し合った。二人きりの場所では、武家と町人の違いも上下の区分も時には年の差すらなく、熱が籠もると治兵衛はついついお国訛《なま》りの泉州弁で捲《ま》くし立てる、そうなると永忠も連《つ》られて岡山弁で返す事も屢《しばしば》だった。

それでも何の蟠《わだかま》りも生じない、二人は莫逆《ばくぎゃく》の友となっていた。

その構想を括《まと》め、永忠が藩に提出した物が『自分勝手作廻積目録《じぶんかってさくまわりづみもくろく》・自分勝手簡略積《かんりゃくづみ》』の新田見立《しんでんみたて》。藩に提出したが、詮議にも上げては貰えない…光政に頼もうにも、もはや隠居して藩政に表立って口は挟《はさ》めない。沙汰無しのお預け状態にされ、永忠も治兵衛も焦《じ》れる日々が続いた。


永忠は、大洪水後の復旧状態を確かめる為、服部与左衛門《はっとりよざえもん》と共に領内隈《くま》なく巡視して歩き、その被害の酷《ひど》さを見るにつけ新田開発の急務を感じた。

永忠はもう待てぬと再度、新田見立てを上奏した。が、重役達のその返事は…。

「そこまで申すなら、其方《そなた》が専管の社倉米を財源として行え」

何の事はない、事業すら勝手に遣れと言うのだ。失敗しても藩の与《あず》かり知らぬ事、永忠の責任のみだと。

十一月、光政の正室の円盛院《えんせいいん》勝姫が夫に先立つこと四年、逝去し、永忠は埋葬役を務め、治兵衛は墓石を刻んだ。

年の瀬になり、改めて上道郡沖に大干拓の構想を提出したが、またもや反対にあった。藩の重役を相手にしても無駄と諦めた。同時に、これからは役職を懸け、下手をすると命をも失くすかも知れない大仕事になると覚悟した。

永忠は治兵衛を前にして、悲愴《ひそう》を隠さぬ大きな溜息を吐いて言う。

「専管の社倉米を財源とすれば、小規模な干拓ならば出来よう。じゃが、それとて万が一、失敗すれば後が無い。成功したとしても…藩財政の勝手流用として咎《とが》められるやも知れぬ。それが、重役達の狙い…と、までも勘繰《かんぐ》りたくはないが…」

「……」治兵衛は黙した。自分でどうにかなる問題ではない。これればかりは、津田様の仕事。

「…もはや、綱政様に直訴《じきそ》するしかない。お許しが出たとしても、重役達の風当たりは、益々《ますます》強うになろう。覚悟じゃ…失敗は許されん。失敗したら、そこで終わりじゃ。治兵衛と儂とで語り会うた夢が…な…」

「遣《や》ったりまひょうッ！」

闘志を込めた口調で返した。治兵衛は、うずうずしていた。何時まで経っても大仕事が始まらない、待ち草臥《くたび》れて焦《じ》れていた。

「お城の中の事は、私《わて》はどない仕様もおまへん。がァ、津田様がどないかお許しを戴いてくれはりましたら…後は、失敗なんか差《さ》せしまへん！」

きっぱりと言い切った。眼差しは厳《きつ》いというより、ぐずぐずしている永忠を責《せ》め叱《しか》っている。

「うんッ。そうじゃな」

迷いが吹っ切れた。近頃、重役相手の押し問答に疲れ果て、憔悴《しょうすい》して弱気になっていた治兵衛の不退転《ふたいてん》の姿を見て、永忠も蘇った。早速、江戸に参勤している綱政に、倉田新田三百町歩（約３００ha）の干拓と吉井川から旭川を結ぶ倉安川用水の構想絵図と直訴《じきそ》の書状を送った。

翌年早々、嬉しい返書が届いた。前藩主・光政の助言もあってか、許可が下りた。これで堂々と社倉米の財源も使える。準備万端調えていた二人は、翌月から早速工事に取り掛かった。

永忠を補佐する普請奉行《ふしんぶぎょう》には、坂田与七郎《さかたよしちろう》、近藤七助《こんどうしちすけ》が当たり、特に近藤七助は永忠の直属として常に傍にあって働いた。

古く日本書紀にも『吉備の穴海《あなみ》』と記されている遠浅の児島湾の北側の、旭川と百間川に挟まれた干潟地の干拓が始まった。備前の干拓は、岡山城を築いた宇喜多秀家が宇喜多堤を築き手掛けた。池田家になり忠雄《ただかつ》の頃にも、河川の井堰用水造りと共に小規模な干拓もなされた。他にも土豪や富豪町人に依る民営新田も造られる事もあったが、これは不法な加地子《かじし》（作地料）などの争いがあり禁止とされた。

光政も重なる災害に、干拓の必要性を感じながらも土木技術が伴わず小規模に甘んじていた。綱政の治世になり、河内屋治兵衛の堤防や樋門造りの技術を持って、やっと大規模な干拓が可能となった。その魁《さきがけ》となったのがこの倉田新田。

新田開発といっても、そこは海の中だった。治兵衛が育った泉州は、静かな瀬戸の海とは違い、外洋（太平洋）の出入り口の荒海。台風でも来ようものなら激しく海岸を洗う、当然港も荒波を受ける。

舟や港を守る、丈夫な堤防が無くてはならなかった。沖合いに石を沈めて埋め、更に積み上げて崩れぬように動かぬように大きな巻き石で覆う。直接に携《たずさ》わらなくてもその造り方は見聞きして知っていた、それを応用すれば良い。荒い海に耐えられる物ならば、静かな瀬戸の海や河川の洪水にも耐えられよう。

干拓の資金には永忠が管理する社倉米《しゃそうまい》が当てられた。社倉米は、永忠が立案したもので基本的には災害に備えた備蓄米・救済米だ。本多家に嫁いだ光政の長女・奈阿子《なあこ》の湯沐料《とうもくりょう》（衣装化粧代）銀一千貫（一万六千両）を借用した上、分割払いとし残り七百五十貫を一万五千石の米に換えて貯蔵し、適宜現金化して、通常の利子三〜四割の処を低利の二割で領民に貸し出す救済策として始められたものだが、永忠はこれを他国貸しにも運用し、その利益を藩の御用や特に急務とされていた新田開発の資金に当てた。

藩の為と思ったが…思わぬ不評を買った。上役から藩士までもが眉を顰《ひそ》めて言う。

「金貸しなど武士のする事ではないワ。永忠は、商人に成り果てたか…」

それに対し、永忠は…。

「無い袖《そで》は振れませぬ。振るには袖（資金）を作らねば。かと言うて、袖を未だ洪水の難から立ち直れぬ領民の年貢に求めるのは無茶と申すもの。低利貸しならば領民も助かり、藩も潤いまする」

そう言い返し、後の悪口雑言《あっこうぞうごん》には耳を塞ぎ、資金運用を続けた。結果、借金は数年で返済した上、三十年後には銀一万一千貫（十八万両超）の藩営資金が残される。この資金を使い、次々と新田を開発して行った。幕末に至るまで、備前藩に貧困による一揆が起こらなかったのはこのお陰と言ってもいい。

新田開発の命が下って以来、永忠を頭とする普請方は集まって、具体的な干拓方法を練っていた。

永忠は、素直に懸念を口に出す。

「今迄の干拓普請は、河口近くの葦原《あしはら》の湿地帯までじゃった。塩の害も少のうて済んでおったが、今度《こたび》は干潟とはいえ海の中…今迄の遣り方では、塩害を防げまいのう…」

最初に立ちはだかる難題の思案を、部下に求めた。

「大荒れの波でも超えぬ程の高い堤を築かねば、塩害は防げませぬでしょうなァ」

「じゃが、港を洗うほどの高波を防ぐ堤防を造るとなると、それだけでも難工事じゃ…。それに高く築くにはその分、幅も広うなる。工期も費用も嵩《かさ》むし、果してその目論見《もくろみ》の高さで防げるものかどうか？」

永忠の投げた課題に、普請方役人は黙り込んだ。上下の無い無礼講とは言われているが、僭越《せんえつ》な物言いを控えていた治兵衛は、他に意見が出ないのを確かめて私案を語り出た。

「此《こ》ない為《し》はったらどないですやろ…。海の荒波を止める事は所詮出来《しょせんでけ》しまへん。堤防を高うしィても崩される事も御座《おま》すやろし。なら入って来るもんやと最初《はなっ》から覚悟しィて、入って来ても良ェ様にしてたらどないですゥ…やろ？」

俄《にわ》かには永忠にも解《げ》しかねたが、それが出来ればこの難題は解決する。

「何か良い手立てが有るのか？」

「へェ、以前私《わて》は和気郡友信《とものぶ》（友延）の樋門を造らせて貰うた事が御座《おま》す、そこは大きな水田や御座へなんだが、二連の樋門を拵《こさ》えました」

「おォ、そうじゃ。今でもそのまま使える。丈夫で狂いも無く、潮も入らぬ立派な樋門じゃと大好評じゃ」

「恐れ入りますゥ。でェその折、樋門の前には水尾《みお》（遊水池）が造られてました。田の塩抜きの排水と、海側からのどないしても浸《し》み込んで来る塩水を薄める為の物《もん》でした。真水で塩の害を防いでるとの、お百姓さんの話を憶い出しましてん。ならァ、今度の新田に適《かな》うよう な、大きな水尾と幅の広い排水路を造ったらどないですやろ…。それでもどないにも成らん堤防際の田ァは捨《す》て田《だ》にしィて、塩止めに使うたら宜《よろ》しいやないかと」

新田干拓は、干潮時に干潟《ひがた》となる範囲に潮止めの堤防を築き、排水樋門と大水尾《おおみお》（遊水池）を造り、塩抜きをした後、田を区割りして給水路と排水路を通す。治兵衛達は今迄の堤防工事に工夫を加えた。

「…うーん、良い案じゃ、そうすれば防げるであろう…が…大きな水尾を造ったとなると、樋門も大掛かりに…」

永忠の心配は尽きない。

「ご心配は確かに…。けど、そない人が困るほどの大きな物は造らいでも、大小組み合わせて数拵《かずこさ》えたら…。樋門造りは、私に任せて貰《もろ》たらァどないでもォ」

「確かに、樋門は治兵衛に任せるが…。下は軟らかな泥じゃ、重い石を積んだのでは、崩れたり傾いたりはせぬか？　それが…心配じゃで」

底に岩盤でも在れば、そこまで掘り起こしてその上に築けば良いが、泥の下は多分…砂。

永忠はそれを案じる。失敗は絶対に許されない。微々《びび》たる不安も払拭《ふっしょく》しておきたい。

「へぇ、確かにその心配も御座《おま》す。まッそれならそれで、軟らかいものは硬うしィたら宜《よろ》しがな。私ら石工も軟らかな所に石垣やお墓かて造る事が御座す。掘ってみて砂地にでも当たるようやったら『かねつち（漆喰《しっくい》）』で打ち固めまひょう、もし、それでも持たへんようやったら、胴木《どうぎ》を埋めたりまひょう。格子の形に丸太を組んどいて、その上に胴木を並べて、更に『かねつち』で埋め固めてやったら宜し。木ィかて、じっと土の中に埋めてる分には随分と長持ちしまっさかいにィ…」
　治兵衛の言い分に永忠も納得した。その後も協議は続いた。海側を囲む堤防は念のため大きくし、高さは二間三尺（4・5ｍ）、幅は下部七間（13ｍ）、上部一間四尺（3ｍ）の台形とする。盛土《もりつち》は、内側を土とし海側は潮の浸水を防ぐ粘土を使い、上には石を敷き詰め、更に海側には大きな巻き石で崩れないように保護する。これも治兵衛の提案で、港の防波堤の姿を応用したもの。
　合わせて、水位の高い吉井川から真水を引き、水位の低い新堀川《しんぼりがわ》（倉安川）に船運河《ふなうんが》を結ぶ、閘門式《こうもんしき》樋門を治兵衛は考案した。［閘門式は太平洋と大西洋を結ぶ南米のパナマ運河にも使われている］
　出入り口二つを設けた水位変動式の石造りの樋門で、中には舟溜まりと向きを変える為の広い船回しも造る。こうすれば、荷を載せたまま運河に入れるし、その導入水路も無くて済む、画期的な仕組みだ。これ等の石組み工事は治兵衛が指揮する。

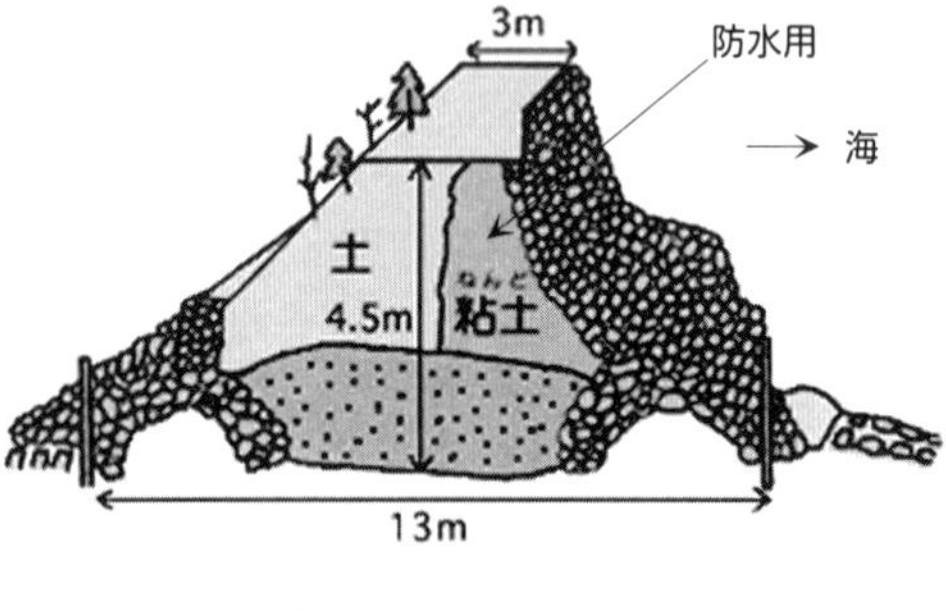

堤防の断面図（出典：岡山の干拓物語 HP）

田の脇には、塩分を抜く排水路を掘る。盛土の上には、倉安川からの真水を通す水を極《ごく》なだらかに流す緩《ゆる》い勾配（二千五百分の一とも言う）の給水路を作る。海に近い端田には塩分を薄める為の水溜め用の『堀田《ほりだ》』を併設し、排水を集める遊水池は連なる樋門を通して干潮時に海に放出する。

干拓の手筈《てはず》は固まった。延宝七年（１６７９）真冬の二月に始まった工事は、事前の熟慮の甲斐あって、略《ほぼ》予定通りに半年後の八月に完成した。

「…出来たのぅ」

「…へぇ」二人の会話はこれだけだった。安堵が先に立つ。感動と歓びは暫く経ってから、じわじわと込み上げて来た。

「津田様の仕事は厳《き》つかった」と人夫は後世に言い伝える。工事に当たっては、組み分けし、人夫達を競わせて工期の遅延を防いだ。

こうして初の大規模な藩営新田が完成し、倉田・倉富・倉益の三村が置かれ、一町歩（十反：１ha）当たり銀三百匁《もんめ》（約五両）で払い下げられ、五十戸の農民が入植した。

二月後《ふたつき》の十月十九日、永忠は吉井川の坂根《さかね》で、江戸帰りの光政を、首を長くして待ち構えていた。嘗《かつ》て光政がその干拓を望み、熊谷源太兵衛・石川善右衛門に可否を調べさせた時には、水源地の確保の目途も立たず断念していた倉田新田が出来た。その水源となる新堀川をも通した。念願叶ったところを、敬愛する光政公に早く見て貰いたいと。

迎えられた光政は藩舟に、永忠と共に乗り込んだ。舟は吉井川を下り、吉井堰の堤防に造られた『一の水門＝吉井水門』を入り、『高瀬廻り』と呼ぶ舟溜《ふなだ》まりに浮かび、水位を下げて『二の水門＝倉安水門』を抜け、倉安川に入る仕組み。

倉安川は吉井川から砂川・百間川へと継《つな》がる新堀川で、倉田新田に水を送る灌漑《かんがい》用水と水運の高瀬舟も通れる運河も兼ねて造られた。

舟溜まりは、長さ五十尺（15ｍ）、幅七尺（2・1ｍ）の高瀬舟が、数艘《すうそう》入れるように楕円形に広がり、囲む水門と護岸は花崗岩で石面を整えて美しく組み、南護岸の上には船番所も置かれ堅固も備えた。この水門は、二つの水門で水位を変換する日本最古の閘門式とも言われている。大きさも最大で、その形（通常は四角）も、独特の流線型で美しい。永忠の「末代まで廃《すた》れざるもの」の望に違《たが》う事無く、三百年後の今も現存し、治兵衛の技の凄さを見せている。

光政の乗った舟が、水位の高い吉井川から既に水門の閉じている倉安川に向かって舟溜まりに入ると、吉井川側の水門を閉じた後、水位の低い倉安川の水門を開いた。水位は徐っくりと静かに下がり、終いに小さく渦を巻いて倉安川に流れ込む。舟は殆ど揺れる事も無かったが、仕組みが解からず、光政は舟の横木をしっかりと掴んで緊張していた。間も無く水位は倉安川と均衡を保ち、舟は竿突《さおつ》きの揺れも穏やかに倉安川に滑り出た。

舟に乗ったまま、水位の異なる二つの川を瞬く間に渡った。こんな事が出来るのかと、光政は驚くと同時に、自藩の土木技術の高まりを自慢に感じた。

「これは天晴れじゃ。見事なものじゃのう、永忠よ。よう遣ったァ…満足じゃ！」

こんなに喜ぶ光政の顔は、久々に見た気がする。和意谷墓所の完成の時以来か。それにも増して今度は、望外の喜びを表してくれている様に思える。学問所も閉ざされ、大洪水の被害も受け、渋い顔の日々ばかりを過ごしていたが、今は将にそれを晴らす御大悦《ごたいえつ》だった。

永忠もほっと安堵というより、素直に共に喜んだ。これだけではない、もう一つ凄いものがある…それも見て貰いたい。

「新太郎様。もう一つお目に掛けたきものが…こちらもまた、見応えのあるものかと」

それは楽しみじゃと、光政は目を細めて気持ち良さそうに舟に揺られ、新堀川の周りの風景を眺めた。やがて舟は百間川も下り、河口の倉田新田に出た。

「此処で御座りまする。西に広がる三百町歩が、今度《このたび》干拓致しました倉田新田に御座りますれば、得《とく》とご覧のほどを…」

地の果てに微かに旭川の河口が見えた、そこまで平坦な水田が延々と開けていた。此処は確か、以前は海…。信じられぬ思いで光政は新田を見つめた。これを僅か半年で造ったのだと言う。光政は驚くよりも信じられなかった。

「……まさか…誠に…海が新田に…かァ？…。重二郎よ…夢が叶う事も…有るのじゃのう」

それ切り、光政は黙り込んだ。新田を見つめ、感無量の感激を、幾筋もの流れる涙に変えて表した。

この新田開発の成功により、更に南と東に大きな新田が拓けるのだと言う。これで藩の財政も助かろう。百姓の年貢も上げずに済もう…そう思うと、光政にこの上ない喜色がまた浮かんだ。

光政の姿を見ながら、永忠は意気揚々と後ろに立つ。改めてお褒めの言葉も戴き、年も忘れて躍り跳ねたい気持ちになった。城下に帰ったら、真っ先に治兵衛に知らせよう。今日の喜びは、治兵衛のお陰だと。

翌日から、この倉安川は、運河として早速使われ、五十日間で千艘の舟が行き交い、それまで海を迂回していた吉井川から城下への経路も短縮され、船賃も軽減される事になった。新田を喜んだ光政だったが、次の幸島と沖の新田を見ること無く、三年後の天和二年（1682）七十四歳で逝去し、四年前に亡くなった勝子と並び、和意谷墓所に永眠した。埋葬役は永忠が務め、墓石は治兵衛が刻んだ。

儒葬は、これを区切りとし此れ以降、明治の代になるまで、この墓所に藩主の魂を迎える事は無くなり、仏門の曹源寺が菩提寺となる。

父・光政が死去して、綱政は齢《よわい》四十四歳にしてやっと自分の遣りたい政事《まつりごと》が出来るようになった。目差したのは真逆《まぎゃく》の政治だった、それは破壊と言ってもいいくらいに父の作った制度を変革して行った。光政と綱政。この親子は、顔つきもまるで違った。光政は武骨な強面《こわもて》、綱政は公家風の優面《やさおもて》。

光政の理想政治に対して、綱政は現実主義を執《と》る。真っ先に儒教を捨てた。領民の籍も神社請から寺請に戻した。それでも不受不施の寺は戻されること無く、次第に『備前真言』が広まって行く。墓所も綱政以降は後の明治になるまで、和意谷墓所を使う事は無く、旭川の対岸の東山に臨済宗《りんざいしゅう》（禅宗）の護国山曹源寺《ごこくざんそうげんじ》を建立し、代々藩主の菩提寺と定めた。

綱政は永忠に言う。

「戦の無い世に弓を引き刀を振り回しておっては、お上から謀反《むほん》の疑いを受けて睨まれるだけじゃで、危ない危ない…」

と、光政の様な武家風は捨て、幕府に対して逆らう言動は慎《つつし》み、諸藩の風潮にも倣《なら》い、綱政は文人となって和歌や書に親しんだ。自筆の詩歌集『竊吟集《せつぎんしゅう》』を残し、城の対岸に後園《こうえん》（後楽園）を造り、能舞台も建てて自らの舞いも披露し、公家の衣装で葬《ほうむ》れと遺言する程に傾倒した。そして言う。

「藩主などと言うのは、詰まらぬ者じゃ。何でも出来るようで、実は何も思うようには出来ぬ。せめて雅《みやび》な遊びなどでもせねば、気が狂いそうじゃ」

政治に対しても、こう言い放った。

「重二郎よ。仁政は、気持ちは良いのじゃろうが、腹が減る…」

光政は仁政と称して、藩の財を払い、借財までして領民救済を施した。その結果、藩の財政は行き詰まった。参勤交代の旅費、江戸詰めの費用、加えて京都御所の普請費用の負担…他藩でも苦しい上に、多過ぎる家臣を抱えて。

天災が起こっても、父と違って、借財の頼める嫁の実家・本多家の母天樹院《てんじゅいん》（千姫《せんひめ》）のような縁者も無い。その付けは、何れ領民に回る。

この状態を打破するには、大規模な新田開発しかない。その目途が立ったと、津田重二郎からの上奏《じょうそう》を受けた時、すぐさま許可したのもその為だ。


綱政は、光政から『不学・無作法・気随《きずい》（わがまま）』と評された。大名家の内情を記《しる》した《土芥寇讎記《どかいこうしゅうき》》にも『生まれつきの莫迦《ばか》で、分別も無し』と書かれているのも、光政の愚痴が伝わったのかも知れない。綱政は父の好きな独善的な儒教の心学を嫌った。続けて寇讎記は記す＝殊に色を好む事には限りなく、手当たり次第に女に手を出した結果、その子供の数七十人を超えたり＝と。

こちらは事実だった。流石に綱政も数の多さを恥ずかしく思ったのか、幕府への届出は十四人に留めている。諸事情が有ったにせよ、その子作り能力の凄さは、雌群《ハーレム》を独占する海獣も顔色を失うやも…。

しかしこれには、切羽詰まった切実な事情が在った。女の子は丈夫なのかすくすくと育って行くが、男子は次々と夭逝《ようせい》して行った。やれやれと思った六男（公式届け長男）が十四歳で死去し、世継ぎが定まらず焦心《しょうしん》の日々が続いていた。備前と北接する美作藩は、世継ぎが無く改易《かいえき》（取り潰し）となった。このままでは備前の国も同じ憂き目に遭う…。

参勤の時、輝政の古縁の地・三河の岩屋観音に祈願し、その効あって数人の男児も授かったが、結局、七十五歳で死去する際に家督《かとく》を継いだのは、還暦を過ぎて生まれた継政《つぐまさ》十二歳（届出十四歳）だった。

そんな苦労も知らず、世間はただ好色《こうしょく》と囃《はや》し立て、城下の者達は綱政の住む屋敷を「子作り館」と揶揄《やゆ》して呼んだ。この頃から藩主は、政事《まつりごと》と同時に、否《いや》それ以上に嫡子《ちゃくし》（男子）を産ませる事がその務めと成っていた。

苦労といえば、余談もある。

世継ぎもだが、嫁に出すのも親の務め。海獣の雄と違って人間の雄は、何かと用事が多くて疲れる…。

丈夫にすくすくと育った姫達を何処かに嫁がせなければならないが…何せ顔も名前も覚えきれない程に多い。血族・知人・縁者・家臣に嫁がせた…というより押し付けたに近い。正室の娘ばかりではないにせよ、大大名の娘だ、普通なら有り難く頂戴する処なのだろうが…こう数が多くては…その威光も権威も番茶の出涸《でが》らし然《ぜん》として、何とも味気《あじけ》ないものになった…らしい。

実は綱政には九男（公式次男）軌隆《のりたか》が居た。だが自分の子でありながら好きになれなかった。余《あま》りに父・光政に似ていた。顔つきもだが、立ち居振る舞いまでもが…そして考え方も。見ていると、芳烈公《ほうれっこう》と呼ばれた仁政の領主の姿を憶《おも》いだす…息苦しい存在だった。

父には不出来の子と誹《そし》られ可愛がっては貰えなかった。正室の母・勝子に外に男子が居なかったから、已むを得ず世継ぎにとされたが、でなければ間違いなく支藩に養子に出されていた筈。

「父の様には成りとうない…」綱政は一人になると、何時もそう呟いた。

もし自分がもう少しでも、父に擦《す》り寄《よ》り甘えでもしていたら…少しは可愛がって貰えたのだろうか？　そう思いまた軌隆を見る…が、擦り寄られても好きになれそうもない。反《そ》りが合わないというのか、好きになれない因果な感情は、生まれながらにして持ってしまった業《ごう》なのかも知れない。結局、その子・政晴《まさはる》ともども支藩の生坂《いくさか》に養子に出した。

父にされて嫌だった事を、今息子にしている。親としての子に対する理不尽さを知った上でも、どうにもならない感情と自己矛盾を抱えたまま、煩悶《はんもん》な時が過ぎて行った。

そんな藩主親子の姿を、城中で見聞きするに付け、永忠は思う。＝面と向かって相争うよりは、横を向いて避けた方が良い＝　文人・綱政様は、そう考えたのだろうと。

他人事ではない、永忠にも同じ悩みが有った。次男の八助・永元には手を焼いていた。子供の頃から反抗的で、言えば余計に無茶を繰り返した。

「父上の様に成れと言われても、成れもせんし、成りとうもない」が口癖《くちぐせ》だった。博打《ばくち》もする手の付けられない放蕩者《ほうとうもの》で、堪《たま》りか兼ねて座敷牢に閉じ込めたが逃亡して行方を晦《くら》ました。とうとう永忠も廃嫡《はいちゃく》するしかなくなった…親子の溝は永忠にも埋められなかった。

どちらかの気持ちが背き離れれば、親子兄弟と雖《いえど》も、その生き方を違《たが》えるしかないのか…

そう思えば、空虚で冷淡な風が心を吹き抜けた。

永忠は、光政には志を同じくして仕えた。新しい藩主綱政に対して、どの様な家臣で在るべきかを考える。表向きからは退いている、今更、煩わしい場所に戻る気にはなれない。が、備前藩の禄《ろく》を食《は》む以上、何か役に立ちたい。

もう一度、仁政を考えてみた。何が領民にとって一番有り難い事なのかと。武士・町人・

商人は米を食らう…が、作っている農民は麦を食う…この矛盾。掛かる税の重さが違う、せめてこれ以上の課税だけは避けたいもの…と言えば綺麗事になるが…。

兎に角、永忠は新田開発に掛けた、齢《よわい》はまだ四十、何とかなる。

10

古万《こま》の旅立ち

天和三年（１６８３）藩主綱政は、自らは城の対岸の後園（後楽園）に能舞台まで造って楽しみながら、領民に対しては、光政の発していた傾城《けいせい》歌舞《かぶ》音曲《おんぎょく》法度《はっと》の上に更に厳しい規制を加えた。既に芝居の興業は禁じられていたが、とうとう先祖の霊を慰《なぐさ》める盆踊りすら制限した、男女が共に踊る事も風紀を乱す元であるから慎《つつし》めと言う。

この様な領民の娯楽規制は、次の三代・継政《つぐまさ》によって寺社の縁日・神事祭礼の遊芸までも禁止となり、六代・斉政《なりまさ》に至っては農民の演じる村芝居すら禁じ、犯した者には手錠《てじょう》や見せしめの為に髷《まげ》を半分落とす『片鬢剃り《かたびんぞり》』の刑に処するまでになる。

【残念にも、備前に伝統的な祭りや芸能が遺《のこ》されてないのは、真にこの悪法に因《よ》っているのだ。】

更に加えて、綱政は『百姓礼儀《ひゃくしょうれいぎ》』を発し、百姓の休日も、今迄の年間三十日から僅《わず》か五日と定め、愈々《いよいよ》百姓を耕作奴隷《こうさくどれい》へと追い込んで行った。これを通達したのは、郡代の津田重二郎永忠並びに服部与左衛門。

これに対して和気郡内の百姓は怒り、それを代表する名主達は揃《そろ》って、遣ってられんと辞任を申し出た。

益原村の名主も言う。

「幾《いく》ら津田様からのお達しでも、これでは余りに百姓は惨《みじ》めというもの。これでは私共《わたくしども》名主は、百姓達を取り括《まと》めては行けませぬ」と。

日頃の生活にまで事細かく注文を出す、これでは百姓は人間ではない、耕作をする家畜と同じだ…とても納得など出来る筈がない。

百姓達の言い分は尤《もっと》も。出したくはない通達だったが、忠勤を至上《しじょう》とする永忠には、藩主の命令には逆らえない、永忠の限界が此処に在った。

「此れは在《あ》れかし（そう在って欲しいとの願望）じゃ。我等武士とて同じ、幾らせよと命じられてもなかなかに出来るものではない。その事は良ーく存《ぞん》じておるから…」

永忠の苦肉の言い訳も通じない。結局、休みは十四日とし、ただ完全休日は五日と藩の面目も保ち、何とか百姓達に受け入れて貰った。

百姓達も意見を通し、藩の譲歩を勝ち取り意地と誇りは守った。

「なーに、お達しがどうあろうと、どう休むかは自分ら百姓が決めるんじゃ」と、嘯《うそぶ》く。

不受不施の徒だけでなく、備前の者は反骨の吉備の背骨をしっかりと背負っていた。

死別の悲哀は、武士にも容赦なく降り掛かって来る。生者必滅は世の常と言うが、永忠もその悲哀を被《こうむ》った。此の年、母の於寧《おね》が五月に、その後を追うように父・佐源太貞永《さげんたさだなが》が十一月に相次いで世を去った。何も二人同時にと余りの儚《はかな》さに力が抜けた。

津田家は尾張の国の出身で、織田信長に仕えていたが、その死後は池田家の忠臣として仕えた。父・佐源太（貞永）は城下の弓之町《ゆみのちょう》に住まいし、石高は六百石。格は上士《じょうし》の物頭《ものがしら》（鉄砲組の足軽大将）だったが、任じたのは六年ばかり。礼法に長じていたので朝鮮通信使の取次役を務めた事もあるが、平和時これという活躍も無く、時に寄合《よりあい》という非役に甘んじる事もあった。特筆するならば、晩年、息子永忠の任じた閑谷学問所の物頭（管理役？）を務めさせて貰ったくらい。

生来温和《せいらいおんわ》で母共々《ともども》、安らかな家庭を育んでくれた良い両親だった。永忠はその菩提を城下ではなく、移り住んだ閑谷《しずたに》に近い和気郡吉田村の奴久谷《ぬくだに》に儒式の土饅頭《つちまんじゅう》に納めて、感謝を込め懇《ねんご》ろに葬った。

『儂も出世などせねば…八助も外れる事も無《ぐ》かったのかも知れん…』親子の情の難しさを、改めて永忠は噛み締める。

その頃、治兵衛もまた人生最大の悲劇を迎えようとしていた。

貞享元年《じょうきょう》（1684）、早い夏の夜が明けた頃、治兵衛は邑久郡《おく》の瀬戸の海に浮かんでいる、西幸島《にしこうじま》と東幸島の二つを埋め立てる幸島新田干拓に出掛けようと、早立ちの仕度を済ませて戸口に立った。

娘のお恵《けい》が、弁当の包みを持って台所から出て来た。「おおきに、済まんな」と、包みを受け取って治兵衛が外に出ようとした時。

《行っておいでやす…》背中に細い古万の声が届いた。起こすまいと気を遣った積もりだったが、目ざとく古万は気付いたらしい。

「夏風邪でも引いてしもたんかいなァ、私《うち》らしいもない…本《ほん》に情けないわぁ」

丈夫が取《と》り柄《え》やと言うてた古万が珍しく弱音を洩らして、ここ十日ばかりは家の事は娘の恵に任せ、石工達の気配りは小頭六介の女房の富《とみ》に任せて、床に臥《ふ》せっていた。治兵衛が振り向くと、古万はきっちりと正座をして両手を着いている。

「起こしてしもたかァ、済まんな。寝てたらええにゃ」

未だ薄暗い所為《せい》か、古万の顔色は蒼褪《あおざ》めて見える。治兵衛は心配で気遣ってそう言った。

「気ィ遣うてもろて済んまへん…けど私なら大丈夫だす。何や今日には、起きられそうな気ィがしますぅ」

本当にそんな気にさせる明るい笑顔を作って古万は言う…続けて。

「ほな、貴方《あん》さん気ィ付けて。今日も気張んなはれーッ」

古万は何時も以上に元気な送り出しの声を上げた。一段の笑顔と一緒に。大きな声に驚き、治兵衛は此れなら本真《ほんま》に世話ないなと思い戸口を出た。

「お恵、後は頼むど。ほな、行ってくるわな古万…やけど無理だけは、まだ為《し》ぃなやァ、えぇな」

娘の恵に見送られて仕事に向かった。その日の仕事も日暮れて見えなくなるまで続いた。津田様の仕事は、期限の切られた急ぎ仕事が多い。費用の節約と人夫の気を緩めない為だが、それにしても厳《きつ》い。帰りの舟の中に座り込むと、煙管《きせる》で煙草を吹かす以外には何も為《し》たく無くなる。

西中島の船着場に着くと、灯かり無しでは何も見えなくなっていた。古万の待つ家に疲れた足を急《せ》かして帰る。戸口を開けると、上《あ》がり口《ぐち》一杯に草履《ぞうり》が重なりあって散らばっている。瞬間、治兵衛は不吉な感に襲われた。

『古万ぁ…』治兵衛は、荷の包みを投げ捨て草履も蹴り投げて、框《かまち》を駆け上がった。古万の床の周りには、ぎっしりと人垣が出来ている。佇《たたず》む治兵衛に、誰もが引《ひ》き攣《つ》った怖い顔を向けた。

「古万ァー…」人垣を押し退け、古万の枕元に崩れ落ちた。古万は荒い息をしていた。向かい側に座っているお恵は、母の手を握り瞬《まばた》きもせず、祈る視線を落としている。

「お恵…」

治兵衛が声を掛けると、恵は徐っくりと顔を上げ、＝クッ＝と喉をひとつ鳴らした後、キッと口を強く結んだ。涙を必死に堪《こら》えようとしているのが解かる。

恵の横にいる医師を見た。目が合うと重い表情を斜め下に向け、静かに徐っくりと席を立ち縁側に出た。治兵衛も徐っくりと後を追う。

「先生…」

「高熱じゃ…肺の臓からの熱じゃな…。疲れが溜まっとったんじゃろう、そこへ夏風邪。…早い内に養生をして居りゃー…。私も呼ばれたのが、午後の事でな。薬は飲ませたが、後はもう冷やすしか…体が、持つかどうかじゃ」

何かの間違いか、悪い夢やろ…帰りの舟ン中で、ついうっかり眠り込んだ儘《まま》かも知れへん？　それか、舟を降りて何処かに迷い込んだか？　狐か狸に化かされたか？…そうや、きっとそうや…それに違いないィ。せや、目ェ覚まさなアカン…石頭《せっとう》で頭でも打突《どづ》いたろう…。

「…治兵衛はん…」

聞き馴れた声がした。振り向くと富が水桶を抱えて立っている、見た事もない引き攣った真剣な顔で。あの陽気で呑気《のんき》な富が…自分の親が亡くなった時でも、人前では笑顔さえ浮かべていたという富が、仁王様の様な顔をしている。

治兵衛は目の前にある柱の角に、思い切り頭を打ちつけた。痛くはない、痛くはなかったが、血が流れて足許にポタポタと落ちた。

『何でや…何でやねん…』治兵衛は現実を受け入れたくなくて迷路を彷徨《さまよ》った。

「治兵衛はん、古万ちゃんの傍《そば》へ…なッ」

六介は治兵衛の両肩を抱き、そう囁《ささや》き、促して古万の枕元に戻し、手拭で治兵衛の額に包帯をした。

「お母《かあ》はん、お母はん…お父《とう》はん帰んなはったでェ。お母ァはん、お父はん帰って来なはったえ」

恵は、母の耳元に囁きかける。古万の息が、少しずつ少しずつ大きくそして静かになり始めた、恵の声が届いたのだ。待ち焦がれていた報せだ…それが届いた、目を覚まそう。古万は高熱の中、虚《うつ》ろな意識を懸命に呼び覚まして目を開こうと頑張った。

「古万ァ、私《わい》やァ治兵衛や、旦那の治兵衛やァ…今帰ったでェ、遅うなったけんどなァ…。目ェだけでもええさけ、開けてくれや…古万ァ…聞こえてるかァ？」

目を覚ましてくれる事を祈り、震える声で治兵衛は古万に呼びかける。

待ち遠しい待ち侘《わ》びた旦那の声、治兵衛の声だった。その声に呼び戻され、古万の意識は一気に蘇った。古万は徐っくりと目を開けた。

「…ぁあ…貴方《あん》さん……お帰りィ……」弱々しいながらも古万は声を出した。

目を覚ました、覚ましてくれた。治兵衛は嬉しかった、ただただ嬉しかった。流れそうになる涙をぐっと堪えて、無理な作り笑顔で何時もの軽口《かるくち》を言う。

「何や、お古万ァ…今朝はもう起きられるゥ言うたやないけェ…何してんねんなァ。まぁしゃーない、お医者はんも一寸《ちょっと》ォ疲れ出してるてぇ仰《おっしゃ》ってやさかいにィ…まっ一寸の間ァ静かに養生してたらええがな。お前《まん》もずーっと苦労ばっかしてたんやさけ…なッ」

治兵衛は古万の手を、両手でしっかと握り締めた。こんな風に古万の手を握ったのは何時の事だったか、直ぐには思い出せない程に遠い昔の事。それに普段なら照れ臭くて、人前では出来っこないのに。今は夢中で古万に対する恋しい気持ちを、素直に表したかった。

古万は、少し恥ずかしげに目を細めて喜びを返した。その喜色が次第に崩れ、古万は再び苦しそうな息遣いに戻った。眼を開けているのも辛そう…治兵衛はそっとまた声を掛ける。

「もうええ…緩《ゆ》っくり休んだらええ」

「済んまへん……貴方さんの…お帰りの用事も……出来《でけ》しまへんで…」

心苦しげな表情を浮かべた後、古万は虚ろに目を閉じた。

旭川中洲の西中島に、七月の蒸し暑さを払う夜風が涼しく吹き抜けた。古万の熱気を払ってくれるかのように。恵と富は頻繁に桶の水を取り替え、古万の頭を冷やす。時刻《とき》は過ぎ夜半になった。明日も仕事があるからと石工達に声を掛けたが、誰も帰ろうとはしない。人垣からの抑えた小さな息の音を乱して、古万の荒い息が重く流れる。

夜中、繋いでいる治兵衛の手を古万が強く握った。治兵衛は古万に顔を近付けた。古万の息は細い。微かな笑顔を浮かべて古万は言う。

「…貴方《あん》さん…おおきに……そろそろ…お別れだす。…私《うち》は、寂しぃないように……貴方さんの居たはる…此の地で眠りますぅ。何時か貴方さんが…私の傍《そば》にお越しになるのんを…気ィを長うにお待ちしてます…。せやさけ、貴方さんは…これからも…お仕事、気張《きば》って…くれなはれェ……。お恵ェ…、お父はん、頼むえ…。それと、亀松《かめまつ》の事も……あんじょうに……

な…」

一筋、強い川風が古万を吹いた。その風に乗って古万は逝《い》った。

「ウワーッ〜〜……古万ァー〜…古万ァーッ」

治兵衛は号泣した。六介にしがみ付いて号泣した。周りの寂寥《せきりょう》とした咽《むせ》び泣きを掻《か》き消す大声を上げて。西中島どころか旭川の対岸にまで届くかと思う程の大声を上げて泣いた。

人前では涙を決して見せない男だった。喧嘩で負けても涙だけは見せた事は無い、その男が泣き崩れた。石工達は悲しみを暫《しば》し忘れて驚いた…あの棟梁《とうりょう》が泣く事があるのか？　涙を見せる事があるのか？　と。

一頻《ひとしき》り泣いた、人前も憚《はばか》らず。一刻《いっこく》（三十分）は優に泣き続けたろうか、泣き声が小さくなって、そして止んだ。顔を上げた治兵衛の眼には正気が無かった。呆《ほう》けていた。口をだらしなく半開きにし、眼は虚ろ、体からは力が抜け去り、木偶《でく》の坊になった。

治兵衛は、津田様の悔やみも上の空で聞いた。葬儀もどう行われ、何時終わったのかもはっきりしない。微かに意識が戻った時、治兵衛は古万の位牌の前に座っていて、横には娘の恵がいた。

葬儀は津田様が後見となり、恵は弟の亀松を支え、六介夫婦が実質の差配《さはい》切り盛りをした。

古万は戒名《かいみょう》の『妙照《みょうしょう》』と生涯の由来を墓石に刻み、望み通り何時でも治兵衛を見守れる平井山（東山）に納まった。

「お父はん…もう二《ふた》‐七日《なのか》（十四日）が過ぎたえ…。小頭の六介はんもそれに津田様かて、樋門の事で困ってはるらしい…取り敢えず、それだけでも見に行かはったらァ…」

「ふ〜ん…二《ふた》‐七日《なのか》なぁ、もうそないになるかァ…」

ふーーっ、と大きな溜息を吐いた。漠然《ぼんやり》と、お恵が言った事を思う。仕事かァ…仕事なァ…行かなあかんのやろなァ…。津田様も困ってはる…ならァ、放っとかれへんわな？

そうは思うものの未だ他人事《ひとごと》にしか感じられない。治兵衛は瀬戸の夕暮れを虚ろに眺めて独り言を洩らす。

「古万ァ…詰まらんでェ…お前が居らへんかったらァ。仕事なんぞする気ィにならへん…張り合いが有らへんがな。お前が見ててくれるさけ…お前が喜んでくれるさけ…お前が褒《ほ》めてくれるさけ、私《わい》は気張れたんやッ。お前には恥かかせたないッ、嬉しがらせたい…それだけやァ…それだけやったんやがなァ〜…それがァ〜…」

仕事に出て来たものの、治兵衛は相変わらずぼーっと腑抜《ふぬ》けていた。石工達への指図も普請方の確認、津田様の問い合わせにまで筋違いの返答をする。これには永忠も参った。

後世これらの事業は津田永忠の功績と讃えられるが、永忠はただ計画し命令し監督したに過ぎない。工事を完成させたのは石工や大工や土木人夫、それに工事に直接加わった普請方徒士組《かちぐみ》の下級武士達だ。

【言い換えれば、一般的な《奈良の法隆寺を建立したのは誰？》の問いに《聖徳太子》と答えて正解の○《まる》を貰うのは実は間違い。質問が《建立の令《れい》を発したのは誰か？》なら正しいが…。建立したのは宮大工、瓦職人、石工、左官、そして下働きの人夫達のはず。】

樋門の細かな技術まで、永忠も普請方の役人も知らない。治兵衛が頼りなのに、此の有り様では、全くのお手上げ。期日も迫って来る。永忠は家を訪ね、何とかしてくれと娘の恵に頭を下げた。

『この儘《まま》やったらアカン』

恵は、出掛ける父親の両肩を思い切り叩いて言い放った。

「何してんネンナーッ、貴方《あん》さん！　しっかりしなはれッ。貴方さんは石工の棟梁だす、泉州一の…。仕事が出来てこそ河内屋治兵衛やッ。良ぇ仕事してこそ治兵衛やでーッ！」

一息置いて、更に強い声が響いた。

「気張(きば)んなはれーッ！」

一気に治兵衛の背筋が伸びた。古万の声を聞いた。生き返ったんや。「古万ァー」そう叫んで大喜びで声の方へ振り向いた。

娘の恵だった。しかし見ればその顔立ち姿は若い頃の古万に瓜二つ《うりふた》つ。声も似せたのだろうか？　言い回しといい声色《こわいろ》といい、これも古万そっくり。そういえば古万が嫁に来た歳を恵は過ぎた…古万が生き返ったと錯覚しても不思議はなかった。

恵は厳しい態度を変えないまま続けて治兵衛に言う。

「お父《とう》はん、今日から私もお古万だす。娘のお恵と両方だす。お母はんの分も務めますさかいに宜しなッ。しっかりと見てまっせ、治兵衛の仕事を…二人分。しっかりしなはれやッ。…下手をしィたら、お母はんが一番悲しんでやさかいに」

これには治兵衛も性根が入った。腑抜けは吹っ飛び、再び名工に戻った。永忠も普請方もほっと胸を撫で下ろす。その年の九月に、八ヵ月を要して幸島新田五百町歩が完成し、治兵衛はその干拓地の西幸西村に移住し、次の沖新田開発に備えた。

治兵衛は、部屋に掛けた古万の形見の着物に朝な夕なに語りかけ、遺髪は巾着袋《きんちゃくぶくろ》に納めて常時懐《ふところ》に抱いていた。

恵は母の言っていた事を憶い出す。

=あの人、寂しがり屋やよってになァ。それにィ、仕事の外は何《なん》も為《せ》ぇへん出来へんお人やしィ=

初め永忠に備前の墓造りを頼まれた時、最も悩んだのが、お古万を連れて行くかどうかだった。身の回り事なら雇い者にでも出来るが、古万が居ないと淋しいのが何とも辛い。かと言って、見ず知らずの異郷の地に連れては行けない…。

治兵衛にはもう一つ大事な物がある、職人気質《かたぎ》と男気《おとこぎ》。お前と見込まれたなら何を置いてでも遣るしかない。その間《はざま》で揺れた。

仕事が終われば直ぐに帰れる事だし、年に何度かは用事も兼ねて帰坂も出来る約束。古万の髪を少し貰って御守の中に入れ懐に抱いた、これで何時でも一緒に居られる。

それが終わり、次に新田普請をと言われた時には、もう古万とは離れては居られない。備前の地は都ではないものの、魑魅魍魎《ちみもうりょう》や狐狸《こり》の巣窟《そうくつ》でもないと判ったから、仲の良い親代わりの六介夫婦も連れ、幼い恵も一緒に呼び寄せた。

治兵衛は仕事は出来るが、家向きの事は全くの無頓着《むとんちゃく》。子供の頃は親と六介夫婦に、その後は古万に、身の回りの事も近所付き合いも頼りっ放しの任せっ放し。母が居なければまるで木偶の坊。放っては置けない、恵は母の代わりを引き受けた。治兵衛が遠出の仕事に出掛ける時は、一緒に付いて出るようにもなった。

亀松の世話は…と言うと、これが手の掛からない子で。血筋の縁《えにし》というのか亀松は、買って与えた玩具にはあまり興味を示さず、ご飯さえ食べさせておけば、後は石工達の仕事場の隅に行っては鑿《のみ》を握り小さな石頭《せっとう》で石を削る。

物に成るか成らぬかは別にして、孰《いずれ》は同じ石工になるのだろうなと、治兵衛は期待と心配の入り混じった気持ちで見ていた。

その亀松が弟子入りした。一通りの技は他の弟子と同様に教える。後は自分の心掛けと才覚次第。治兵衛にもどうして遣りようもない。物に成らなければ一生下働きで過ごすしかないが、それが職人の定め、名ばかりの世襲は無い…。

11

臥龍《がりゅう》と神子《みこ》

① 堰堤巻石
② 土砂吐け（たわみ）
③ 饅頭波止
④ 一の口樋門
⑤ 導水路
⑥ 捨石群
⑦ 舟通し
⑧ 莚堰
⑨ 大樋
⑩ 小樋
⑪ 余水吐け

1間＝6尺≒1.8m

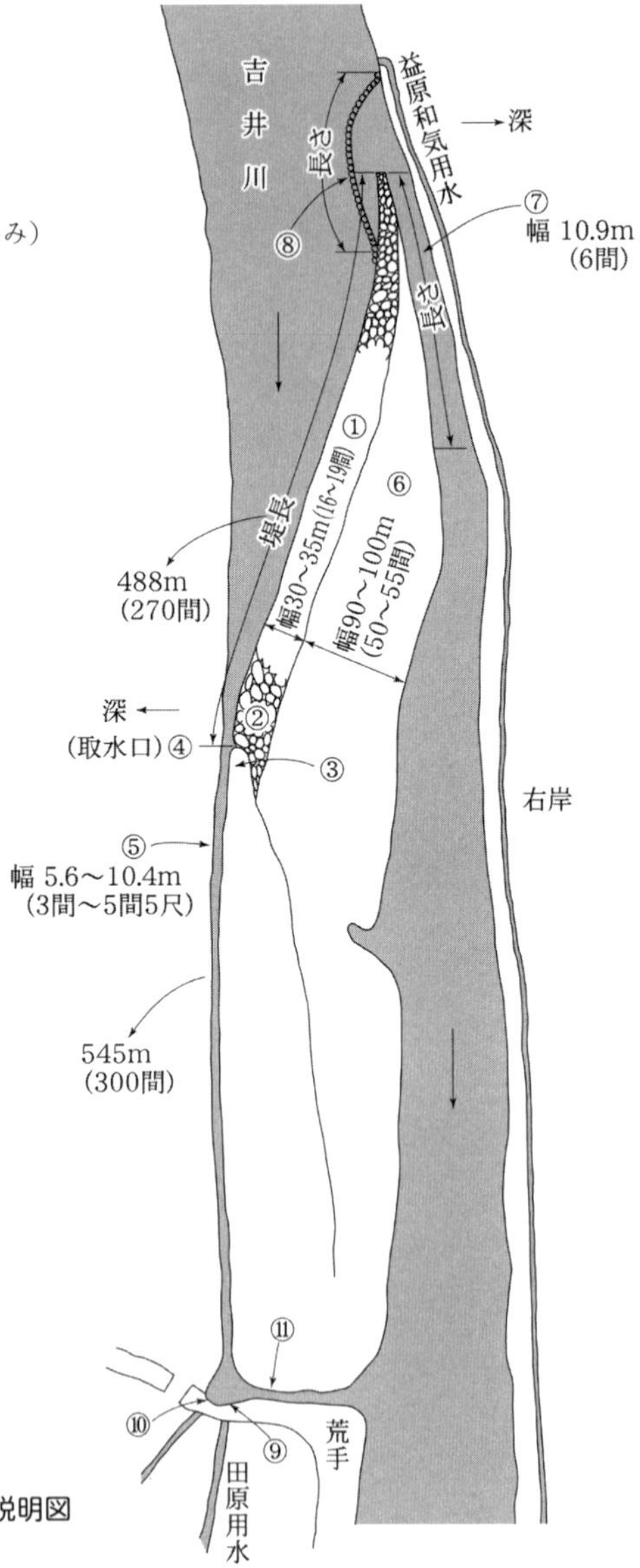

図1　田原井堰構造説明図

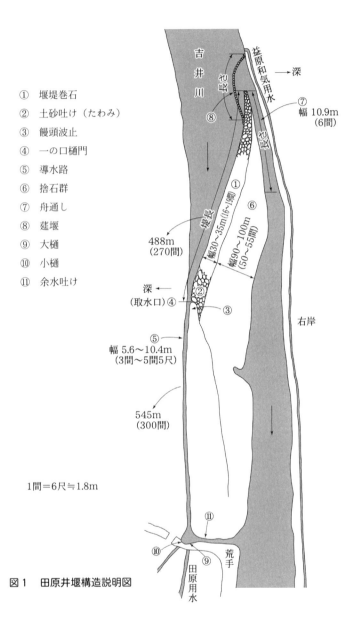

元禄《げんろく》三年（1690）夏、田植えが終わるのを待って川普請が始まった。工事は三つある、田原井堰・田原用水・益原用水。田原用水は延長工事、益原用水は新たな開削《かいさく》工事、井堰はその水量確保の為の嵩上《かさあ》げ補強工事。

新三郎兄弟も賦役《ふえき》を志願し、兄の頼景は井堰工事に、新三郎は益原用水工事に割り振られた。兄には悪いが、新三郎には二重の喜びがある。聞く処に因ると、河内屋治兵衛は新たに引く益原用水の取水樋門を造るのだと。名工と聞こえる石工の技は是非見たい。それに加えて普請場には、美しい娘の恵もよく顔を出すのだとも…。何かで話も出来るかも知れん。

この普請の総監督は郡代津田永忠で、時折見回りにも来る。現場は直属の部下で普請検分役の近藤七助《こんどうしちすけ》と徒士《かち》組の者、彼等は工事終了まで二村に分かれて逗留《とうりゅう》し、図面に基づく指揮監視を行う。その下に付く軽輩の下士は、人夫兼小組の頭となる。工事指揮は、藩お抱えの土木方・石工方の棟梁がする。石工方は河内屋治兵衛、新三郎はその下に付く。

田原井堰は、大河・吉井川の両岸に斜めに横たわり、その姿は、上流に頭を向けて潜む、臥龍に見える。この臥龍を、更に大きくし石を積み、躰を被う鱗となる巻き石も施し、まさに天にも昇らんとする龍の姿に作り変える。新三郎は、後にその臥龍の工事にも加わる。

今度の益原用水は、長い間の村の悲願だった。益原村は、吉井川の辺《ほとり》に在りながら、水は田より低いところを流れ、臍《ほぞ》を噛む思いをしていた。田の水は、村の東から日笠村に続く山間に溜池を造りそれに頼っていた。水田は少ない。米を作らぬ百姓は役に立たないと、他村の百姓からも冷たい目で見られ、肩身の狭い思いをする。水さえあればと、畑地を見ては嘆《なげ》きの頭《こうべ》を振っていた。

対岸の田原村には既に用水があった。元和《げんな》年間（1615～32）池田忠雄《ただかつ》が藩主を務めた時代に、和気郡岩戸村《いわとむら》から岩生《いわぶ》（磐梨《いわなし》）郡田原村にかけ斜めに田原井堰を築いた。そこには以前から、天瀬《あませ》と呼ばれる砂洲の浅瀬が横たわっていた。その瀬に沿って、「蛇籠《じゃかご》」という竹で編んだ筒状の網籠の中に、石を詰め封をして沈め、石群の帯を積み上げて堰を築いた。その上手には高瀬舟の舟通しを設け、下手には田原上村への用水の取水口を築き水を引いた。この用水は岩生《いわぶ》の田原・吉原・河田原・釣井・長福寺の村々の畑地を水田に変えた。

その昔、＝天神山から田原を見れば　裸馬かよ鞍《くら》（倉）が無い＝と歌われた、二石足らずの米しか取れなかった田原の村も、用水のお陰で七十石を超す米所に変わった。

《用水さえ出来れば…》その願いが叶う。益原の者は、こぞって川普請に出た。

川漁師の矢助も人夫に出る事にした。工事が始まれば、石を運ぶ平太舟《ひらたぶね》が行き交い、漁も出来なくなる。川人夫に出れば割りの良い日銭《ひぜに》も稼げる。この川筋の様子に詳しい者として、藩の普請方から頼まれての仕事だ。矢助は舟も操れるから、平太舟《ひらたぶね》にも乗って水先案内もする。

兄者は、益原の用水普請から外された事が不服らしい。

「新三ァ、代われ。儂が樋門をする」

「そねぇな事《こた》ァは出来ん。藩の役人の決めた事じゃ、どねぇにもならん。せぇに下手に逆らわん方が良ぇじゃろう…前の事もあるしなァ」

前の事というのは、不受不施派の法難沙汰《ほうなんざた》の一件。この村は、藩の寺社方からは未だに睨まれている。頼景もそう言われると、引き下がらざるを得ない。

新三郎は、兄の諦める顔を見てほっとした。名工の技を見たいし知りたい、その気持ちに偽《いつわ》りは無い。ただそれと同じくらいに、お恵への下心が疼《うず》くのもまた事実。これも譲れない…。兄者は嫁も居るし、木葉の家督を受け継ぐ事が約束されとるんじゃし、何もかも独り占めせんでも良かろうと…新三郎は思う。

工事には大量の石が必要だった。用水を掘った後の溝の両壁を固めるのも石、井堰の蛇籠に詰めるのも石。幸い川の両岸の山には、大岩が剥き出しになる程の流紋岩層《りゅうもんがんそう》がある、硬くて丈夫、石垣などの積石にするには持って来いだ。東備《とうび》の山は殆どこの流紋岩に覆われているが、吉井川沿いの美作《みまさか》の福本《ふくもと》から備前の和気の東岸は花崗岩層があり、特にこの田原井堰の辺りは西岸にも張り出している。瀬戸内の犬島や児島ほどの良質でなくても、樋門には充分だし巻石にも使える。天神山から切り出し、岩戸《いわと》辺《あた》りから舟に積んで運べば都合が良い。

工事は順調に進んでいた。だが一つや二つ何か不都合が起こるのは世の常。低く連なる雲を先達《せんだち》にして野分《のわき》（台風）が襲ってきた。強風と豪雨に見舞われ、已む無く工事は中断された。

洪水にでもなれば、今までの普請も全て崩されて終うかも知れない。昨夜は豪雨の中ずぶ濡れで、闇の中に濁流の恐ろしい咆哮《ほうこう》を聞いた。夜が明けて、雨はまだ降りつづいているが、小雨となり峠は越えた。なのに水嵩は、上流の山並みの雨を集めて更に増している…。

井堰は？　造り掛けの樋門は？　樋門の前には念のため立ち杭を打ち、丸太を括《くく》り付けて、流木と土砂止めだけは施したが…。

心配で駆けつけた川の辺りに、一足先に出た治兵衛の姿が在った。

「棟梁…」

新三郎は、後ろから声を掛けた。

「やァ、新三郎はんけェ、お早うさん。やっぱり貴方さんも気ィになってか？」

棟梁は心配がる新三郎に言う。井堰もあれくらいなら何とか持ち堪えてくれまっしゃろと。

「樋門なら、心配しなはんナ。これくらいの水でどないかなる様なら、この治兵衛、鑿と石頭を捨てなあきまへんよってに」

腕に裏付けられた自信の言葉だった。決して大口や虚栄《はったり》ではないから安心できる。

後は水が引くのを待った。


やっと水が澄み始めた、用心しながら工事が再開された。兄の頼景も井堰に出た。体も大きく足腰には自信があった。役立つ事を見て貰えれば、後々何かと勝手も良くなろう…こんな時こそ見せ場だと、真っ先に川に入った。

この後の成り行きを、手短に記せば…。

逸《はや》る気持ち　　後に引けぬ覚悟
未だ強い水の流れ　　荒れた川底

石に刺さる流木の枝
崩れて往《ゆ》く五体
浮き沈み流される
巻き込まれる
川底に横たわる
絡《から》まる着物
踠《もが》けども
息ならず呑む不望《ふぼう》の水

絡《から》む足
瀬の速水《はやみ》
頼景の姿
捨石の落水《おちみ》
流木の幹と枝
吐く息の泡
浮き上がらぬ躰《からだ》
闇《く》れて往《ゆ》く意識…

矢助は舟縁《ふなべり》を蹴《け》って、川に飛び込んだ。川漁師だ、潜りも得意。捨石の裏瀬に潜ると、まだ何とか手足を動かしている頼景の姿が見えた。躊躇《ちゅうちょ》している暇は無い、頼景の体を後ろから抱くと、渾身《こんしん》の力で流木を足で押しやった。着物は裂け、頼景は流木から逃れた。岸に引き上げると、矢助は水を吐かせた…頼景は激しく咳《せ》き込んで息を吹き返した…何とか助かった。

命は助かったが手放しでは喜べない。兄はその後、酷《ひど》く水を恐《おそ》れるようになった。大川には近づかないし、人夫も辞めた。田溝なら何とか…それも雨降りの後は行きたがらない。穏やかな水でも、腰を超えると顔が蒼褪《あおざ》める、溜池の樋番も務まらなくなった。

田仕事には支障がないから頭を抱える程ではないが、父は不甲斐ないと渋い顔をする。代わって村の水当番は、新三郎の役目となった。

兄が百姓仕事に専念してくれるので、家の手伝いも不要となり、治兵衛の下で毎日が川普請。新三郎は、他の人夫が嫌がる仕事も引き受けた。自分は新参者で何の知識も技も無い、有るのは遣る気と若さと力だけと自覚していた。

最初は新三郎を役立たずと思っていた治兵衛も、裏表の無い熱心な働き振りに次第に目を懸け、嫌味のない気性も気に入り、傍に置くように成っていた。ただ一つ気に入らない事がある。用事で娘のお恵がやって来ると…決まって仕事を投げ出して、じーっと見詰める。

治兵衛の顔も渋る。

『気に入って貰《もろ》うてもナァ…あんさんでは、どないもォ…お恵の方が年上やしィ、それらしい相手も居てるみたいやし…困ったもんやなァ』

と、言うたかて、ただ見てるだけで、ちょっかい出す訳やなし。まっ、若い者にはよう在る事やさかいにィ…暫くは大目に見てよかァ。どうせ、もうじき普請も終わる事やし…。

そんな新三郎の姿を遠くから見て、怒りと口惜《くや》しさと悲しみに、唇を噛む。好は、井堰普請の父・矢助に、昼の弁当を届けに来る。井堰の仕事もそろそろ終わる、益原用水も取水口の樋門造りに掛かっている。樋門は東岸の舟通しの上手《かみて》になる、井堰からは遠くない、目を凝《こ》らせば新三郎の姿も見える。見えても、会いにも行けず声も掛けられない。好はただじっと見詰めるだけ…。

普請仕事は、若い新三郎にも厳《きつ》い。相手は硬く重く尖った所もある石だ。置き方をひとつ間違えれば、指を詰め血豆《ちまめ》が出来る。擦《す》れば肌は鋸状《のこぎりじょう》に裂ける、当たれば紅《あか》く腫《は》れやがて赤紫に朽《く》ちる。掠《かす》り傷は毎日の事、薬を塗れば傷口を痛みが走る。

疲れるのだろう、仕事が終われば新三郎はすぐに家に帰る。待っていても会える事は無い。川普請が始まって以来、お好は新三郎と話もしていない。その方が良いのかも知れないとも思う…会ってどうする?…。

話せばきっと、あのお恵さんの事を訊《き》く…私《うち》は妬《や》くか、怒る…気不味《きまず》くなる…新三郎に嫌われる…悲しく辛くなる。お好は目を逸《そ》らし、背を向けて足取り重く家に帰る。

好は十七歳になっていた。そろそろ嫁に行ってもいい年だし、同い年には嫁ぎ先の決まった娘も居た。

好は一人娘だ、家を継ぐなら婿《むこ》を娶《と》るしかない。家は川漁師で田は無く、山を開いた小さな畑が有るだけで、年中に食べる野菜すら不足する。漁の傍《かたわ》ら高瀬舟の船曳き人足をして、やっと暮らしが立つ。このままで家を継ぐなら、相手は同じ川漁師という事になる。

実際にも、川上の川漁師の三男坊が婿に入りたがっているが気性が粗く、好は嫌がっているし矢助も冴も気乗りがせず断っていた。

川漁師は子供の頃から、泳ぎも舟の操り方も身に付け、網の手繰り方・打ち方、魚の居場所も見えない川底の形まで覚え込まないと出来ない仕事だ。野良仕事しか知らない者に出来る仕事ではない。田には田の、川には川の、多くの覚えてゆくべき技と掟《おきて》がある。

それが解かった上で、好の気持ちは新三郎に対し、幼い頃の兄への憧れの気持ちから、年を重ねる毎に、はっきりとした恋心に変わっていた。《嫁ぐなら新三郎》と。

矢助も冴もその気持ちを理解し、婿娶《むこと》りにしても嫁ぎ先にしても、口を挟む心算《つもり》はなかった。財産が無いという事は、暮らすには辛い事だが、生活を変えるには身軽で都合が良い。出来るなら好の望みが叶えられればとは思うが…。

木葉家は武家筋で、身分が違った。分家も水田三反以上でなければ藩からも認められず、先代に分家をしたばかりで、大家を支えるには更なる分家・新所帯はもう出来ない。

この儘《まま》では二人とも、嫁《とつ》げず娶《めと》れずで果てて終おう…諦めろとは言い出しかねるが…互いに他に良い相手が現れないものかと、日々心を痛めていた。事情が解かれば、或いは好の方から諦めてくれるかも知れないし。


事情を深く知らない好は、思いを遠回しに新三郎に投げた。

「…新三さんは、お嫁さん貰《もら》わんの？」

「貰わんのか？　…貰えんのじゃ。兄者に嫁が居る、じゃけェ、その子守役じゃッ」

自分の運命の理不尽《りふじん》さを恨《うら》んだ。

「木葉の家は、もう分家はせんのが決まりじゃ。小口の分家は藩のご法度じゃしな」

恨み言の後には何時も、空しさと諦めが残される。努めて思わないようにしていたのにと…

少し好に腹が立った。

藩が百姓の分家を禁じるには理由が有った。分家をするという事は田を分ける事になる、分ければ一家当たりの耕作面積が減る。そこに新たな家族所帯が出来ると結果、食い扶持が増える、増えた分だけ百姓の生活は苦しくなり年貢を重く感じる…やがて年貢不納や耕作放棄、やがては一揆の種になる…。

　木葉家は再び武家に戻る事を目差し、家を守っている。長男が嫁を娶り男子が出来れば、次男は居候となる。家の仕事を手伝い、口数を増やさない為に嫁も貰えない。兄にもしもの事が有れば、自分が家督を継ぎ、兄の子を養子として育てる事になる。女だけだと、長女が近隣の同様の郷士から婿を迎え、他の娘は郷士の家に嫁がせ、木葉家の子が途絶えた時には、その家から養子を取り血族を継ぐ。姉の苗も、そうして郷士の家に嫁いだ。新三郎が嫁を貰えるとしても、兄頼景の不幸の後…それは望みたくない。

　我身は家に縛られている。だからこそ気持ちだけは自由に遊ばせたい。お恵に焦《こ》がれるのもその表れだ。解かっている、決して叶わない想いだという事は…だからこそ良いのだ。心を痛める事なく、想いのままに憧れ好きで居られる。壊れ去っても、ただの夢だったと諦めるのも簡単で後も引かない。

　好が相手だと、そうはいかない…無理をすれば…出来ぬ事ではない、だから困る…。所詮、無理は無理…幸せには程遠い。

　好も事情を知った、同時に望みも消えた。新三郎が嫁を娶る事はない…好は新三郎の嫁になれない。

好は落ち込んだ。矢助と冴は、辛そうな娘の姿を見ると、他所に移った方が良いかと思う。

城下近くに出来た倉田新田に小作《こさく》の口が有った。

田仕事といっても手伝いしかした事のない矢助らでは難しい、米は八十八手間掛かる。それによく聞けば、馴れた者でも楽ではないらしい。新田の免《めん》（年貢率）は四ッ五分（45％）で、斗代《とだい》（検見《けみ》＝一反当たりの収穫見込量）は一律に一石八斗《いっこくはっと》（4・5俵）、年貢米は一反当たり二俵となり、その上に加地子《かじし》（水田使用料）が要り、手元に残るのは一俵ばかりだろう。

斗代は上中下に分けられ、大雑把《おおざっぱ》に言って上田《じょうでん》＝5俵、中田《ちゅうでん》＝4俵、下田《げでん》＝3俵くらいになるが、新田は痩《や》せていて普通なら暫くは下田の収量しかない。加えて干拓新田には塩害が付いて回り、稲の生育を妨げ時には枯らす。となると倉田の斗代は厳しい。

因《ちな》みに後の幸島新田は二ッ三分で、沖新田が三ッ三分と軽減されたのも、塩害と手間を考慮しての事だろう。

そうこうしている内に、冴が怪我をした。治ったものの、片腕が高く上がらない…もう漁の手伝いも適《かな》わないし、小作の仕事は諦めるしかなくなった。こうして新田への移住の話は立ち消えになり、好が冴に代わって漁の手伝いをする事になった。

好は忙しくなり、新三郎も川普請の仕事があり、会うのも容易ではなくなったが、どうしても姿が見たければ川岸にまで下りて行けばいい…そっと遠目に…。そんな好の健気《けなげ》な思いをも新三郎は打ち砕いた。

＝新三郎は、恵に夢中だ…＝

樋門築きが再開された。樋門の向こうは水溜まりの深み、そこに取水の起点を示す杭が打ってある。そこから樋門の方向を決める綱を張る。新三郎は綱の端を持って川岸に立った。治兵衛はその格好《かっこう》を見て驚いた。

「新三はん、それ何だす？」

「ハハハッ、こりゃー『浮《う》き鎧《よろい》』じゃ。この新三郎が作った水に浮く鎧じゃー、格好は不細工じゃが絶対に沈まん。安心じゃ」

言うなり新三郎は水に飛び込み、深みまで泳ぐと手足の動きを止め、ぷかりーっと水に浮いた。それから仰向けに水の上に寝そべり、両手両足を持ち上げて見せた…浮いている。

「ふーん、何ともまァ…便利な物やがなァ」

治兵衛はその奇異《きい》な作り物に感心した。
＝新三郎の発想はこうだ。
《川漁師の矢助の使う竹の川筏《いかだ》を見た》
安定が良い　能《よ》く浮く　軽い
《閃《ひらめ》いた》
竹筒を編む　鎧の様に着る　激流にも浮かぶ
両手が自由に使える＝
新三郎は、綱を立ち杭に結ぶと悠々と帰って来た。
「その浮き鎧というのんを、ちょと貸して貰われへんかいなァ」
借りて治兵衛は、早速身に着ける。首から通し、上紐《うわひも》は肩で止め、下紐は腰の帯に括《くく》る。
軽いし、竹筒は前後の胸と背中にあり、両脇の所は開いている、これなら作業に不自由は無い。
「こら良ェわーッ。新三郎はん、気に入ったでェー。私《わて》にも作って貰えまへんか、実っァ私、これはあんまり得意や御座《おま》へんネン」
治兵衛は下手な泳ぎの真似をして、お道化《どけ》て見せながら、これは他の普請にも使えると想いを巡らせた。堤防築に使える…海に落ちても、これなら…。

樋門は治兵衛の指図通りに、石工達は石を削った。大きさも形も異なる石を、築いた石に合わせて、寸分の隙間も無くぴたりと収まるように打ち削る。崩れないように、意識して継ぎ目を違《たが》え、石の重心が後ろ斜め下になるように組上げる。

石組みの表面は、水の抵抗を少なくするよう丸く削られ、取水口の上手《かみて》には、水流を和らげる巻き石された半楕円形の誘導堤も造られた。見た目も美しく整っている、見事だった。

流石は名工の河内屋治兵衛だと、一緒に仕事が出来た事を、新三郎だけでなく共に下働きした備前石工達も、嬉しくも誇りにも思った。

新三郎は、石切《いしきり》が出来ない。石組みの手伝いだけだ。それでも、組む石の一つひとつの切り方を具《つぶさ》に調べ書き留めた。後々自分達だけで造るであろう樋門造りに活かす心算《つもり》だ。

秋の刈り取り前に普請は終わった。棟梁は全貌《ぜんぼう》を見たいと言う、お恵さんも一緒だ。新三郎は案内して、一望できる原大谷《はらおおたに》ノ峰《みね》に登る。

通り慣れた剣術稽古の道から、山道に入る事にしたが。思いがけない程の草木に覆われていた。無理も無い、川普請に詰めていたから、この夏一度も此処には来ていない…何時もなら切り払っている筈の夏草は延び放題。迂闊《うかつ》にも鎌の用意がなかった、斬馬刀で切り払うしかない。新三郎は仕込みを抜いて切り払い、お恵が困らないように、踏みつけて道を開いた。

「こらまた驚いた。木刀かと思うてたら何や仕込みやったんかいなァ。新三さん、貴方さんお百姓と違うんかいな？　何でそないな物を…？」

怪体《けったい》な事やと、治兵衛は言う。新三郎は、木葉の家が郷士である事、そして再び仕官を望んでいる事などを、山道を登る道すがら二人に話した。お恵も変だと思っていた。木刀にしては造りが変、不要な栗形《くりがた》が有り、下緒《さげお》の様な布の端切れを撚《よ》り合わせた紐《ひも》も付けてある。これで解《げ》せた。

端切れの下緒は好が作ってくれた物、新三郎も自ら打った兼光に飾って欲しいと。好は父母に頼み、市《いち》で買って来て貰った布の端切れを裂いて撚《よ》り、それを更に編み上げて下緒の代わりとした。

買う下緒とは異なり丸みを帯びた紐…それでも好の思いの丈《たけ》が一杯に込められていた。新三郎も仕込みには相応しいと、気に入って飾っている。

峰の大岩から望めば、吉井川に斜めに横たわる井堰は、まるで川に潜む臥龍《がりゅう》の様。両岸を流れる用水は、曲《くね》って泳ぐ巨大な鰻《うなぎ》の様。両《ふた》つながら美しい姿をしている。澄んだ青空の下、吹き上げて来る爽《さわ》やかな秋風を受けて、三人は顔を綻《ほころ》ばせて、広々とした眼下の眺めを楽しんだ。

新三郎は充実感で満たされていた。どのくらい自分が役に立ったのかは見当が尽かないが、兎に角、眼下に開かれた益原用水は、その下手《しもて》に在る和気村の水田をも潤し、米所とする事が出来た。その為の何がしかの役には立ったのだと思う。

後日、津田様の検分も終わり、工事は完了した。新三郎は治兵衛父娘を見送った。別れ際、恵は、「これをお刀にぃ」と、買った下緒を新三郎に手渡し…続けて。

「これでもう、お別れだす…。お会いする事は、もう無いかと…」

恵の言葉を継いで、治兵衛が話す。

「いやなァ、お恵が嫁に行きますのや。私の身の回りの世話をしてる内に年頃も過ぎて、まっ一寸ォ年増に成ってしもたんやが…」

恵はぽっと顔を紅らめ恥ずかしそうに首を竦《すく》めた。その姿が新三郎には何とも艶やかで綺麗だった。その笑顔は幸せそのもの…横恋慕《よこれんぼ》の隙も無い。

「相手というのは、私の弟子でな。腕の方はまぁぼちぼちやが気質《きだて》は良ぇ男や。お恵を泣かすような事は、おまへんやろ。それに何と言うても、お恵の方がなァ…気に入ってますのやわ、ハハハッ」と、棟梁は上機嫌に笑った。

さっぱりと、きっぱりと諦めが付いた。良い夢を見させて貰った。「お幸せに」と、気持ち良く笑顔でお別れを返した。

「おおきに。新三郎はんも、早う好ぇ人見つけなはって」

棟梁と恵は、和気の渡し場から舟で吉井川を下って行った。あの女《ひと》は幸せになれる、新三郎はそう思う。想い返せば、あの女の優しさは何時も姉としての姿だった…。消えた慕《おも》いが、ぽっかりと新三郎の胸に空洞となった。どうあれ、貰った下緒は大切にしたい。好の下緒を解いて小箱に納め、代わってその下緒を結んだ。

普請が終わり、稲刈りが始まった。矢助夫婦と好も手伝いに来た。遠目には以前と変わらない風景の中に、二人の沈黙があった。普請の後、久し振りに新三郎は剣術の稽古に出た、そこで好に会った。

好は何時ものようには姿を現さなかった、木陰に隠れて様子を見ていた。新三郎も諦めたとはいえ、恵の姿が消え去っている訳ではなく、何となく蟠《わだかま》りを感じて見て見ぬ振りをした。

久し振りに切る竹は今ひとつ切れ味が悪い、鞘に収めて腰を下ろした。

後ろでポキッと枯れ枝が折れる音がした、チラリと振り向いて直ぐに目を戻した。近くに好が立っていた…何だか責める眼をしている。

新三郎は下を向いたままで思う。

好は許婚《いいなずけ》でもなく、そんな約束をした覚えも無いから、他の誰かに憧れたからといって罪になる訳でも無い筈だが…。好の事も可愛いとは思うし…好もそれとなく慕《した》ってくれているような気もするし…それを無にするのが罪だと言われれば罪なのだろうか?…。

片想いに誰かを好きになるのは仕方のない事で、自分でもどうにもならないし…お恵さんの場合もそうだったし…それをどうにかしろと言われても、どうにも困るし。

などと言い訳がましく思っていると、好は何時の間にか横に立って、腰の斬馬刀の下緒を見詰めている。気配に気付き、新三郎は再び目を向けた。

「それ……買《こ》うたん？」

好は訊く、惑った様子で。

「…いや、貰うた…棟梁の娘さんのお恵さんに…」

嘘は吐きたくない、正直に言った、惑いながら。好は何も言わず悲しそうに俯いた。新三郎も下を向く。好の走り去る足音が聞こえた…。新三郎は、何だか寂しく心悲《うらがな》しくなって来た。

＝悪いんは、俺かァ…＝　そんな気がして来る。

秋の収穫を神様に感謝する祭りの時期が来たが…藩からの厳しいお達しで、村人が楽しみにしていた芝居一座も来ず、それを目当てに並ぶ俄市《にわかいち》の物売りも来なくなり、祭りはすっかり寂しいものになった。だから余計に村人達は、許されている神事の舞いに耳目を集め、祭りと聞けば遠くの他村にでも出掛けるようになった。

そんな中、舞姫の巫女《みこ》は人々の注目の的、特に未婚の若者には憧れの存在となった。巫女には、村の中でも幼い頃から見目麗《みめうるわ》しく踊りも上手な女の子が選ばれる。夏祭りの盆踊りはその試金石のようなもの、踊りの輪の中で、あの娘は誰？　と、噂になる。その娘達が集められ、舞を習い、更に選ばれて晴れて秋祭りの舞姫となる。今年も好は選ばれた。

社殿の舞台　篝火《かがりび》の灯《あ》かり　笛鼓《てきこ》の音《ね》

化粧《けわい》し　巫女《みこ》装束《しょうぞく》を着け　鈴打ち鳴らし

舞う好　神子《みこ》の姿　神の使い
荘厳夢想《しょうごんむそう》で気高く　そして眩《まばゆ》い

好が化けたのか？　あの神子が普段、好に化けていたのか？

誰かに似ている…あの艶《あで》やかさは…お恵さん…何時の間に好は、あんな大人に？。去年とは異う。去年はまだ恥ずかしそうに舞う幼さが在った。それが消えている…大人になった。

新三郎はその姿に魅入られて、眼が離せなかった。篝火《かがりび》の後ろにじっと立ち尽くし、じっと見詰めた。

舞いが終わり、好は去る。やがて祭りは終わり、新三郎は漠然《ぼんや》りと石灯籠の階《きざはし》に腰を掛けていた。

好は巫女の務めを終え、化粧を落とし、人が去り尽くし鎮まるのを待って境内に降りた。村の若者達に騒がれたくない、望み通りに境内は静かだった、一人の待ち人を残して。

好は、徐っくりと近づき前に立った。

「新三さん。篝火の後ろにずっと居ったたねェ」

好も見ていてくれたのだと、新三郎はほっとした。気不味い出来事以来、避けあったままだったし、遠い別人となりあのまま神の国に行って終うのではないかと、本気で心配した。

行かずに好になって戻って来てくれた…良かったと思う。

「うん…。好が…神様の使いに見えた」

「化粧をしたからじゃ、きっと。私は私のまんまじゃ…」

そう言いながらも、好は嬉しそうな笑顔を見せた。化粧をした鏡の中の姿は、自分でも驚くくらいの妖艶な姿だった。これなら…お恵さんにだって…。好は、精一杯の大人の姿を新三郎に見せたかった。今日の舞は、新三郎に向かって舞った。

戻って来た好は子供の殻を脱ぎ、すっかり大人になっていた。夜更けの径《みち》を送って帰る。新三郎が灯かりを持って先を歩き、好は少し後ろを…二人黙って歩く。何も話さなくても、もうすっかり気不味さは消えていた。


秋祭りが終われば裏作の麦を播《ま》く。麦には殆ど年貢が掛からない、百姓達の生きる糧だ。月日が経ち、人の怒りも悲しみも心に積もった蟠《わだかま》りも次第に風化し、気持ちの棘《とげ》も抜けてゆく。

春が来た。野は緑になり花が咲き誇る。好は待ち合わせの奥池の堤に向かっていた。堤にも花が咲いている。新三はこれを草だと言う。庭に植えているのが花だと言う。誰が花と草を分けたのだろう？　何を以て分けるのだろう？

好は思う…自分が綺麗と思えば花。それで良いのだと。だから堤に咲いているのは、みんな花…。

誰も見ていないから、手足を伸ばして堤に寝転んだ。蝶が舞い、鳥が囀《さえず》る。空が青い、暖かい、気持ちがいい…知らず知らずに眠りに落ちた。

新三郎が池の堤に来ると、好は春の暖かな陽射しに顔を向けて気持ち良さそうに眠っていた。声を掛けたが眼を覚まさない、新三郎は隣に腰を下ろした。

寝顔を見る。近頃益々、大人っぽくなったと思う、体も全体に丸みを帯びて。そしてこの無防備な寝顔には可憐さが漂う。薄紅を引いたのか唇が顔に浮き立っている。魅入られてじっと眺めた。

柔らかそうな唇が時折、微かに動く。ちょっと触ってみたくなった。指を延ばして止めた。指で触れるのは、何だか無粋に思えて。もう少し柔らかな何かが…新三郎は顔を徐っくりと寄せていった…唇が重なって…触れた。

好は、気付いたがじっとしていた。じーんと体の力の抜けるような心地好さと、熱さを感じる…今、眼を覚ましたら何だか困った事になりそう。眠ったままの振りをして、激しくなる胸の高鳴りを全身に伝えた。

『この事を、マリア様に何と告げたら良ぇんじゃろう？　有り難う御座いましたで…良ぇんじゃろうか？』


元禄五年（１６９２）年始め早々、二十一日を鍬初《くわぞ》めとし、治兵衛と永忠は最大の干拓工事、堤の総延長六千五百十八間（約12km）、広さは千九百十八町余（約１９００ha）の沖新田開発に取り掛かった。

要した経費は銀九百六十四貫《かん》八百匁《もんめ》（1万6千両）、延べ人数は百三万八千八百七十六人と記録に残し、生産高は一反当たり一石八斗（４・５俵＝２７０kg）と見積もって三万二千八百五十石余（約八万二千俵＝４９２０トン）となる大事業。

社倉米の資金だけでは足らない。永忠は独断で、大坂の鴻池《こうのいけ》と京都の両替屋《りょうがえや》善五郎などから銀五百貫を借用した。普請奉行には、田坂与七郎・近藤七助、横目（配下）として鈴木又兵衛・石津八兵衛が付いた。

既に倉田と幸島の経験が有るとはいえ、沖新田は倉田の沖に位置し、潮の深さも倍する難工事だ。潮抜きをしても干潟は泥濘《ぬかる》み、人夫の足に纏《まと》い泥土を掬う鍬に絡《から》む。人夫達は泥に沈まないように、敷いた底板の上に乗って鍬や鋤を振るう。

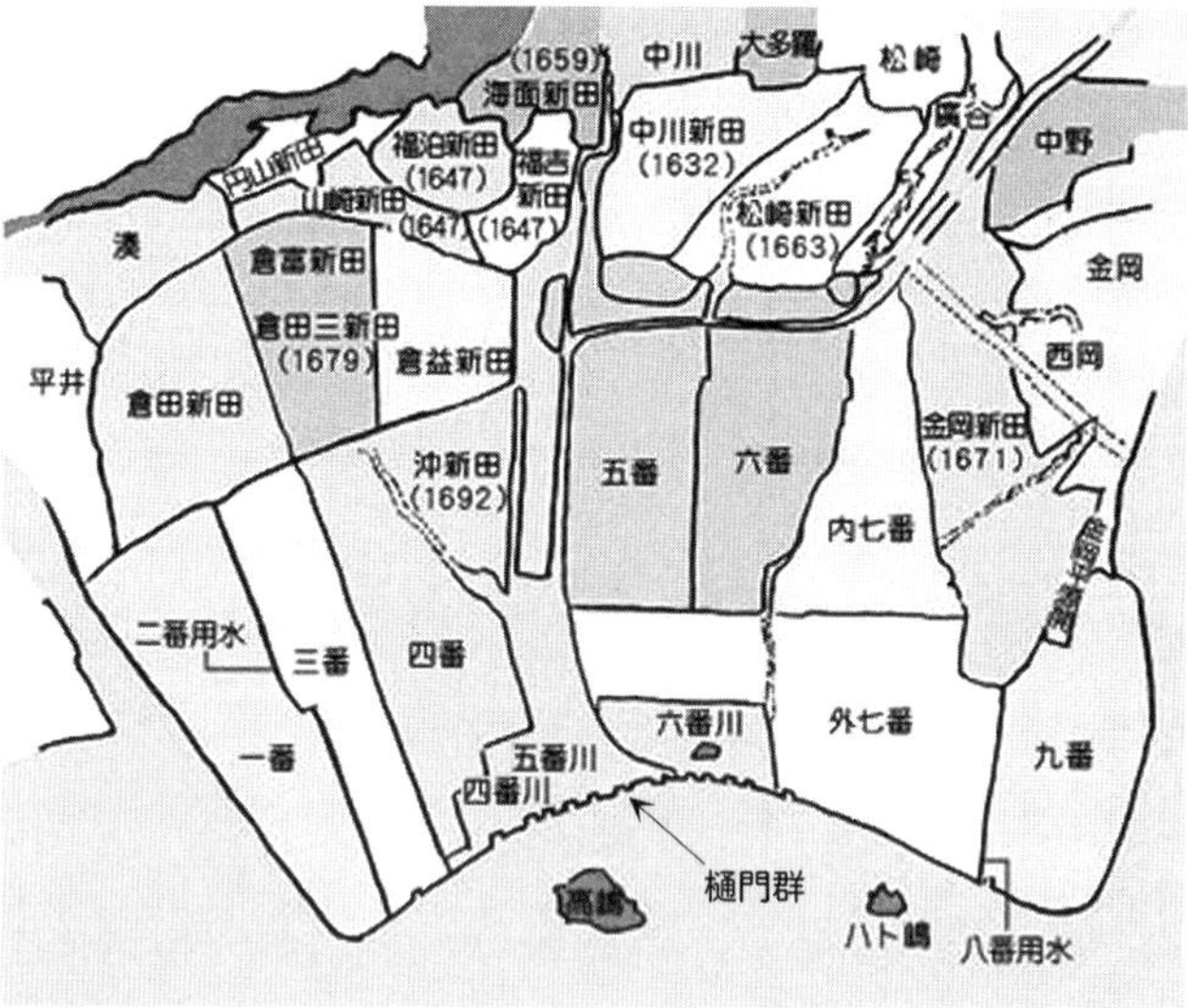

沖新田内の江戸時代（1818年）のころの地名・用水路（出典：岡山の干拓物語 HP）

堤防を先ず築き、工区を九つの蟠《ばん》（番）手《て》に分ける。溝を掘り、塩水を抜き、田と田の間にも細かく塩抜きの排水路を造り、中央部の四から六蟠には幅の広い川を造り、大水尾《おおみお》（大きな遊水池）に排水を導き、その先の海側には大小組み合わせた樋門群を築いて、干潮時に遊水と共に塩分を排出する。

取水堰と新田の水位の、高低差は僅かに四間五尺（８ｍ）、勾配は二千五百分の一と緩《ゆる》く、水を虫が這《は》う程に徐っくりと流す。併《あわ》せて真水給水の為に、旭川からは祇園《ぎおん》用水を引き、砂川からは百間川と結ぶ川を掘った。

工事の進捗は分けられた蟠手毎に出来を競《きそ》う…一時も気が抜けない…疲れる…。それでも遣《や》り遂《と》げるしかない…当然、気も荒れる…時に互いに打《ぶ》つかり合いながら…不満を怒りに変え…怒りを意地と力に変えて…人夫達は働いた。

人夫達の中には藩の軽輩・足軽の下級武士も多かった。彼等は備前の国に移って以降、墓所造り、川普請、そしてこの干拓と苦役に使われ続けてきた。元々、姫路から鳥取へと移封になった時から、石高は実質六割に減らされている。それは、お役御免にされるよりはと納得もして来たが、更に度重《たびかさ》なる苦役では…。それも、百姓や町人と同様の作業…武士の誇りも面目も無い…何なのだ？　己《おのれ》は？

この新田の米が収穫《とれ》るようになれば、禄も戻り楽になると…その思いで耐えて来たが…最《も》早《はや》、夢よりも現実の塗炭《とたん》の苦しみに耐え切れないと、禄を捨て藩を離れる者が続出した。下級藩士が足らなくなる程にも……。

他にも悲しい事が起こった。沖田新田の干拓も、終わりを迎えようとしていた。それは同時に、工期の期限が迫っているという事でもあった。

最後の潮止め工事が上手く行かない。九蟠は最も沖にあり、堤防が無ければ、当時は常に海の底に位置していた。そしてそこは、瀬戸内の干満の潮に洗われると同時に、西大川と呼ばれる大河の吉井川の出口でもあり、常に波と流れに浚《さら》われる難所でもあった。

その為、他の堤防と同じ工事では、数日後には崩された。堤の幅を広げ補強してみたが、底から洗い流されて終い、結果は同じだった。

「また崩れたかァ…アカン…。別の遣り方に変えへんと、どないにも成らへん……。干潟の続きやと思うてたのが、間違いやった…」

治兵衛は、舟の上から崩れ去った不様な堤防を苦々しく見つめて、唸る様に呟いた。

治兵衛の後ろには、永忠の供回りとして継ぎ役（連絡係）を務めている、奉公人で中間《ちゅうげん》の『佐平《さへい》』が押し黙って控えていた。

永忠は、崩れ残った堤防の上から、普請組の下臣と共に放心呆然として項垂《うなだ》れている。中間・佐平夫婦の娘『キタ』も少し離れて、海に倒れ込んでいる、鋸傷《のこぎりきず》に似たギザついた石塊《いしくれ》と土塊《つちくれ》とを見た。永忠に目を遣ると、まるで戦に完敗した武士《もののふ》の様。放って置けば、自害して果てて終いそう。

「治兵衛を以《もっ》て為《な》してもか……」

幾度もの崩壊に永忠も、苦悩とか憔悴を通り越した、人では抗《あらが》えない恐怖を感じ始めた。

そしてその頃、工夫や下臣達の間にも、不詳な話が流れ始めていた。

『こりゃー、海の神様の、竜神様の祟りじゃぞー…違やーせん！　お怒りを鎮めて貰うにゃー……。人柱でも……立てにゃー…負えんかも知れんぞ……』

この話は、永忠や治兵衛は元《もと》より、キタ親娘の耳にも入っていた。中間としても主人の苦悩は他人事では捨て置けない。何かと気を病んだ。

キタも同じだった。この日も主人のお供をして、九蟠の端に来ていた。主人永忠や治兵衛達の姿を見ている内に、「このキタでも、お役に立てましょうかなァ…」と、何気なくふと独り言を洩らした。

聞いた永忠は、『お役に』の意味が何なのか直ぐに察しが付き、「それは成らん！」と、咄嗟にキタをキッと睨んで叱り付けた。だが、続く筈の諭《さとし》の二の句は、喉に痞《つか》えたまま出なかった。禁じたものの、その後ろに、＝それで堤が出来るなら…＝との、邪悪な思いがしっかりと顔を出していた。

暫くして永忠は＝しまった！＝と後悔した。『お役に』の意味を、おキタに問い質しもせず、勝手に『人柱』と決め込んでしまった事の重大さに慄《おのの》く。

一方のキタも、永忠から叱責を受けて驚き、深く考えもせずに洩らした独り言の意味の重さを実感し、＝しまった！＝と後悔していた。そして、取り返す事も取り消す事も出来ない状況を覚ると、その後の展開がキタの脳裡を過ぎり、恐怖に背筋を凍らせた…。

同じくキタの独り言を聞いた、他の下臣や工夫達も、夫々に蒼褪め顔を引き攣らせていた。

長い沈黙を吹き払う様に、強い浜風が九蟠を吹いた。永忠は、おキタに思い宿命を背負わせて仕舞った事に慄きながら、消せるものならばの念《おも》いを込めて、「絶対に、成らんぞ」と、おキタから顔を背けたまま声を掛け、九蟠の堤を引き返して行った。

下臣と人夫達は永忠とは異なる、畏怖《いふ》と驚愕《きょうがく》の上に崇敬《すうけい》の念を現し、その上にはっきりとした非情な願望の思いを込めた視線を、ちらりチラリとキタに投げては、永忠の後ろを追って返した。

キタには、何気なく放った自分の独り言の意味の重さに呪縛《じゅばく》され、不望の淵に沈められる運命を背負わされた事が、悪い白昼夢の様に思えて、虚ろな意識の中でただ茫然と立ち尽くしながら、浜風に吹かれているしか無かった。

＝おキタが人柱に＝　そんな噂が、間もなく流れ始めた。

それからキタはもう、普通の娘では居られなくなった。キタは思いの中から、甘く仄《ほの》恥ずかしい乙女の夢を消し去り、ただ人柱となる為だけの生ける屍《しかばね》と化する道に追い込まれた。

しかしながら余程の事でないと、人柱になど立てるものではない。しかもキタは、うら若き娘だ。低い身分の奉公人の身であっても、明日に希望を抱き夢見ている乙女だ。命と引き換えられる、切羽詰まった事情と充分な交換条件でもなければ、到底受け入れられるものではない。

そして仮に、理屈では納得できたとしてもだ…。『何でェ？　私がァ―〜〜？！』と、泣き喚《わめ》き、必死の抵抗をする筈なのに……。

父の佐平は、あれ以降、心配で片時もキタから目を離さない。母のウメは、泣き続けている。佐平夫婦は、＝津田家の奉公を辞め、他所に移って遣り直そう＝と相談し、キタにもその事を告げた。

しかし、キタは頭《かぶり》を振った。

「何処へと言うん？　行く当てなんぞ無かろうにィ…」

キタは人の心を失っていた。眼は真っ直ぐに、少し先の虚空《こくう》を見ている。虚ろ気な表情は、もはや動かない、木造りの観音菩薩の様に…。違うのは、未だに生きている証に、頬に若い娘の紅色が仄かに残されているだけ。

「何とかァ、成らァやーッ！」

佐平とウメは再度、自分達の覚悟を告げてキタに翻意を促した。

キタは黙ったまま、また頭を振った。


後日、改めて津田様から、お言葉が有った。

「おキタ。噂など気に致すな。…決して成らんぞッ、良いな」

そう言い放った津田様の顔には、重圧と苦悩に耐え兼ねている、憔悴の暗い翳りが在り在りと浮かんでいた。

＝どう有っても、もう引き返せぬのだ＝と、キタは悟った。

「はい…」眼を伏せて、キタは答えた。

『はい』の意味は、『覚悟を決めまする』という事……。

崩れた堤を取り除き、工事は再開された。治兵衛には、新たな考えが有った。

『此処は海や。間違いなく、海ん中やネン。せやさけェ、干潟堤では持たへんにゃ。今度は、防波堤を造ったる』
治兵衛は岩盤となる大量の石を投げ込んだ。満潮に嵐が来ても波が届かない迄に積み上げ、巻き石で覆う。盛り土は、その上に三和土《たたき》の版築でガチガチに固めたる。
＝自信は有る。だが、二度と崩れぬ事が証明される迄は、口には出せない＝
厳しい顔を引き攣らせたまま、治兵衛は差配を奮った。
キタの父親の佐平は思う所があって願い出て、治兵衛と行動を共にさせて貰っていた。

大潮の日の引き潮の頃、キタは津田様のお供をして、九蟠堤の端に立った。海から吹き上げる風がキタの着物の裾《すそ》を翻《ひるがえ》すと、下に白い衣が見えた。キタは海を覗き込んでいた顔を戻すと、キッと永忠を見据えて頭を下げた後、俄《にわ》かに着物を脱ぎ棄て白装束《しろしょうぞく》になると、永忠の前を足早に駆け抜け、一気に海へと身を投げた。

その姿は、永忠や下臣、工夫達だけでなく、舟から自らも海に石を投げ入れていた治兵衛にも、それを手伝っていた父の佐平の目にも、鮮やか過ぎる程にはっきりと見えた。

空を舞い、水音高く、水飛沫を立てて海に落ち、そのまま海に没して行った、人柱の姿が…。

「ウワーッ！」誰もが驚愕の声を上げた。

『真逆《まさか》かァ……！　本真《ほんま》（本当）にィ…！』

キタに対する畏敬《いけい》の念と同時に、キタを人柱に追い遣った自責の念と取り返しの付かない後悔と懺悔が一様に、目の当たりにした者達を貫いた。

その後、誰もが膝から崩れ落ち、「グワーッ」と、号泣の叫びを上げ、頭を垂れた。

佐平は素早く舟を蹴って、海に飛んでいた。

治兵衛も身を乗り出したが、それ以上は動けず、船縁《ふなべり》に崩れ落ちた。治兵衛は泳ぎが得意ではなかった。浮《う》き鎧《よろい》は着けていても、浮く事と、少しくらいは前に進めるが、人などとても助けられない。焦思《もどかし》さに腹を立てながら、治兵衛は叫ぶ。

「何するんやー、キターッ！　そないな事せんかて、今度は上手い事往《とい》く筈なんやーッ！何《なん》ちゅう阿保な事をー…。早う浮いて来んかいッ、キター〜〜ッ！」

治兵衛は、キタの消えた海を見つめた。そこには、娘のキタを必死に探す佐平の姿しか見えない。佐平は、引き潮を追って一度沖に出たが、見つからなかったのか引き返して、堤の方にむかっている。それからまた、沖へと…。

キタは、沈んで引き潮に乗って沖に流されて終ったのか？　杳《よう》として行方が知れなかった。

我に返った永忠は、急ぎ舟を出して捜させたが、諦めたのか佐平は、治兵衛の舟に戻って来た。舟に上がっても、濡れた着物で座して黙ったまま、何やら深く考え込んでいる。治兵衛は声も掛けられないままに、船縁からあちこちとキタを捜した。キタは見つからないまま、やがて日が暮れた。

次の日から、永忠も治兵衛も配下の人夫達も、目の色が変わった。悲壮感と同時に、何が何でも造り上げるという我武者羅《がむしゃら》な決意を漲《みなぎ》らせて、月明かりの下で夜遅くまで働き出した。結果、工期に遅れる事なく、治兵衛の思い通りの防波堤が築かれ、もう二度と崩れる事は無かった。

こうして沖新田は元禄五年（１６９２）に完成し、おキタは、新田の中に祠《ほこら》と五輪塔が建てられ沖田姫神社の主として後世まで崇められる事になった。

佐平とウメ夫婦は、沖新田の完成を見定めて、津田家を辞し備前の国から姿を消した。務めを果たした永忠には安堵の色が浮いていたが、治兵衛には喜びもなく気持ちは暗としたまま晴れなかった。

それから一年余りが過ぎ、ある噂が治兵衛の耳に届いた。光政の側室の男子で輝録《てるとし》が治める支藩・備中生坂藩《びっちゅういくさか》に出掛けた数人の者が、キタ親子にそっくりの姿を見かけたと言うのだ。

そして、佐平らしき者は、以前と同じ中間の格好をしていたと…。

治兵衛は、人夫達の話を思い出した。

「余っ程の覚悟じゃったんじゃーなァ、おキタは…。あの娘《こ》はなァ、泳ぎが勃興《ぼっこう》（凄く）上手な娘じゃったんじゃー。浮かなんだ処を見ると、石でも抱いて飛んだんじゃろうなァ」

キタは潜りも出来たと言う。

「竹の息筒《いきづつ》でも持っとりゃー、何処迄でも潜って泳げたんじゃから」と。

治兵衛にやっと、喜びと笑顔が浮かんだ。

＝泳ぎの上手い者《もん》は、沈まれへんのやナー＝

それから間もなく治兵衛は、キタが祀られた沖田姫神社の石組みに、水に浮く『瓢箪』を彫って嵌《は》め込んだ。心の晴れた治兵衛の、洒落っ気な遊び心で…。

12

お任《まか》せ新三郎

治兵衛は、益原《ますばら》の名主の離れを借りた。離れといっても納屋の一画に造られた部屋だが、普段は一人住まいで、時に石工仲間が訪ねて来たり、娘のお恵が来るくらい。仕事場の近さでいうなら、川向こうの田原下村《たわらしもむら》か原村《はらむら》辺りの方が近いが、津田様の仮屋敷もこの村に在るし、治兵衛も以前からこの村には馴染《なじ》みが有って此処に決めた。

何処で噂を聞いたのか、住まいを決めたその晩に早速、新三郎が訪ねて来た。

「今度の普請にも出る事にしたんじゃ」と、笑顔で言う。以前は若者という感じだったが、あれから四年、見た目にも立派な大人になった。

眼だけは相変わらず澄んで、爛々《らんらん》と輝いている。『この眼ぇは良ェ。尋常《じんじょう》やない…奇人《きじん》の才《さい》を宿《やど》した有《あ》るぅ』

治兵衛はこの眼が好きだ。自分の手元に置いておきたい、困った時に何かの役に立ってくれる筈…それを予感させる。

新三郎は、久し振りに棟梁《とうりょう》に会えて嬉しい。四年前がつい昨日のように感じる。頭に白い物が増えているのが月日の隔《へだ》たりの証《あかし》だが、老いたりとはいえ、その身は未だ矍鑠《かくしゃく》として、双眸《そうぼう》は煌々《こうこう》として気力の萎《な》えざる事を示している。

四年前の大水の話、工事の話、それから今までの出来事などの話は尽きず、名主の用意してくれた一升徳利の酒の方が先に尽きた。

もう一つ、いや懐かしさと心躍《ときめ》きからすれば、もっと嬉しい話を棟梁から聞いた。近々にお恵さんが、荷物を届けに此処に来ると言う。もう母親にもなったと…。でも会いたい、兎に角…懐かしさと一緒に、熱い思いと甘酸《あまず》っぱい痛みが胸を刺した。

夜更けて帰る。今日は良い日だ。空を見上げると夜空も晴れていて、月と星も満天に冴えていた。帰りの足取りも軽い。

好も聞いた。お恵さんが村に来て数日逗留《とうりゅう》すると。嫁に往った筈では？ それが何故また？ 新三郎はお恵さんから貰った刀の下緒《さげお》を巻いたままだ…きっとまだ未練が…離れて会えないならそれでもいいが…会えばまた慕《おも》いも戻ろう…。

好も二十歳になって、適齢期はとうに来ていた。好を嫁にとの話は幾《いく》らでも有った。小作人を抱える大百姓の倅《せがれ》に器量を見初《みそ》められ日参された、破格の話に矢助《やすけ》も冴《さえ》も心動かされ好に勧めた。冴が話す。

「好…悪い話ではないが、どうじゃろう？ あの方を、幾ら待ってみても…添《そ》える話にはならんじゃろうし…」

好は何も答えなかった。涙を溜めて俯《うつむ》いた。

諦めるしかなかった。

数日後、好は新三郎の姿を見つけた。道筋からすると、名主の家の方だ。離れてそっと後をつけた。名主の門前を入る。新三郎が声を掛けた、女の人が納屋から門前に出て来た、見覚えのある姿…お恵さん。

母親らしい落ち着いた姿になっていた。変わらない笑顔は、今でも人を包み込む。あの大きな優しさはまだ好には無い、口惜しいが。新三郎の甘えた姿を見るのが辛い…その姿を向ける相手が違うと、腹が立つ。

『何で来るんじゃろう…この女《ひと》は』

正直に非難の眼を、お恵に向けた…向けても届くまい…届いたところで、笑顔に消されて終おう。それでも好は目を伏せなかった、じっと二人を見た。胸がキリッと痛くなった。眼頭が熱くなる。背を向けた。

恵は、好の後姿を見つけた。知らない仲でもないのに、何故入って来なかったのか？　恵は直ぐに察しが付いた。

『お邪魔さんしィて、堪忍《かんにん》…』

恵は新三郎越しに詫《わ》びる目で、好の背中を追った。

「お久し振りやねェ、新三さん」

「ハァ」とだけ、新三郎は照れた返事をする。

「お嫁入りを機ィに、お父はんの世話は辞めようと思うたんですけどォ。お父はんが後添《のちぞ》え貰《もろ》うてくれはらへんの。私《わい》の連れは、お古万《こま》ただ一人やーて…。ほんでまた仕方無《の》う」

続けてお恵は話す。旦那は弟子だった男で、自分がぞっこん好きになって嫁になったと。子が出来た頃から旦那は、棟梁付きになった。

「弟子は皆同《おんな》じや、娘婿かて関係あらへんて言うてたんやけど…お父はんも人の子なんやろか、こっそりと技なんかも教えてくれはって、恥かかん程にはと気ィ遣うて」

新三郎はお恵さんが遠い女《ひと》になったと、話を聞きながら感じていた。幸せなんだ。もし不幸だったら…自分が…などと、善《よ》からぬ思いが生じたかも知れない。己の不浄を戒めながらも感じる一抹《いちまつ》の物足りなさは、消せぬ未練か？　止《とどめ》の浄化の一言が。

「私《うち》の子ォ、もの凄ぅ可愛んえー、旦さんによう似ィてェ。そや新三さんも、早う良ぇ娘《ひと》を娶《もら》わはったらええのにィ…」

《あのお好さんを》と言い掛けて、お恵は口を閉ざした。要らぬお節介、却って足枷《あしかせ》になってもいけない。もう出来るだけ新三郎には会わないようにしよう、この人に必要なのは姉ではない、嫁となる女《ひと》だ…。

新三郎が慕《した》ってくれているのは解かっている。

年下であれ女としては嬉しい、無碍《むげ》にはしたくなかった。だからその思いを、女としてではなく姉として受け止めた。いけなかったのか？　好を悲しませてしまった事だけは事実…罪な事をした…だからもう離れなければいけない、他人の域に。

忘れなくてはと、新三郎も頭では思う。一方の気持ちは、諦めたとはいえ一度は恋し憧れた女《ひと》、再会すれば閉じ込めていた淡く熱い想いが、また甦《よみがえ》ってしまう。抑えようとして抑えきれない。新三郎には隠せない、気持ちが表情と態度に出てしまう…すぐに好に知れるだろう…。

嬉しい筈が、重苦しさに変わった。

どうにもならぬ気持ちのまま工事が始まったが、色恋沙汰は一先《ひとま》ずお預けとなった。

治兵衛に仕事の難題が。水路は地面の上を流すものと思っていたが、今度は川の上を横切って渡すのだと言う。しかも木造りではなく石造りでと。

壊れず水漏《みずも》れもせず、樋門と同じく、子々孫々までも使える物をと言う。相変わらず津田様の注文は、腹が立つ程に難しい。

石橋を架けるだけなら算段はつく、長福寺村に流れる小野田《おのだ》川の川幅は六間（11ｍ）、橋脚を二本入れ、その間を底石三本で継げば出来る筈だが…。漏水をどう防ぐか？　治兵衛の面目に懸けても、一滴の水も漏らす訳にはいかない。さて、どうする？…。

水漏れか…治兵衛は新田の潮止めを思った。潮が入らないように樋門の垣は、粘土と石灰《いしばい》を混ぜ、油と松脂《まつやに》で煉《ね》ったもので固めた。浸水が無いという事は、裏返せば漏れが無い事になる。

あれは、「入り込む潮が、なかなかに止まりまへん」と、ふと悩みを津田様に零《こぼ》した時。

「浸水が困るのか？　まるでお塚の墓穴と同じじゃな」永忠は、自分の苦慮を憶い返した。

治兵衛は、和意谷墓所造営の時に見た墓穴の下側面を覆う三和土《たたき》と漆喰《しっくい》を憶い出した。

口に出した永忠も同じ事を想った。

「それじゃッ」「それやッ！」

治兵衛は改めて、その時使った三物《さんぶつ》と瀝青《れきしょう》の創り方を教わり、堤防や樋門に試した。

三物は赤土《あかつち》粘土・石灰・砂に酒を加えてよく混ぜ、糯米粉《もちまいこ》の粥《かゆ》で煉《ね》り合わせた三和土《たたき》の様

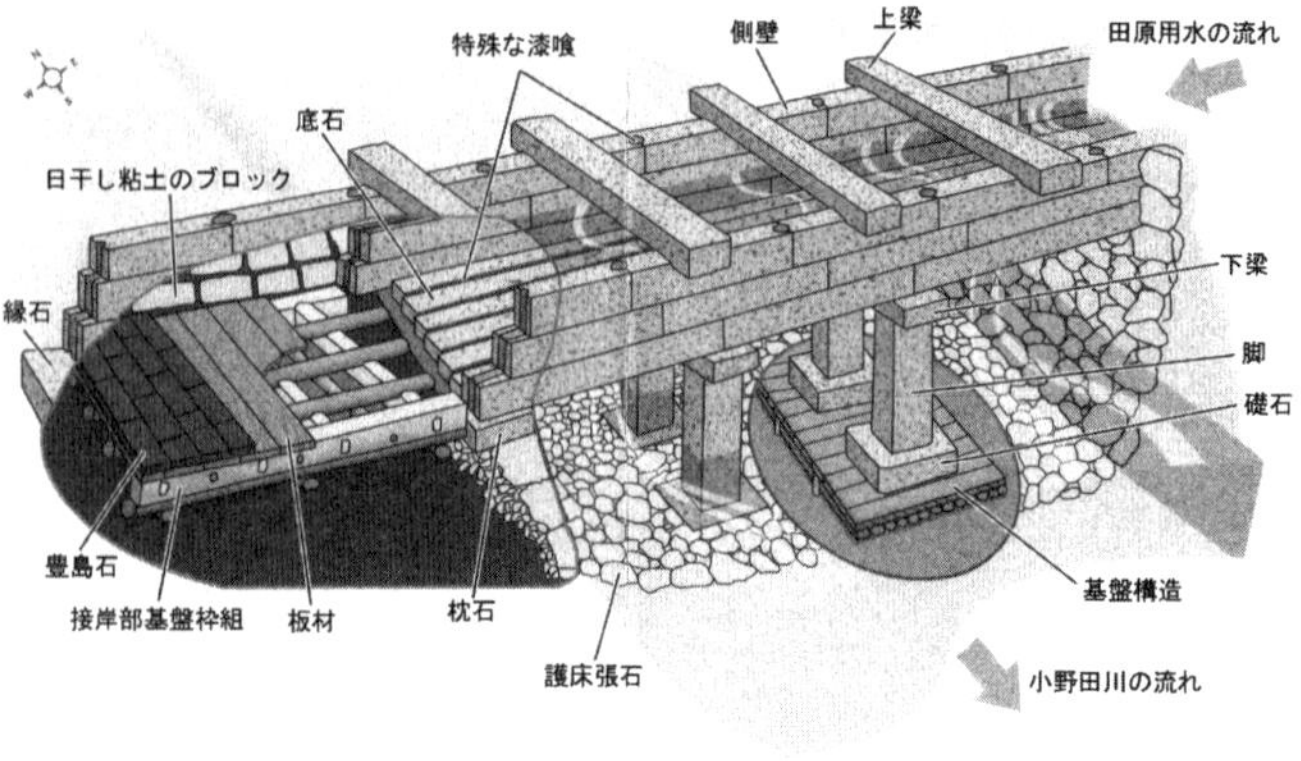

石の懸樋の構造と技術（政田孝氏提供）

な物。瀝青は石灰を松脂《まつやに》・蝋《ろう》・胡麻油・黒砂糖で煉り合わせた漆喰の様な物。それを使って潮止めは適《かな》った。

今度はそれよりもっと、接着性と防水性のある強固なものが必要。それが出来上がらなければ『石の懸樋《かけひ》』は造れない。治兵衛は永忠を通して土木方を借り、新しい漆喰と三和土の作り出しに掛かった。

用水から水を引き、仮の懸樋《かけひ》を組み、新しい水止め土を試作し、何度もその実用性を確かめた。治兵衛には、遠謀深慮《えんぼうしんりょ》な思いが有った。

『ただ水を通す懸樋を造るなら、何も大袈裟な漆喰まで詰めんでも出来る。磨き上げた御影石で敷石し、上に枘組《ほぞくみ》しィたら済む事や。やが、用水の懸樋なんて物《もん》は、これから先ィ何処にでも何ぼでも要るもんやで、腕の良ェ石細工師やないと出来へんような物《もん》では話に成らん。石工なら誰にでも出来る、もし壊れても百姓衆でも直せる…そんな造りに仕置《しと》きたいがな…それもまた…名工の証《あか》しや』

石橋は全て荒削り、底石は台形棒石、側面は粗柄《あらほぞ》で組む。水止め土は膨張性（ベントナイト成分）の良い粘土を多く使い、貝殻を焼き砕いた石灰粉を混ぜ、土を固める松脂や海水（にがりと塩）で煉《ね》り合わせた灰白色の、三和土に近い新しい漆喰を作り上げた。

材料は揃った。治兵衛は図面を描く。懸樋は長さ七間一尺（約13ｍ）、幅一間五尺（約3ｍ）。『橋脚』は予定通り二基、各々三本の石柱の上に、一本の石梁《いしはり》を載《の》せ角穴《かくあな》を掘って嵌《は》め込む、これが水路の底石の橋桁《はしげた》になる。

『石柱』は洪水にも流されないように川床の礎石《そせき》に嵌《は》め込み、その礎石を囲む川床には護床《ごしょう》の張石《はりいし》をぎっしりと敷く。更に石柱を支える礎石の下には、決して動かないように川底を掘って、水に強い栗の柱を並べ横ずれを防ぐ立ち杭《くい》を打ち込み三和土で固める。上に厚さ三寸余（10㎝）の松板を打って敷く。木材でも、土泥に埋もれたままだと腐らず何百年も長持ちする。

水の流れる『底石』は長さ二間二尺（4ｍ強）で上部を狭くした台形とし、下部幅一尺三寸（約40㎝）前後の物を各列に六～七本並べ、その隙間に割石を噛《か》まし、新しく作った灰白色の漆喰で打ち固める。

『側壁』は、三段築きで高さ四尺八寸（約1・5ｍ）ばかり、長さ一尺三寸（約40㎝）前後の石に溝を切り漆喰の目地を継ぐ、更に上下石の繋ぎには立てに枘穴《ほぞあな》を通し角材を打ち込んでずれ動かないように固定し、梁石《はりいし》を渡して補強する。

『橋梁部《きょうりょう》』の石は強度の良い御影石を使う。川を渡った『接岸部』は、木枠を三和土で突き固め厚板を張る。上には豊島石《てしまいし》（凝灰岩《ぎょうかいがん》）を敷石し、赤土を多くした継目に馴染み易い漆喰で固める。

懸樋に勾配は無い。田原井堰の取水口から此処まで二里半（10㎞）の落差は、僅かに三丈余（10ｍ）で勾配は千分の一に過ぎない。水は緩《ゆ》ったりと揺蕩《たゆた》って流れる。

津田様は言う。石の表面細工は継ぎ面にだけにし、それ以外は鑿跡《のみあと》の残る荒切りのままに止めよと。

干拓事業を始めて十五年、毎年大金を費やしている。いかに社倉米からの出資とはいえ藩の金、他の重臣からの批判と苦情が絶えない。この重臣達からの再三の誹謗中傷《ひぼうちゅうしょう》や罷免《ひめん》要求に、藩主綱政も永忠への信任が揺らぎ始めている。

出世する者を嫉《ねた》み羨《うらや》むのは世の中の常、《三人言いいて虎を成す》と言う、その諺《ことわざ》通りになろうとしている。幾ら私心の無い事を永忠が説いても、私心の有る者にとっては私心の無い者など世に存在する筈のない信じ難い事でしかなかった。

その煽《あお》りを治兵衛も喰わされた。治兵衛にすれば見栄えも職人の腕…見苦しい物は造りたくなかった…が、考えを変えた。逆手にとって《よくこんな荒造りで水が洩れないものよ》と、人を感心させるのも名工の面目躍如《めんもくやくじょ》。

幾ら粗《あら》仕上げと言われても、触れて傷付くようでは仕事にも差《さ》し支《つか》えるし、後々使う百姓衆も難儀をしよう。割石《わりいし》の面《つら》と箭穴《やあな》の周りの凸《でこ》くらいは削りたい…手間を懸けずに…。治兵衛は、割石を石畳の上で何度か引かせて角を落とさせた。

その石を使って、治兵衛は石の懸樋《かけひ》を架けた。並べた底石には、下の川の流れがはっきりと見える程の隙間がある。不揃いに砕いた割石を詰め、その上に灰白色の漆喰を堆《うずたか》く覆《おお》った。漆喰はべっとりとした白壁用の物とは異なり、ぼろぼろの土に近い。木槌《きづち》で打ち込むと心地好く割石の中に沈んでゆく。打つ度に硬く絞まり、終いに石の様に固まった。

試しの水を流した。石工仲間ですら少しばかりの水漏《みずもれ》を覚悟していた…が、水は洩《も》れなかった。漆喰は水を含んで膨張し、更に隙間をしっかりと埋め、それ以上の水の浸入を頑《かたく》なに拒《こば》んだ。

出来上がった懸樋を、小野田川の川床から百姓衆は信じられない思いで見上げていた。

下から見れば、底石には隙間があり、その隙間に不揃《ふぞろ》いの小さな割石が乱杭歯《らんぐいば》を剥《む》き出しにして突き刺さっているだけだ。こんな荒い造りで、どうして水が洩れないのか？　誰もが首を傾《かし》げた。

上から見れば、その隙間には灰白色の漆喰が詰められているだけ。その内に洩《も》れ出すと思ったが…何時まで経っても水は洩れなかった。

一人の百姓が狐に抓《つま》まれた顔で呟いた。

「何でかは解かりゃせんがァ…解からん事をするんがァ、名人なんじゃろう…」

＝成る程＝と皆、不可解な感心をして納得した。


その頃、井堰の改修をしていた近藤七助にも試練が始まっていた。

「津田様、どちらへ？」身支度をしている永忠を見て七助は問う。

「暫く城下に戻る。新田の様子も気に掛かる」

「しかし、本日は井堰の検分が御座りまするが」

昨夜そう伝えて置いたのにと、七助は困ったものだと、下を向いて口を曲げた。

「その事なら確かに昨夜聞いたが、七助に任せる。宜しく遣れ」

エーッ。七助は武士からぬ驚きの声を上げた。顔を上げて見る、永忠は平然としている。

「七助よ、もうお前一人で出来ようが、遣ってみい。儂はもう遠くからただ見て居るでな。儂も年じゃ、そろそろ隠居の事も考えねばならんでのう」

「私には、自信が御座いませぬ」

正直に七助は答えた。近頃は普請の殆どを七助が指揮していた。それでも遠くない所に常に永忠が居た、何か起こっても困った時には直ぐに沙汰《さた》を仰げば良かった。絶対的な安心があった。親に見守られて楽しく遊ぶ子供の様なものだった。その守り神が居なくなる、途端に迷子の不安に襲われた。

「七助よ、儂に頼らず一人で遣れ。そして困れ、悩め、苦しめ。そこで考え、見栄を捨てて人に問え、教えを請え、知恵を絞れ。そして遣ってみて駄目なら…また困れ、悩め、苦しめ…。そうして出来上がった時に、喜びと一緒に自信が生まれる、そういうものじゃ。この儂もそうであった」

言い残して永忠は城下に戻った。当分帰って来ないと言った、多忙になるから相談事は遠慮せよとも。

七助は不安を抱えたまま仕事場に向かった。行けば不安がっている暇などない程、次々に細かな指示待ちやら、苦情・要求が来る。走り回っている内に日が暮れた。そんな日々が続き、何とかなりそうだと思えた頃に、心配していた難題がやってきた。

＝土砂が、井堰下手《しもて》の取水口を、埋めて終《しも》うとる……＝

雨上がりの水嵩《みずかさ》がやっと引き、巻き石工事を再開した直後、人夫が報せて来た。大した雨でもなかった筈だか、斜め堰に沿って流された土砂が狭くなった取水口に集まって堆《うずたか》く積み上がっている。

「何じゃこりゃー！」予想を超えた多さに、七助も叫び声を上げた。巻き石をした所為《せい》かも知れない、水の流れが良くなり土砂は斜め堰の縁を滑ったのか。田原井堰は、吉井川に造られた五つの井堰の中でも最も上流に位置する、それだけ水の流れが速く、土砂が集まり易い斜め堰の欠点を大きく受ける。

溜まった土砂は取水口を塞《ふさ》ぎ、取水量を落とす。今迄は岩部郡《いわぶごおり》の熊山《くまやま》の村までの水量で良かったが、今度は倍の上道郡《じょうどうごおり》の瀬戸《せと》村までの水量が必要となる。取水口はその要《かなめ》だ、塞がれては致命傷だ。

「一石二鳥の両得《りょうとく》成らずか…石張り（巻石）が難を呼ぶとは…」

取水増と不朽《ふきゅう》を狙い、旧堰の上に玉石（自然石）や割石（岩石を砕いた石）を積み、粘土と川砂を混ぜた土砂で突き固め、それが崩れぬよう流出せぬように、上に巨石を敷いて石張りし、その隙間も形に合わせた石で頑丈に敷き詰めた。この巻き石工法は、治兵衛から技を受け継いだ備前石工達が務めている。

それは正しかった、目論見通《もくろみ》りの成果を示していた。巻き石を施した箇所は今度の増水でも微動《びく》ともしていない。だが…不要の土砂を積んだ。

「要らぬ置《お》き土産《みやげ》ォ〜〜」

七助は唸りながら顔を顰《しか》めた。これでは大雨の度に土砂浚《さら》いをしなければならない。近在の百姓に頼んでも、自分達に必要な水量分は浚うだろうが…それ以上は不益《ふえき》の労《ろう》だと引き受けては貰えまいし、その都度、普請方の役人を呼び出すのも負担が多い…。

巻き石の所為だとすると、この工事そのものを考え直さなくてはならなくなる…困った、どうする??……。七助は頭を抱え込んだ。

「どう致しましょうや?」下役人や人夫は逆に七助の指図を求めてくる。

『教えて欲しいのは、こっちじゃーーッ』

そう言いたいのをグッと堪え、平静を装って、取《と》り敢《あ》えずの返答をした。

「続きの石張りを致せ、水嵩《みずかさ》が引き次第、この土砂を取り除く沙汰はするから…」

七助は重い荷物を背負った。何処に行っても寝床に入っても、この重荷は身に張り付いたまま七助から離れない。まだ名案も浮かばない。そんな苦悩などお構い無しに、日々次々と別の沙汰や手配を求めてくる。

これが、上に立つ者の重さというものなのか…改めて永忠の凄さを知らされた。

『逃げたい』正直、七助はそう思う。禄高《ろくだか》も返上して軽輩となり修羅を引いた方が余程に楽に思える。いっそ武士も捨てて百姓になってもと本気で考える。出来るならそうしたいものだ…が…。『負けられん…逃げとうない…』と、後ろから武士と男の意地が叫ぶ。

新三郎もこの土砂を見た。こりゃーいけん、何とかせにゃー。新三郎も思案を始めた。新三郎の発想の根源は、実に単純。

『要《い》らん置き土産なんぞ、貰《もら》わにゃーええ。どねぇしても置いていくと言うんなら、捨てちゃりゃーええがァ』

普請奉行様も考え込んでいると聞いて、村宅を訪ねた。治兵衛や津田様を通して新三郎の事を知っていた七助は、何かと目に掛け心安くしていた。気晴らしの話し相手にでもと部屋に通した。

新三郎は愛想をしないし世辞を言うのも苦手、通り一遍の挨拶もそこそこに自分の思いを口にする。その上、口の利き方を心得ず、目上に対してもぞんざい。悪気は無いのだけれども…。

「近藤様は、土砂溜まりに困られとるそうじゃと伺《うかが》いましたが、土砂が邪魔なら溜まらんように下に流して仕舞うたら良かろうがと…」

「何ィ〜〜」

七助は新三郎の余りに簡単な言い様に、呆れて腹が立った。簡単に出来るものなら、もう何がしかの手は考え着いている。飯も喉を通らず、好きな酒も不味くなっているというのに、この脳天気者がァ…お前なんぞに何が解かる！

土木方を長く務めている者にも、良い策が見つからぬというのに…。

気晴らしどころか、更に不快の種をばら播《ま》きおってと、感情剥《む》きだしの怒りの眼を向けた。

「取水口の手前に、土砂抜きの溝を掘れと言うのかァ。そんな事をすれば、水位が下がり水量が足らんようになるぞッ。工事も遣り直しで大事《おおごと》じゃー、今からでは到底間に合わん、そんな事なら儂も考えたワッ」

七助は本気で怒りを発散した。

「近藤様ァ、何も深い溝まで掘らんでも…」

新三郎は土木技術など知らない、知らないから単純に考えられる。知れば知るほど、既存の細かな理論に縛られて、発想の転換が難しくなる。新三郎には全く別の想いがあった。

村に、谷川水に頼る山田がある。谷川も大水の度に、土砂を運び田の取水口を埋めた。その田の持ち主は腹を立て《埋められるんなら、先にこっちが埋めといちゃれー》と、平らな石で取水口の周りに傾斜を付けた石畳を敷いた。それから土砂は、石畳の上を流れ落ち、困る程の土砂は溜まらなくなったと言う、年寄りの話を思い出し、七助に話した。井堰の巻き石は大きな石畳、なら土砂はその上を流れてくれる筈…。大きかろうと小さかろうと理屈は同じ…。

新三郎はその話をした後、続けて。

「凹《へこ》みでも付けて、土砂が流れ込み易《やす》うにして遣りゃー、後は巻き石の上を水の勢いに流されて、下《しも》に流れ落ちて往くじゃろう」

軽く言う。にしては何やら、自信有り気にも聞こえる。そうなら…救いの神の言葉だが…。

「新三郎、試したのか?」

「否《いや》ァ、遣った事は無いんじゃが…谷川でそうなるんなら、大川でも一緒じゃろうと…そげな気が」

何とも頼りない話だが、七助にも他の名案も無い。津田様も言う、遣ってみよ、駄目ならまた考えよと。

新三郎の案なら、盛り土を低くして撓《たわ》みを作るか石を少し削ってやれば済む、今からでも間に合うし、大した手間も掛からない。駄目で元々。

七助は念の為、石積み饅頭波止《まんじゅうはど》の手前から井堰の縁石《えんせき》に湾曲《わんきょく》形の切込みを入れ、土砂が撓《たわ》みに向かって流れ込み易くして置く工夫を加えた。

遣ってはみたが、本当にこれで上手く行くのか？　不安の方が大きい。冴えない顔を新三郎に向け、作り笑いで飾って見せた。

「近藤様ァ、そげえに心配なんなら堰の中ほどにも土砂吐けを作りんさったらええ」

新三郎は屈託《くったく》の無い笑顔でまた気楽に言う。

七助は新三郎が羨ましい。お前が儂の立場でも、今と同じに気軽に考えられるのか？

一度問うてみたい…。

＝そうなって出来るかどうかは、新三郎にも判らない。背負う責任の無い気楽さと、失う物のない居直りが、根底にある事は事実だ＝

気楽さだけでなく生まれ持っての性格もあるのだろうが、出来る事なら要らぬ苦労はしたくないと思っている様だ、次々と楽になる事を考え出す。

石運びにしてもそうだった。天神山から切り出した大石は、修羅《しゅら》に載せて川口に運び集めて置き、『だん平《ぺい》』と呼ぶ川船の上に棚を取り付けた石積み専用の平太舟《ひらたぶね》に積み込み、川を下って堰まで運び、また修羅に載せ替えて現場に運んでいた。

大きい物は広さ一畳近くもあり、厚さも大きなものは二尺（60㎝）にもなる重い石を何度も載せ替えるのは、疲れるし危険でもある。新三郎は、切り出しで載せた修羅ごと、積み置きとだん平積みをすればいい《コンテナ輸送と同じ考え》と言った。必要な分だけ修羅の数を増やせば済む、この方が楽で簡単。

更に切り出し場からの修羅曳きも、角材の木枠に半丸の溝を切り、その上に丸太を並べた転台《ころだい》《ローラー・コンベアー》を作り、これを継ぎ並べて修羅を曳けばいいと。これならいちいち、転の丸太を運び並べる手間が省ける。

言うだけではない、自分で村の大工に転台を作らせ使って見せた。今までよりずっと楽に、そして早く運べると人夫達も驚き喜んだ。

修羅についても新三郎は言う。

「修羅も前後ろの枠木《わくぎ》と載木《のせぎ》が外せるようにしときゃー、石を降ろして置くのも楽んなる」

遣ってみると、置きたい所まで修羅を曳き着け、横木を外して石を片側ずつ地に降ろせば、梃子《てこ》押しや轆轤《ろくろ》引きの手間が少なくて済んだ。


異才だと、七助は思う。＝窮《きゅう》すれば通《つう》ず＝と、易経《えききょう》の言葉にあるように、人が何か工夫するのはギリギリその必要に迫られた時だが、この男は異《ちが》う。まるで新しい事を考えるのを楽しんでいるが如《ごと》くだ。

あの名工の河内屋治兵衛をして「新三郎はんは面白《おもろ》い。あの男《ひと》、使えまっせ」と言わせただけの事はあると。

後から思えば、何だそんな事かと思う工夫だが、この道具はこんな物でこう使う物とか、この仕事はこうするものと思い込んでいる普通の者達には、到底想いが及ばない事。それが異才だ。

更に七助を驚かせる物を、新三郎は作って来た。轆轤引きで使うという、鉄で作った滑車だ。車井戸のセミとも呼ぶ蝉の形に似た木製の滑車を見て思いついたのだと言う。

滑車があれば井戸の水汲みも楽だ、同じ持ち上げるものならと轆轤にも…。

発　案　器　機　群

1．巻石の運搬筏〈想像〉

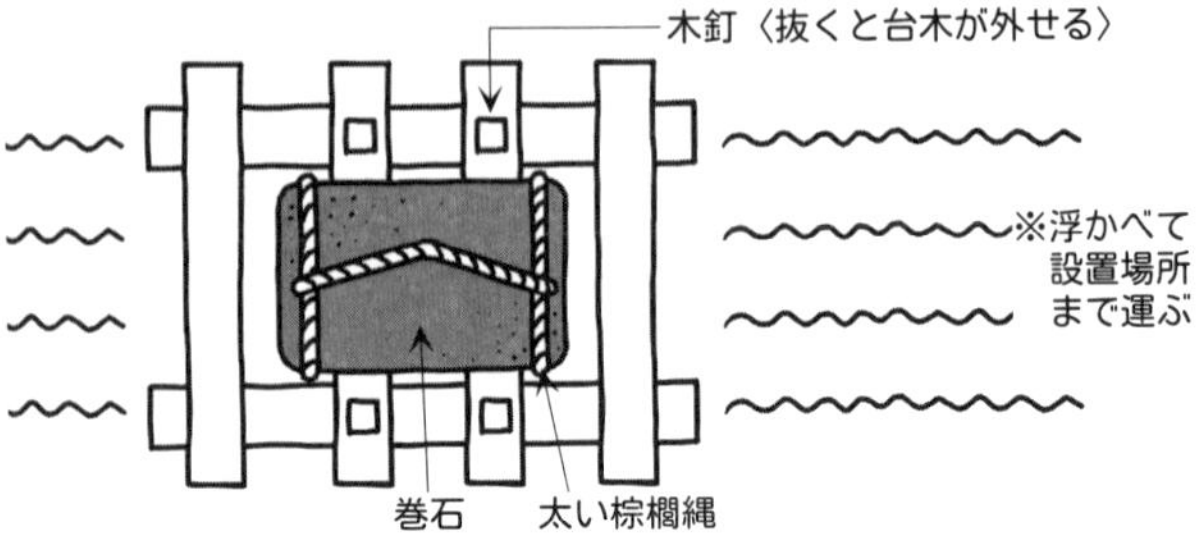

2．転台

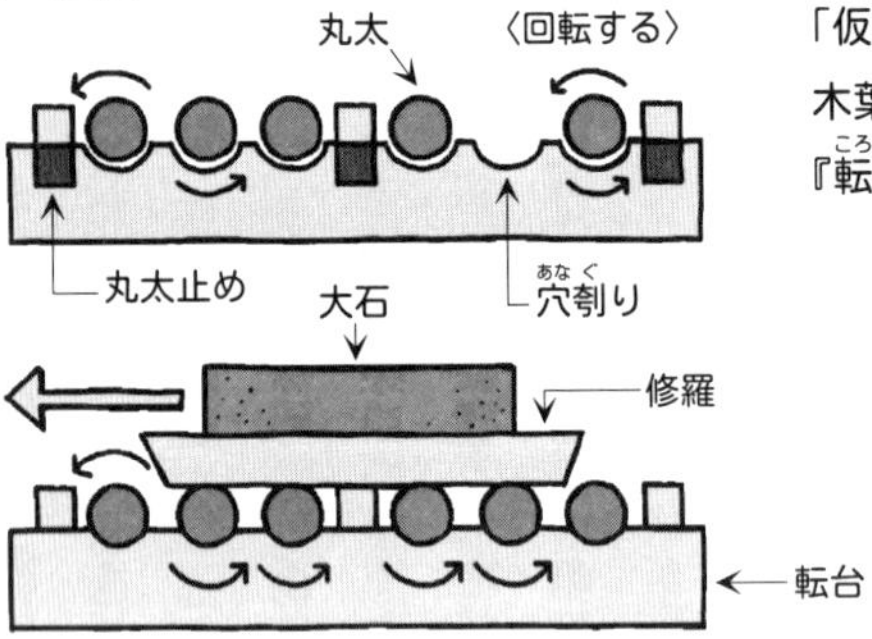

「仮設」

木葉新三郎 作

『転台《ころだい》：運搬補助具』

3．滑車式轆轤引き

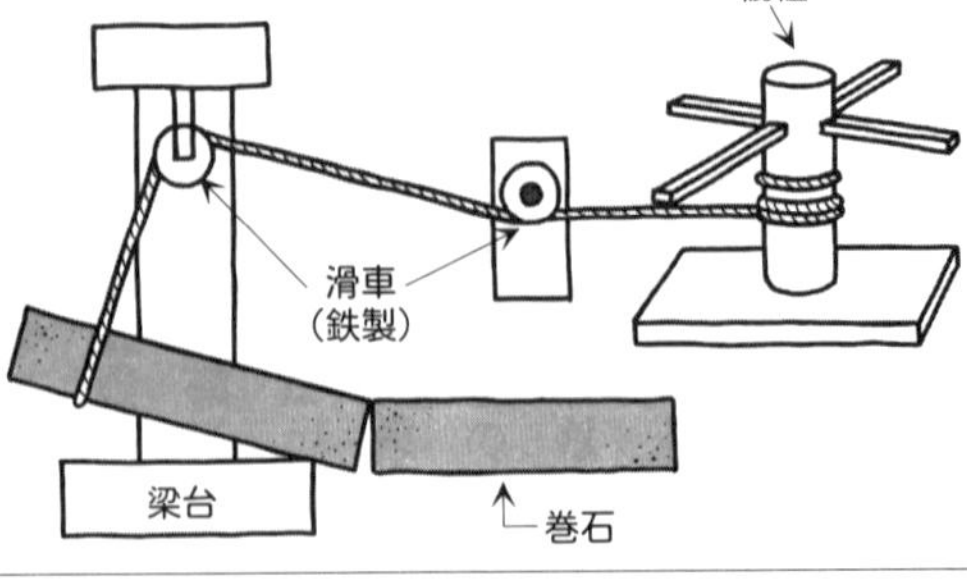

4．箱型高低器（水盛器）

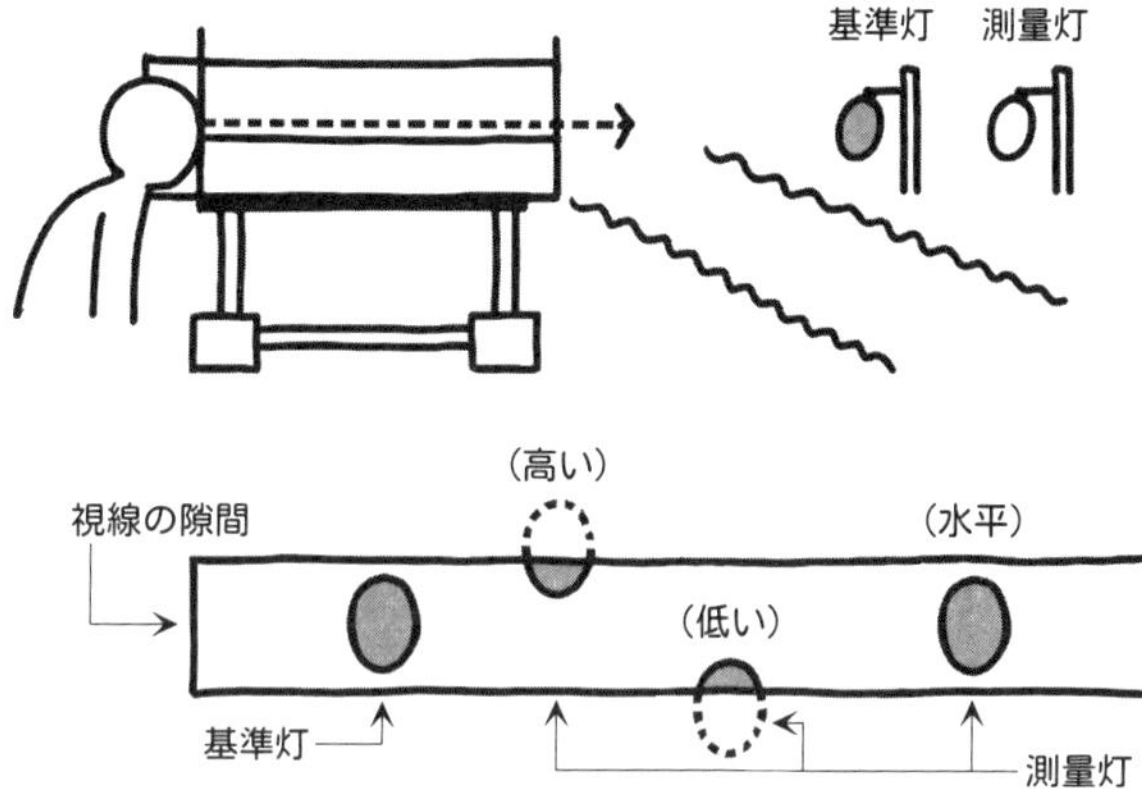

5．可動式巻石設置装置（神楽桟《ろくろ》）〈想像〉

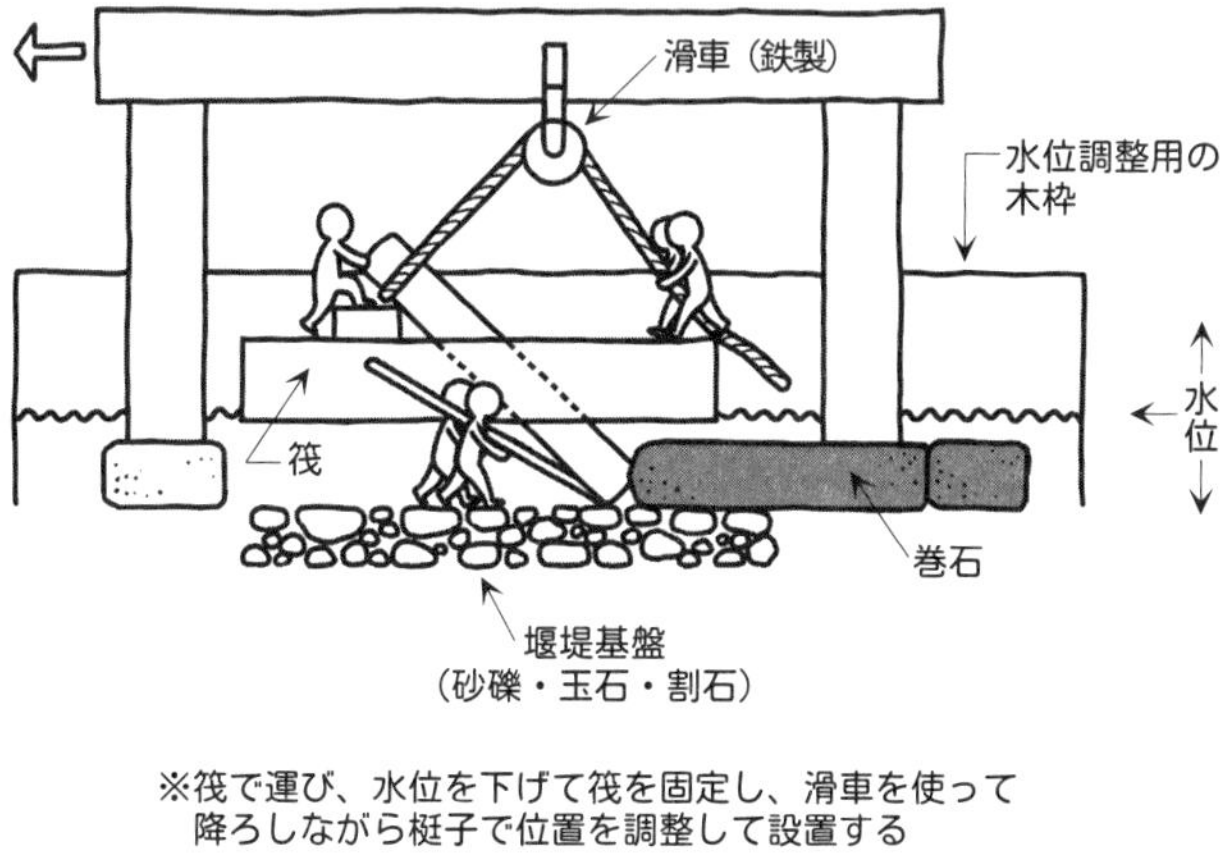

※筏で運び、水位を下げて筏を固定し、滑車を使って
降ろしながら梃子で位置を調整して設置する

轆轤引きは『烏之首《からすのくび》』と呼ぶ木組みの三脚から綱を垂らして引き上げるが、滑りが悪く摩擦が大きい。なら…滑車で通したら…。だが、垂直吊りだと荷の重さが全て滑車に掛かる、七百貫（2・5トン超）もの大石を吊るとなると木作りでは…もっと丈夫な物が…鉄なら…。

新三郎は、野鍛冶の兼光の所に駆けた。

「兼さん。鉄で滑車を作ってくれんかァ」

「あ〜ん？…」何の事か解からず、兼光は何時も面倒な注文ばかりしてくる新三郎に、明らかに嫌な顔を向ける。

「鉄の滑車じゃー。井戸車があるじゃろう、釣瓶《つるべ》の。あれを鉄で作るんじゃ」

「……？　何に使うんなら、そげェな物《もん》を？」

「石を吊り上げるんじゃー。井堰に張る大《ご》っちい石を」

絵に書いた鉄の滑車を兼光に見せ、その仕組みも説明した。それでもまだ兼光は嫌な顔を解かない。

「儂ァ、そげェな物《もな》ァ作った事《こた》ァ無《ね》ェ」

「そうじゃろう、今迄に誰も作った者《もん》は居らんじゃろう。じゃが、兼さんなら出来る、何せこの名刀が打てる名人じゃ、兼さんなら朝飯前じゃろう」

世辞ではない、新三郎は本気でそう思って言った。

そう言われると兼光の意地が騒ぎ出す。面倒臭ェなァーと言いながらも、作らざるを得ない気にさせられる。

諦め顔になったのを見て、新三郎はしめたと思った。なら、大事な処を言って置かねば。

「要は、車輪の小さな物を作って、それに溝を付けて貰うたら良ェ。ただ車軸は太うに。大きな太い上梁の柱にぶら下げられる様に、軸受けも丈夫なものにして欲しんじゃ」

「やぎろしい（ややこしい）事ォ〜…」

フーッと大きな溜息を吐いて兼光は口を曲げた後、チッと舌打ちした。

「悪《わり》いなァ、何時《いっつ》も兼さんにゃァ無理ばあ言うてェ」

ホッと新三郎は安心の息を吐いた。反対に兼光は怨めし顔を返す。

普請に出た百姓に支払われる扶持米《ふちまい》は通常日当り米一升《いっしょう》、軽易《けいい》な役《えき》なら七合五勺《しちごうごしゃく》、この川普請は苦役《くえき》だとして一升五合とされたが、実際の重労働にはとても見合うものではない。藩の命令で渋々出ている者も多い。

苦役に出たからといって年貢が軽減される訳ではないから、後日の百姓仕事に差し障りの有る危険な事や無理は避けようとする。

新三郎も百姓の立場、その気持ちは充分に解かるし、それで良いのだとも思う。なら何とか工夫してその手助けを…その事が、新三郎があれこれと新しい道具や遣り方を考える動機になっていた。

「新三郎の前で、辛《つれ》ぇ仕事の愚痴を零《こぼ》しゃー、何かとか楽にして貰えるぞ」

人夫達の間にそんな噂話が、何時しか流れ始めた。

「この新三に任《まか》されー、何とかするー」と、それを楽しむ様に新三郎は新しい知恵を絞る。

何時しか彼は、『お任せ新三郎』と呼ばれるようになった。


井堰の改修は数年に渡った。水に濡れる作業は寒い時期にはとても出来ない。田植えの時期には人手が減る。大水の度に崩れた箇所の修復も要る。一番困ったのが、巻石を何処まで張れば良いのか？　その後ろを守る捨石の幅は？

村人はこう伝えて言う。

『井堰は捨石で守られとるんじゃ』と。経験測からの言葉だか、それ故に間違いはない。井堰の下流に積んだ捨石を崩れ流された儘《まま》に放置していると、次の大水で井堰は必ず甚大《じんだい》な被害を受けた。

井堰を越した水は堰の石の瀬を流れ、切れた端から下流の水底に落ち込んで行く。落ちた水は上に向かって逆巻く、その時に底石を洗い巻き上げて下流に流す。大水ともなれば、小石は元より大石までも。後ろの支えを失った石は次々と崩れ同じ様に流されて、捨石の支えを失った井堰の巻石もやがて同じ運命になる…。

巨石で巻き石された井堰は、それ自体は頑丈になったが、瀬を流れる水の勢いは更に速くなり捨石に掛かる負担も大きくなる…何処まで延ばせば？……。

七助にも新三郎にも妙案は浮かばなかった。そういう時には知恵を求めて聞くほかない。蛇の道は蛇と言う、昔から井堰の修復をしている田原村に行って聞く。最初の井堰が造られてから何度も井堰は壊れた。都度、田原の村人は補修に携わってきた、何か良い知恵を持っている筈だ。

七助と下役人は川向こうの村に渡った、新三郎も供をした。

ある長老は言う。

「石合《いしあい》（石相）を見つけんされー」

「イシアイ？」

「はァ、石合と言うんは、川の流れの勢いと底石の折り合いの付く所でしてなァ。一番流れの強《きち》い所からどんどんと石を投げ込んで遣りゃー、川下の流れが緩《ゆる》うなった所に石溜まりが出来ます、そこが石合ですらァ」

新三郎は初めて聞いた。七助は川普請の記録の中に見たような気もするが…。

「して、その石合をどう使うのじゃ？」

この物知りな蛇の知恵に与《あず》かろうと、七助は問うた。長老が答える。

＝石合は井堰の上にも下にも出来る。上の石合より前に築くと堰は必ず切れる＝

上流側の巻き石を始めた上手《かみて》に昔の蛇籠積みの崩れた石溜まりが在った、そこが上の石合だと長老は言う。なら堰の築き始めに問題は無い、一安心。津田様はご存知で何も言われなかったのだろうか？

「下手《しもて》にも石合まで捨石を入れて遣らにゃー、堰は下から次第に崩されて行きますからな」

捨石は下の石合と分かった、後はどう見つけるかだ…。井堰の造りが変われば石合も変わる、長老にもその場所は分からないと。

「井堰の下で一番流れの速いのは舟通しじゃ、そこに投げ込めば良いのは分かったが、投げ込んだ石がどれか見分けがなァ？」

次の課題が…。

『そうじゃ、なら石に色を着けたら良えんじゃ』新三郎は閃《ひらめ》いた。

「近藤様ァ、この新三にお任せを」

翌日、その石を持って七助の所に行き、試しに川に投げる事にした。舟通しに投げ込んだ朱《しゅ》を塗った小石は、勢いよく転がって流れた。下流で待ち受けていた下役人が拾い上げ高く掲《かか》げて見せた。

川の水嵩の増えた日、人夫を集めて舟通しにどんどんと小石を流し、石溜まりが出来たであろう頃、竹筒の浮き鎧を身に着けた新三郎が朱色の石を籠《かご》一杯に投げ込んだ。その石も今度投げ込んだ石溜まりの辺りに流れて止まる筈…そこが今の石合。

この日の水量と石合の場所を基に、大洪水の水量を想定し、石合の場所を推量《すいりょう》して捨石の幅を割り出す。想定を超えて崩れたら、都度に補強するしかない。

慎重な七助は、更に堰の上流側に玉石を沈め、巻石を洗う水の勢いを和《やわ》らげる工夫を施した。こうして足掛け三年を要し、元禄八年（１６９５）田原井堰は、巻き石を纏《まと》った雄大で美しい姿の臥龍に生まれ変わった。

これ以降、鞍《くら》（倉）なしと蔑《さげす》まれた事のある田原の村はこう唄われるようになる。

『田原田どころ　米どころ
井手の巻き石　みな小判』

工事は他に用水の瀬戸までの延長があった。

熊野《くまの》の岸険《ほき》（保木）とはよく言ったもの。吉井川の流れもこの岩盤を削れず、西から南に大きく蛇行する。村人は道を開くにも水路を通すにも、この岩盤を削るしかなかった。

一鑿《ひとのみ》一鑿、石片《せっぺん》を穿《うが》つ。石頭《せっとう》と鑿を持つ両手の皮には血豆《ちまめ》が出来、やがて破れて血と皮が固まり胼胝《たこ》となり、更に罅《ひび》割れて新たな血が滲《にじ》んだ。

豊田《とよた》の村人は先祖代々こうして道と水路を造って来た。今度はそれを藩が手掛ける。村人は技を伝える人夫として雇われた。

＝また此処を削るんかァ…＝　昔この岩を掘った事のあるらしい老人が曲がった腰を杖で支え、昔を憶《おも》い出したか顔を雲らせた。

此処の岩盤は粘板岩《ねんばんがん》、劈開面《へきかいめん》（裂け目）が斜交し、叩けば細かく角ばって割れる。酷《ひど》いほどの硬さは無いが、細かく砕けるので一鑿で削れる岩盤は僅《わず》か、作業は捗《はかど》らなかった。

『このままでは間に合わん。何か別の工法を使うしかない…』

溝堀りだと思えば土木方の仕事だか、石を削るのだと考えれば石工方の仕事でもある。七助は石工の治兵衛にも知恵を請うた。

細工に使わない石は、治兵衛にも勝手が解からない。だが頼まれた以上は何とかしたい。治兵衛は大坂の石工仲間に手紙を送り、知恵を集めた。流石に大坂は大都会、京にも近く殆ど全国の技が聞こえて来る。後日、嬉しい報せが返って来た。

=良ぇ報せが来ましたでー= 早速に手紙を持って、奉行近藤七助に知らせた。

用水路は露天掘りばかりではない。『マンボ』と呼ばれる地下水路があり、地下の硬い岩盤を破砕《はさい》する為に用いた、石を火で焚《た》き砕《くだ》く『焚火法《たきびほう》』とも『焼堀《やきぼ》り』とも呼ばれる工法があると。

早速に試した。岩盤に溝を掘り、菜種油《なたねあぶら》を流して焼く…石は膨張して弾け割れては剥がれる、時には更に水を掛ける…石は急縮《きゅうしゅく》してまた砕け散る。

石は弾ける時に薄く剥がれる、飛んで来る破片に当たれば皮膚は裂け、眼に入れば失明さえする。油断の出来ない危険な工法でもあった。

一鑿ずつ穿つよりも遥かに効率は良くなったが、岩盤は百間（約１８０ｍ）続く、気の遠くなる工事だった。後に此処は『百間の石の樋《ひ》』と呼ばれる。

重労働の川普請を、後ろで支えている者が居た。川普請は石と砂泥と水が相手だ。硬い石は人を傷付け、砂泥と水は人の身を冷やす。

この当時、外科の出来る西洋医学の蘭方《らんぽう》は長崎の出島あたりに伝えられているだけで、未だ備前の国には入っていないから、薬と養生で癒す内科の漢方医だが、内臓の痛みに能《よ》く効く妙薬を家伝とし、代々名を万代常閑《まんだいじょうかん》と称する名医が、新三郎と同郷の益原村に住んでいた。

外傷には創薬《そうやく》を塗って包帯。風邪や疲労には煎《せん》じ薬や粉薬と後は寝て養生という次第だが。胸痛（胸やけ）・胃痛・腹痛には特効薬ともいえる程に能《よ》く効く『延寿返魂丹《えんじゅはんごんたん》』という秘伝の妙薬が伝えられていた。

万代《まんだい》家は、室町時代に初代・萬代掃部助《もずかもんのすけ》が大内氏の代官として赴任していた時、堺沖で難破した明国《みんこく》船を助けた。その夜の夢枕に立った『百舌鳥《もず》八幡宮』の神のお告げを守り、明国人のお礼を断ると、代わりに秘薬・返魂丹の製法が伝えられた。

その後、大内氏が足利義光に謀反した時、連座の罪に問われて丹波の国に退き、これを期に武家を捨て、製薬法を代々の秘伝として医業に専念する事とした。

応永年間（1400頃）、三代・主計《かずえ》の時、縁故を辿ってこの益原村に移住し、家名も読み方を「まんだい」とし名も常閑《じょうかん》と改め、薬草園も作り医業を開いた。

『返魂《はんごん》』と言うのは、魂を呼び返す事で蘇生を意味し、それ程の効き目がある事を示している。

江戸時代の初期、池田忠雄《ただかつ》が藩主の頃には、八代・常閑の名声は広まり、典医（殿様付きの医者）として迎えられている。そして今、普請担当医として任に当たっている十一代・常閑は、後の元禄十七年（1704）に綱政から城下の森下町に屋敷と「延寿返魂丹」の看板を賜り、更に後に郡医をも仰せ付かる。


皮肉な話だが、備前国以上に常閑が名を馳せた国がある。北陸の越中・富山だ。常閑は「越中売薬の祖」として、現代にも続く製薬と置き薬販売の礎となった人物として崇められ、毎年六月五日には報恩際が行われているという。

この縁起は、富山藩主・前田正甫《まさとし》が治政の天和（1681〜3）の頃？　常閑が長崎を旅した時、懇意となった富山藩士・日比野小兵衛の腹痛を返魂丹で治めた。日比野はその製法を常閑から学んで自用薬としていたが、藩主正甫が腹痛を起こした時に献上して見事に治め

た。【伝説には、池田忠雄が前田正甫の腹痛時に献上したとか、諸説あり。】
藩主は、これを妙薬とし、薬種屋・松井屋源右衛門に製造を命じ、手代の源兵衛が諸国販売を手掛け、越中売薬が始まったとされている。
常閑の死後、富山では分骨を願い、藩内の日向山妙国寺に納め祀った。この寺の伝記によれば、秘薬の伝授は、常閑が富山城下に来遊した時に藩主に献上したとなっている。【一説。】

一方、備前藩でも似た様な「置き薬制度」を設けた。『大庄屋廻し《おおしょうやまわし》』と言うもので、村の大庄屋ごとに百粒ずつ預け、使用分を年々徴収するというものだが、範囲は藩内に限られ、後には廃止された為、販売は振るわなかった。

備前藩は商売っ気が無かったらしい。富山藩並みの商才を発揮していれば、藩財政は大いに潤ったに違いないのに……。

ただ、この妙薬のお陰で、新三郎はじめ工夫達や藩の普請方も随分と助けられた。

=雨でズブ濡れになった時。渇水期ながら底冷えのする冬の日。食中たり。呑み過ぎた、次の日。など、など…=

もう一つの難工事があった。熊野の岸険《ほき》からほぼ半里（2㎞）、万富と瀬戸の間に在る『森末《もりすえ》の岡《おか》の乢《たわ》の切り抜き（掘割《ほりわり》）』、ここが吉井川と砂川の分水界。ここを切り通さなくては瀬戸村に水を送れない。ここは盆地でこの辺りには通った水路が無い、溜池と雨水吐《うすいは》けの掘割があるだけだ。

溜池を移し、継げる堀は継ぎ、乢（峠）を掘り切り、幅二間（4m弱）の水路を通す。長さは二百二十間（400m）、深い所は五間三尺（10m）に及ぶ。ここは粘土層が多い、雨が降れば泥濘《ぬかるみ》、足にも鋤《すき》や鍬《くわ》にも重く粘る…。

懸念通り、ここも時間が経《かか》った。

—それを物語る逸話《いつわ》が残された—

岡の乢の近くに、もろ松の木があり、その枝に工事人夫が毎日弁当を懸けていた。長い月日の間にその枝は鉤形《かぎがた》に曲がってしまった。その後この木を『弁当懸けのもろ松』と呼ぶようになったと。

加えて万富の土地は雨が続けばすぐに浸水する程の低地で、水吐《みずは》けは逆流させて上流側の熊野の余水吐《よすいは》けに落とすしかない。なので乢《たわ》を越すまでの長い距離に、勾配は付けられない。

さて、どうすれば真平らな長い溝が掘れるのか？　どうやって同じ高さを測る？　難題だ。

七助は、新三郎を知恵袋として常に身近に置く事にし、下役人達にもその旨《むね》を沙汰《さた》した。人夫として現場で働かせるよりも、知恵を働かせる方が遥かに良い。長く普請方を務めているから良い工夫《くふう》を見つけられるものではない事が解かった。新三郎の想いつきの良さは、きっと天賦《てんぷ》のものなのだろう。

百姓の身分でと、不平を申し立てる者もいた。七助が「ならば、その方等が良い知恵を出せ」と返した。すると皆、沈黙した。

『奇貨居《きかお》くべし』津田永忠が河内屋治兵衛を得て事を成したように、近藤七助も木葉新三郎を得て事を成そうとしていた。その期待を新三郎は裏切らなかった。

新三郎はもっと正確に水平が測れる道具が在ればと聞き、何とかしようと考えた。

水の一杯入った桶《おけ》を傾いた石の上に置くと水は零《こぼ》れる。桶の片方に出来た水面との隙間《すきま》分だけ傾いている訳で、満杯の桶の水が何処からも零れなければ平らという事だ。

ならと新三郎は桶屋に走り、四角の細長い水枡《みずます》を注文した。水枡の内側には目盛りも付けさせた。ついでに真平《まったい》らに削った長い木柱も。

「こげェな物《もん》、何《なん》に使うじゃ？」桶屋は問う。

「これはなァ、真平らを測るのに使うんじゃ」

嬉しそうに新三は答える。

「新三は、面白がりじゃのう。はははは」

二三日の内には作っちゃると、桶屋も快《こころよ》く請け負ってくれた。

測る所に木柱を据え置き、その上にこの『水平器』を置く、水を満たして水が零《こぼ》れなければ水平、零れたらその目盛りの割合で勾配も測れる。縦・横・斜めと測れば平面を真平らにも出来る。

この水平器を使って石の懸樋の勾配を測り、これは便利と治兵衛をにんまりとさせた。

この水平器では短い距離の高低しか測れない。森末の屾を通す数百間もの高低を測るには使えない…。目測ではなく正確に測れる道具が欲しい。流石に新三郎にも、今度ばかりは直ぐに名案も浮かばなかった。

藩も手を拱《こまぬ》いては居なかった。他藩にその様な道具がないかと江戸詰めを通して調べていた…。あった。

明暦《めいれき》年間（1655〜7）江戸幕府は、市中の人口増加に伴う水不足解消の為、多摩川から江戸市中まで玉川上水を開削《かいさく》する事とした。その時、用水の経路やその高低を測る為に使っ

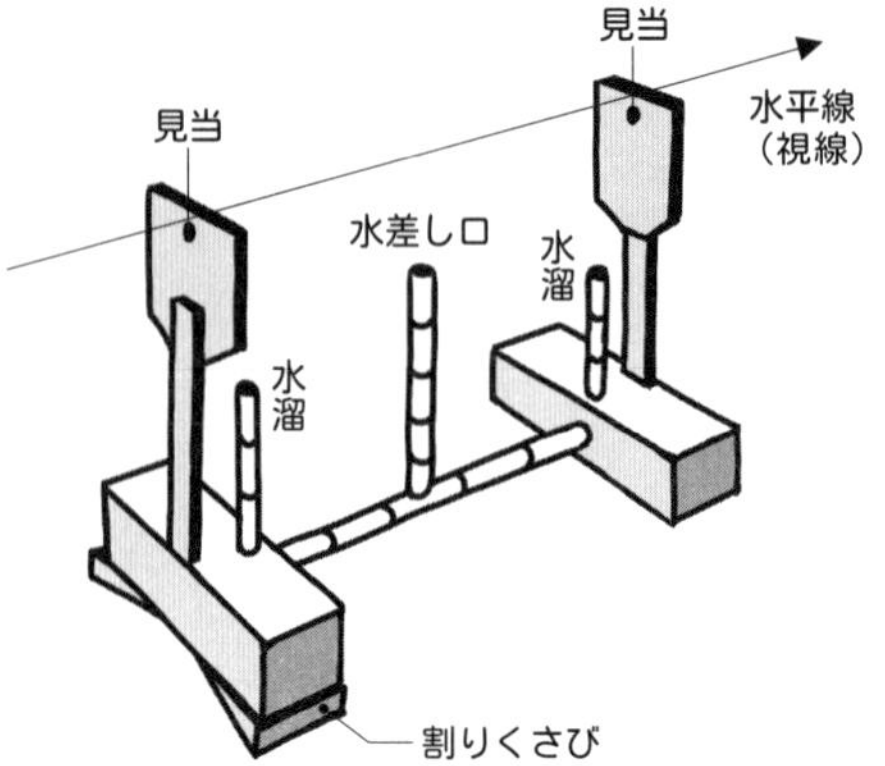

図18　大畑才蔵が考案した水盛器（参照：公益財団法人とうきゅう環境財団 吉江勝広「土木技術と文化財保護の視点からみた玉川上水再考」2012年）

たという『水盛器《みずもりき》』【図18】があると聞き、絵図と使い方を手に入れたが…今一つ要領を得ない。似た物を作ってみたが、上手く行かない、熟練を要するらしい。

「もっと使い易い物が…」と、望まれた。

　藩が見つけた水盛器というのは、二つの台座の上と横に水の通る穴を開け、横穴には中央部に水差し口の水管付けた竹筒を継ぎ、上穴にも縦の水管を付け、水を注いで水平器として使い二つの台座の水平を保ち、台座に同じ高さの見当《けんとう》という平板を立て、その二つの上縁の線を重ねて水平線とし、遠くに並べた対象物や目印の高低を見極める道具。

　馴れれば使えるのだろうが…頭が安定せず視線が定め難《にく》い、日射しや周りの風景も眼に入り焦点も狂い易い。新三郎もこの道具を使ってみてそう思う。

　同時に自分も似た事をしていたなと思った。子供の頃、武家の習いと論語《ろんご》を読まされた。

何ともちまちまと味気ない事ばかり…全く気の向かない新三郎は、こげーなもんは何の役にも立たんと、素読《そどく》も放ったらかしにしていた。

が、時間が経つまで部屋からは出して貰えない。仕方なく垣根越しに外を眺めた。幾つもの連なる山の峰が見える。ふと、どの峰が一番高いのだろうと思った。垣根の上縁《うわぶち》を一つの峰の頂に合わせて見ると、消える峰と残る峰がある、一番高い峰は最後まで残る。

更に頬杖《ほおづえ》を突いて顔が動かなくした方が微妙な高さは比べ易い事も、頬杖を突いた両手を顔の横に立て視野を狭くした方が見比べ易い事など、暇潰《ひまつぶ》しに試す内にあれこれと気付いた。今でも初めての地に行けば、同じ様にして山を見上げては、一番高い山と低い山を見つけるのが癖になっている。


藩の見つけた水盛器の、二枚の見当板を重ねて視線を通す方法には見事と感心した。これなら微妙な差でも比べられると…これは有り難く使わせて戴《いただ》くとして、使い難い所《づら》を工夫して新三郎は『箱形高低器《はこがたこうていき》』(※注 339頁参照)を考案した。

箱形にしたのは、日射しや周りの風景などを視界から遮断し、焦点を絞り易くして集中力を高めるのと、顔を乗せれば頭が動かず視線が固定出来るから。

それから見当板は、略人《ほぼ》の眼の位置に両端から同じ高さに板を張り、水平視線を楽に合わせられるようにした。人毎《ごと》に顎《あご》から眼までの高さは異なるから、後は当て木か当て布を敷いて各自調整してもらう事に…。

更に先端の上部から板を挿し降ろし、隙間板の幅で上下の視界幅を調整し、測定距離の遠近と目標物の大きさへの対応も出来るように工夫した。

高低器を置く台座は別に作り、組み立て分解が容易に出来、持ち運びも楽にと考えた。台座の水平は、新三郎の考案した水平器でとる。

計測の仕方は江戸の水盛器と略《ほぼ》同じだ。基準となる地点に、提灯を下げた目盛り付きの梵天竿《ぼんてんざお》（測り棒）を立て、同じ物を測定地にも立て、二点間を真横から見渡せる中央辺りに高低器を設置し、水平器の隙間の真ん中に基準の提灯が収まるように視線を合わせ、測定地の提灯も同じ隙間に収まるように上下に提灯位置を動かし調整させる。元の位置から移れた目盛り分が高低差となる。順次測量地点を移して行けば、用水の端まで測量が出来る筈《ず》だ。

提灯は昼間でも目立つ赤に塗った。が、指南書に記してあった通り、測量は夜間提灯に火を灯して行った方が視界の邪魔も少なく、はっきりと見える事が判り、それに従い作業は主に夜間とした。

工夫はしたといってもこの道具、使いこなすには訓練が要る。最初は近い所に同じ高さの提灯竿を並べ、それらが隙間にちゃんと収まるように視線を合わせる練習から始め、次に高さを違えた提灯に上下移動の指示を出し、同じ高さに合わせられるまで訓練を繰り返し、徐々に測定距離を遠くしていった。

下役人の中に、中村主馬《なかむらかずま》という徒格《かち》の足軽《あしがる》がいた。この仕事を機に、認められようと測量方に出世の望みを懸けていた。

もう一人は馬淵五兵衛《まぶちごへえ》。格は平士《へいし》で普請奉行の直下で資材の手配方をしていた。この男も今のまま地味な務めでは出世は望めないと、この新しい測量の仕事に半ば強引に割り込んで来た。下役人の中では格は一番上、それを嵩《かさ》に訓練の順は筆頭の座を譲らなかった。

それなりに熱心で、当初は成績も良く周りの不平も抑え込んだ。ところが、距離が遠くなるに従って成績が悪くなった。測る高さが安定しない。覗き方を変えたり、体の構えも色々と工夫したが、結果は次第に悪くなった。苛立《いらだ》った五兵衛は、提灯持ちを怒鳴りつけた。

「提灯を動かすなァー」

「動かしては居りませんッ」

提灯持ちは言い返す。

「嘘を吐くなァ、また動いとるぞ」

「……………」

提灯は微塵《みじん》も動いていなかった。五兵衛は乱視だった。物が歪《ゆが》んだり二重に見える、二重のずれも上下にずれるから最悪。眼を顰《ひそ》めれば直る事もあったから、本人は疲れ目だとずっと思っていたらしいが…残念ながら、役目を外された。

逆に主馬は遠目が利いた、誰よりも熱心だった事もあり、彼は選ばれた。

こうして訓練と同時に、人選も行われた。更に実測では、一人が測ったものを他の者が確かめ、重要な箇所は再三《さいさん》測量し正確性をより高めた。

新三郎は長さ一間（1・8m）・一間半・二間の高低器を作った。二間物で測量距離は、昼間で四十間（70m）、夜間六十間（100m）、測量間隔（幅）は箱形にしている為に狭く三十間（50m）程度だが、誤差は少なかった。

用水は、水田より少し高い所を取水口から最終地点まで、平緩《なだら》かに水を流すのが一番良い。幾《いく》ら落差が有っても滝壺《たきつぼ》に落ちた水がその勢いを失って終うのと同じ、無駄な落差は厳禁だ。

こうして測量し、井堰の田原の取水口から熊野まで勾配が千分の一、その先の宗堂《そうどう》までは勾配の無い用水路を開く事が出来た。総延長が四里十七丁十九間（約17・6㎞）、灌漑面積六百十三町余（約６００ha）を潤す大用水が完成した。

相前後して更に吉井川下流の坂根堰《さかねぜき》・吉井《よしい》堰・百枝月《ももえづき》堰・鴨越《かもこし》堰にも巻き石が施され、坂根堰は東部の邑久郡《おくごおり》に水を送り、他の井堰は倉安川《くらやすがわ》・砂川《すながわ》・百間川《ひゃっけんがわ》・旭川《あさひがわ》と結ばれ西部の上《じょう》道郡《どうごおり》の新田に水を送り、備前藩に十三年余で約二千八百町歩（２７６０ha）、生産高は反当り一石八斗として約五万石の増加を齎《もたら》した。

13

吉井川情話《よしいがわじょうわ》

《出来た…ようよう出来た…》

一日掛かりで、田原の井堰から用水を巡り、水落ちの瀬戸村まで歩いて引き返し、吉井川の対岸で金剛川《こんごうがわ》との合流を過ぎ、奥吉原《おくよしわら》の村に通じる道から、その昔、洪水を鎮める為に巫《み》女《こ》が身を投じたと伝わる神子岩《みこいわ》が望める山に登り、上流の田原井堰を見つめ、眼を移して田原村から長福寺《ちょうふくじ》村へ流れ行く水路を眺めながら、感慨に耽《ふけ》っている普請奉行近藤七助の姿があった。

井堰に巻いた一枚の巻石《まきいし》にも、投げ込んだ一個の捨石《すていし》にも、用水に築いた一片の野面石《のづらいし》にも、其々《それぞれ》に辛苦の記憶がある。

今こうして眺めている風景が幻かと思える。よく遣《や》れたものだと…無我夢中だった。日々の難題に追われ、時に蒼褪《あおざ》め踠《もが》き走り廻っている内に、終わっていた。

何にしても兎に角、遣ったのだ。解かっている、一人ではない事は…治兵衛・新三郎・下役人の軽輩、それから百姓人夫達の働きが有ったればこその完成なのだが。

唯一《ゆいいつ》違う事がある…津田様を頼らなかった、頼りたくても頼れなかった。検分に来ることがあっても、進捗《しんちょく》を聞き現場を確かめるだけで、何も言わずに帰ってしまった。七助が何か聞こうとしても「自分で致せ」と、取り付く島もなかった。

それでも何とか出来上がった。今こうして眺めていると、遣り遂げたのだという喜びと自信のようなものが、苦難の疲れを駆逐《くちく》して行くのを感じる。これが津田様の申された、独り立ちの実感なのだと。

充実の心地好さを感じながら七助はもう一度、夕陽に染められた井堰と用水を緩《ゆ》っくりと眼で辿《たど》った。

工事が終わり暫くして新三郎は、郡奉行から呼び出しを受けた。身形《みなり》を調えた上で出頭せよと。

何？　お叱りか？　心当たりが無い訳ではない。

お奉行の近藤様に対して随分と馴《な》れ馴れしい口を利いた…思う事もずけずけと言うてしもうた。工事中故《ゆえ》に餓慢《がまん》して居られたのだろうが、工事も終わり、思い返してみれば無礼千万《ぶれいせんばん》。何がしかのお咎《とが》めが…。打ち首になる事はあるまいが…覚悟を決めて出頭した。

沙汰《さた》が下った。新三郎は在郷勤番《ざいごうきんばん》（在方《ざいかた》）の普請方《ふしんかた》並びに郡奉行方《こおりぶぎょうかた》兼任の下役人に取り立てられた。在方だから肩の凝《こ》るお城勤めは無い、お呼び出しでもあればその時だけ顔を出せば済む、気が楽だ。

ご沙汰の後、郡奉行は言った。

「これは特別な計《はか》らいじゃ。今度《このたび》の普請での其方《そなた》の助力は、並々ならぬものが此れ有りと、郡代の津田様、普請奉行の近藤様、並びに石工棟梁の河内屋治兵衛殿からのご推挙《すいきょ》じゃ。今後も、田原の井堰と用水の維持管理に尽力《じんりょく》致せと、そういうことじゃ」

格は、新参者には破格の高禄《こうろく》。足軽・軽輩よりも上の徒《かち》に任じられ、普通ならば切米取《きりまいど》り（何俵何人扶持《なんびょうなんにんふち》）の処を、木葉家と近隣の水田を知行地《ちぎょうち》（領地《りょうち》）として与えられる事になった。

知行地なら、不作の年には百姓達の為に年貢の率を下げるのも勝手だが、天災などで収穫がなければ無給となる。解かり易くいえば、自給自足せよという事だ。


この登用《とうよう》に当たって永忠は考えた。此処は城下から遠い、此の地に住み務めを果たす在方役人を置いた方が良い。が、この辺り元《もと》は不受不施《ふじゅふせ》の地、元と言うより今でもそうに違いない、不受派を隠し守り続けていよう。如何《いか》に表向きは隠しても、役人を見る眼や接する態度の裏には、重苦しさと警戒の棘《とげ》を感じる…さて、これをどうしたものか？

我《わし》は儒教じゃが、仏教が間違うておるとは思わぬ。不受の徒《と》というてもそれだけで責める訳にも、またその必要も無い。ただ世を乱したり騒いだりさえしてくれなければ…。

我等が立ち入っては、却《かえ》って事が大きくなろう…なら不受の地は不受の者が治めるのが良い。普通なら名主を指名する処だが、あの木葉の家は元が武家と聞く、武家ならば藩の立場も理解できよう。治兵衛の言う新三郎ならば、全てに適《かな》う…任せて見よう…。

新三郎は、沙汰を受けるべきかどうか迷った。木葉家の宿願の武家に成れるのだから、有り難く拝領《はいりょう》すれば良い筈だが。拝領するのは木葉家ではない…木葉新三郎にだ。父も兄も差し置いて、新三郎が木葉家の頭領《とうりょう》になる。新しく屋敷を構え領主になる…それでいいのか？

昨日までの厄介者《やっかいもの》が…今日から急に…。

新三郎の戸惑《とまど》いそのままに、木葉家も戸惑った。一番辛いのは兄の頼景《よりかげ》だった。武家に帰参するのは自分の役目と、幼い頃から育って来た。その自覚もあったし努力もして来た。あの水難さえなければ…或いは自分が…。

悔し涙を見せまいと、頼景は背中を向けて言った。

「これで良ェ…宿願の木葉家が武家に戻れるんじゃ…我《わし》は…百姓になる…」

新三郎は名を『明影《あきかげ》』とした。お役目は、郡奉行方は郡内の名主村役達の管理と諸事調整並びに藩の法度通達など、普請方は田原井堰と田原・益原の両用水及び郡内の溜池の管理と補修を受け持つ。遠出をしても、見回りだけなら二日掛かりで済む、辛いお役目ではない。

望外《ぼうがい》のお取り扱いに、木葉家も村人も大いに驚いたが、これには藩の裏事情も有った。

この頃、藩の士鉄砲《さむらいてっぽう》と呼ばれる準士官《じゅんしかん》以下の下士《かし》や、その上の仕官に当たる平士《ひらざむらい》（上士《じょうし》）の三割以上が改易《かいえき》・追放・無嗣断絶《むしだんぜつ》・退去逃亡《たいきょとうぼう》などに因り藩を去り、その補充《ほじゅう》が必要となっていた。もう旧藩士の不採用などとは言って居られなくなった、これが新三郎にも幸いした。

この登用が後に、『在方下役人』と呼ばれる、農民の惣肝煎役《そうきもいりやく》（大庄屋《おおしょうや》）から選ばれ一代限りで帯刀御免・三十俵二人扶持の徒役《かちやく》登用制度の先駆けとなってゆく。

新たに新三郎には考える事があった。

これで自分も嫁が娶れる…嫁が…。やっと好《よし》に《好きじゃ》と言える。好が承知してくれれば…。長い間抑《おさ》えていた気持ちをやっと解き放てる。

思い返せば、お恵さんに憧れたのも、お好《よし》を好きになってはいけない気持ちの逃げ道だったのかも知れない。お恵さんとは決して結ばれないと解かっていた。解かっていたからこそ、思い切り気持ちを弾ませる事が出来たのだと。

《もうええ…もうええんじゃ…気持ちを抑《おさ》えんでも。素直に好を見つめても》

嫁取りをもっと現実的に考えていたのは父の時景《ときかげ》だった。武家となるに相応《ふさわ》しい嫁をと、あれこれと思いを巡らせていた。その中には好の家は入っていない。

「新三郎。在方とはいえ役人ともなれば、武家としての身の回りの世話の出来る嫁が必要じゃ。儂に幾つか心当たりが有るで、任せておけ」

父の時景は、まるで自分がお役目を拝領したかの様に舞い上がり、万事恙《つつが》無きようにと先走っていた。

新三郎には父とは異《ちが》う思いが有った。全てが望外の事、却って冷静で居られた。身分が武士になっても中身は変わる訳ではない。身にそぐわない飾りをしても持て余すだけ。今の身に合わせて…嫁となる相手も。変わるなら時をかけて少しずつ一緒に。

「親父様《おやじ》、嫁はもう決めとるんじゃ。好じゃ」

遠慮《えんりょ》無く躊躇《ちゅうちょ》無く、あっさりと新三郎は言い切った。

「好…？　あの川漁師の矢助の娘…お好かァ？　…しかし、新三それはッ」

「身分は一緒じゃ」

新三郎は、父の言わんとする先を遮《さえぎ》り言い放った。

それは…違おうがァ…。時景は諭そうとしたが、それ以上は言葉が出なかった。新三郎はキッと父親を見据えて、不退転《ふたいてん》の意思を示している。いかに父親とはいえ士分《しぶん》を受けたのはこの新三郎であって、木葉家ではない…新三郎の思いは無に出来ない。

「じゃが…務まるのか？…あの娘で…確かに利発で気立ても良ェが…」

折角《せっかく》拝領した士分を、詰まらない失敗《しくじり》で失うのはあまりにも勿体《もったい》ない。やっと木葉家の悲願が叶《かな》ったばかりだというのに…時景はその思いに取り付かれていた。

「嫁の躾《しつけ》なら、私が何とかさせて戴《いただ》きますで。旦那様の心当たりのお家《うち》も、元は武家というても、今ではお百姓と然程《さほど》も違いは有りゃーしませなァ…。それにあのお好の母御《ははご》のお冴《さえ》殿は、元《もと》お武家の御女中《おじょちゅう》じゃったとか。物腰《ものごし》がお百姓衆とは違う様じゃなと思い、以前に問うた折にそのように」

母の幸《さち》が新三郎の味方をする。幸にはまた別の思いがある。木葉家が武家に戻る事を本気で望んではいない。戦《いくさ》となれば死が付《つ》き纏《まと》う…平和ならば百姓の年貢を只喰《ただは》むだけで肩身も狭い。それより災害さえ無ければ百姓の方が良い。晴れて耕し、雨に縄を綯《な》い、日々をお日様の下に土と共に生きる。安らかに生きられれば、それが女の幸せ…それが母の願いだった。

幸が求めるのは古代『撃壌歌《げきじょうか》』の世界。

日出而作　日出《ひい》でて作《たがや》し
日入而息　日入《ひい》りて息《いこ》う
鑿井而飲　井《せい》を鑿《うが》ちて飲《の》み
耕田而食　田《た》を耕《たがや》して食《く》らう
帝力于我何有哉　帝力《ていりょく》我に于《お》いて何《なに》か有《あ》らんや
《日が昇れば働き　日が暮れれば休む
水は井戸を掘って飲み　田を耕して食う
天子《てんし》（為政者《いせいしゃ》）の力など我々には何の関わりも無い
‥中国古代伝説　帝王堯《ぎょう》の世界》（※注＝駒田信二『漢詩名句　はなしの話』文春文庫より）

姉の苗《なえ》も「好が良ぇ、好が良ぇ」と大賛成。

兄の頼景《よりかげ》は「お前が貰うた士分じゃ、好《すき》にせェ」と言ったきり口は挟まない。頼景は何だかほっとしていた。自分を捕らえていた武家の呪縛《じゅばく》が解《と》けた。自分が成れなかった事は残念だが兎に角、肩の荷は下りた。

父の時景だけがまだ暫く渋い顔をしていたが、それもやがて折れた。


その頃、好も新三郎の仕官を知った。喜びは束《つか》の間《ま》で、悲しい報せに変わった。

「好…新三様はもう遠いお方じゃ…もう幾ら慕《しと》うても添えぬお人じゃ。解かったな」

母の冴にそう言われた。この時、未だ好も冴も木葉家の決断を知らない。当時の妥当な成り行きに従ってそう思った。好も納得するしかなかった。

未練を断ち切ろうと好は、山の大岩に登り新三郎の村を見た。何でこんな時にと…好は皮肉な光景を恨めしく思った。向かって来る新三郎の姿が見えた。

嫁取りの話は、仲人を立て両家の親や親族が先ず同意するのがこの頃の習《なら》いだったが、新三郎はそれを破って自分で決めた。なら破りついでに、先方の家の両親より先に好の承諾《しょうだく》をと、山裾の道に向かっていた。

好は、新三郎が何時もの剣術稽古に向かっているものと思った。今日を最後に、未練を断ち切ろう。断ち切るには覚悟と納得が要る、自分自身への。

『残していては断ち切れない、思いだけは伝えよう…そして諦めよう。それから後戻り出来ないように、早く何処かに嫁に行って終おう…そうすれば…。』

途中、新三郎は稽古場に着くと足を止めた。先日までとは違って見える、同じ風景なのに何か真新しく感じる。

意気込んで此処まで来たが、急に怖くなった。好は自分の事を好いてくれているものと思っているが、それが自分の想う程でもなく…もしかして自分の思い違いだったとしたら…？

お恵さんも好意を持って優しく接してくれた…だがそれは恋とは別のものだった…

お好も同じだったら…？

そう思うと、今までの弾んだ気持ちも夢心地も一瞬に消え失せ、恥ずかしさと不安に心寒い思いになった。新三郎は戸惑ったまま立ち尽くした。

《迷っていても仕方がないぞ。思いは伝えなければ伝わらまいに、さァ行けー》

追い立てるようにザーザーと旋風《せんぷう》が、樹木の枝を揺らし新三郎の背中を過ぎた。それでも新三郎は動けなかった。

好はそっと近づいた、新三郎は動かない。好は後ろからそっと抱きついた。それから思い切り抱き締めた。自分の恋しさの有《あ》りっ丈《たけ》を腕の力に込めて…そして心の中で好は言う。

『好きじゃった…今でも好きじゃのに…』

それから好は新三郎を突き放した、力の限り強く。新三郎が蹌踉《よろ》けて転がりそうになる程に。

振り返らず好は駆け出した。思い切り突き放す事で未練を断ち切る積もりだったのに、余計に恋しい気持ちが強くなっている。

前襟《まええり》に縫《ぬ》い込んだ十字《クルス》の布を握り締め、母から習ったマリア様への救いの祈《オラショ》りを唱えた。

《ぐるりょーざ　どーみーの　いくせんさ　すーぷら　しーでーら》

意味は解からない。だが、これを唱えれば、罪は許され願い事は叶うのだと、母は言う。

追って来てくれれば…添えなくても、それを支えに…。好は祈った。

背を向けて走る好の後を、新三郎は追った。迷いは消えた、すぐに追い着いた。追い着くと、首から肩に腕を廻して引き寄せた。仰《の》け反《ぞ》ったまま、好の両足は宙に浮いた。浮いた好の躰を、新三郎はもう一方の腕で抱き上げた。

抱かれたまま好は泣いた。嬉しい…でも、もうどうにも成らない…今更どうあっても別れなのだから…。

「嫁に貰いに来たんじゃ、好を」

言った後で、行き成り嫁と言うたのは不味《まず》かったかと。先ずは「好きじゃ」と言うた方が…綺麗じゃとか、可愛いとかも…。

思いはあっても、恥ずかしくて照れ臭くて、とても新三郎には口に出せそうにもない。そんな思いを全て括《まと》めて「嫁に」と言った。

思いの強さを伝えようと、抱き締める腕に力を込めた。

「…私が、新三さんの…お嫁に」

「そうじゃ…好がじゃ」

祈りが通じた…祈りが通じた…好は手で感謝の十字《クルス》を切った。好の涙は悲しさから嬉しさに一気に変わり、そして泣き声は一層強くなった。

好はただ泣いている。その理由が新三郎には理解出来ない…？ 迷いながらあれこれと考えた。嫌がっているなら振り払って逃げる筈だが、じっとしている…なのに泣く？ 不安になって新三郎は問う。

「嫌なんか？」

泣きながらも好は首を横に振る…嫌ではないらしい。好の正面に回って顔を見つめ、重ねて問うた。

「良ぇのか？」

好は返事の代わりに視線を下げ、ある物をじっと見た。新三郎が鍔《つば》も付け新しく調えた斬馬刀・兼光の鞘《さや》に巻かれている下緒《さげお》を…恵さんに貰った下緒を。

恵は嫁いでいるし子も有る。今更どうにもならない事は新三郎も百も承知の筈なのに、それを外さないのは未練の証拠。まだ心の中にお恵さんが居る、今自分が入り込んでも居場所は片隅にしかない。

何時か未練が消えるものなら、それでもいい…それまで待てる。でももし、何時までも消えなかったら…何時か、新三を怨むようになるかも知れない…それが怖いし、それが悲しい。

好の視線を追った。下緒に当たった。

「……この下緒が…何？　ただの想い出の品じゃのに？　厭《いや》か…」

好は顔を上げた後、辛《つら》い目を伏せた。新三郎の中ではもう既に吹っ切れて、良い憶い出に変わっていたのだが…。新三郎は下緒を解き丸めて地に投げた。

好はそれを拾い上げ、絡《から》まった枯れ葉を綺麗に払って結び、新三郎に返した。消す覚悟を新三郎は示してくれた、これで待てる。好の迷いは消えた。

家に帰ると新三郎は手箱を開け、以前に好から貰った切り布で編んだ下緒を鞘に巻いた。恵から貰った平打ち亀甲組みされた縹色《はなだいろ》の下緒は、代えて手箱に納めた。忘れもしないが、憶い出しもしないように…。

後日の吉日、仲人を立て、木葉家から矢助の家に縁組が申し込まれ、恙無《つつがな》くまとまった。

新三郎に大きな人生の転機が来た頃に、治兵衛と永忠の二人は、人生の集大成の時期《とき》を迎えていた。

小野田川の石の懸樋の工事が終わって間も無く、治兵衛は永忠に招かれた。用水の延長はまだ完成していないのにと、少し気が重かった。永忠の招きは今度《こたび》の仕事の労を犒《ねぎら》うと同時に、次の工事の予めの算段をするのが常だ。

宅に上がると、永忠は庭に面した縁側に独り胡坐《あぐら》をかいていた。その前に治兵衛はきちんと正座をし頭を下げた。

「治兵衛、この度の仕事もまた御苦労であったな、疲れた事じゃろう。いやー、済まん済まん。さてさて、こうして改めて二人だけで会うて見ると、其方《そなた》も年を取ったのう」

永忠からこの様な労《いた》わりの気持ちの籠もった言葉を受けたのは初めてだった。体を気遣う事など互いに無かった。言われて治兵衛も永忠の姿を沁《し》み沁《じ》みと見た。白髪に覆われ、顔の皺《しわ》も深くなり、眉毛《まゆげ》も目尻《めじり》も垂れた。

「否々《いやいや》、津田様には敵《かな》いまへん、年取りでも。何時まで経っても追い着けもしまへんがな」

治兵衛も、きっちりとお返しをする。この後二人は、暫し黙って見つめ合った。紛れもない、二人とも立派な老人に化けている。出会いから三十余年、振り返れば、役目と仕事に追われた日々だった。

正直弊《しんど》いと思う事は何度もあったが、厭《いや》だとは思わなかった。自分達の役目と仕事に、誇りと夢を抱き続けられた。だから逃げ出す事も投げ出す事もせず、今日まで続けて来られた。

永忠は座敷の間に入り、居住まいを正して座った。その一つひとつの動作に《さて・よいしょ・やれ》の掛け声が入る…此処にも老いが嫌でも顔を出す。

「小野田川の石の懸樋を検分させて貰うたが、いやァ実に見事じゃった。治兵衛にすれば石面も綺麗に仕上げたかったじゃろうが…無理に荒仕事をさせて済まなんだ、その処は詫《わ》びを言う。それなのにのう、あの荒削りでも一滴の水も漏らさぬとは…いやはやァ〜〜、流石は河内屋治兵衛様じゃー〜〜ッ…感服《かんぷく》ゥ〜仕《つかまつ》ってェ〜〜、ア〜〜ッ、御座《ござ》りまするゥ〜〜ッ」

永忠は大袈裟《おおげさ》に上から両手を着き、頭を下げて諧謔《おど》けて見せた。二人きりなら上下も無い莫逆《ばくぎゃく》の友《とも》の好《よしみ》が表れる。

「いやーッまたまた敵《かな》いまへんなー、そないな事ォ言うたり為《さ》れたら…恐縮至極《きょうしゅくしごく》ゥ〜〜。んでェ〜、其の後は、極楽にィ行かせて貰えますのんかァ〜ッ…それともまたァ〜、何時もの地獄で御座《おま》すかいなァ〜〜〜…次の仕事はァ〜？」

治兵衛も相《あ》わせて、科白《せりふ》と一緒に顔と仕草で傾舞《かぶ》いて返す。屈託《くったく》の無い笑い声が、部屋を駆け巡った。それが鎮まると、こうやって二人で仕事が出来るのも後僅《あとわず》かと承知の上の話を始めた。

「今手掛けておる一宮《いちのみや》（吉備津彦《きびつびこ》神社）の遷宮式《せんぐうしき》の仕事（造営や水盤《すいばん》の作成）が終わったら…牛窓《うしまど》の港に一文字の波止場を……その後…日生《ひなせ》の大多府《おおたぶ》島にも……な」

…来たか…案じた通りや。休む間も無しやなァ。体は背中に疲れの塊《かたまり》をずっしりと残したままだが、治兵衛の頭の中は勝手に波止場の捨石積みと石組みの姿を描き始める。

仕上げの仕事になる、それは治兵衛の人生の仕上げにも通じる。世に名工と称せられている自負もある。和意谷の墓石にも劣らない仕事で終わりたい。

治兵衛は宅《うち》に帰ると、備前焼の一升徳利を提げ、西に傾いた陽射しの当たる小庭が眺められる居間に胡坐《あぐら》を掻《か》いて、茶碗に酒を注ぎ、ちびりちびりと口に含んでは少しずつ喉に流し込んだ。若い頃なら茶碗に三杯は一気に流し込めた、ここにも老いが顔を出す。

体の重さが、気の重さに成っているのが解かる。

「治兵衛、お前《まん》も年取ったなァ」

思いが素直に独り言に出た。

「そんな事あるかいッ」

数年前までならそう言い返せた…今は言い返しても空《むな》しいと感じる。そんな自分が情け無うて厭《いや》にも感じて、残りの酒を一気に空け、徳利から満々《なみなみ》と注ぎ、苦しがる喉《のど》を無理に抉《こ》じ開け腹に流し込んだ。ふうーっと、大きな溜息が出た。

弱気になった自分に腹が立つ。またちびりちびりと茶碗を傾けた。酒が腹の中で次第に熱くなって来る、その熱が気持ちにも伝わり、酔いと共に治兵衛の気力も再び甦って来た。

「遣《や》ったる。造ったるぅ。朝鮮国の通信使も吃驚《びっくり》する程の凄い波止を造ったるでー」

大きな怒鳴り声の様な独り言を言った。自分にしっかりと言い聞かせる為に。

津田様はこう言いなはった。

「牛窓の港は、唯一本邦《ゆいいっほんぽう》（日本国）と国交のある朝鮮国の使節が立ち寄る港じゃ、藩を超えた幕府の港と言うてもよい、その波止じゃ。

犬島の石を使うても構わぬ、存分のものを。使節団も驚く程の見栄えの良いものをなッ」

元禄八年（1695）、西港の前に長さ三百七十三間（678m）、海上の高さ一間半（2・7m）の波止を築いた。治兵衛の弟子となった備前石工は、もう立派に組み石の細工を習得していた。犬島の美しい石を六角形の亀甲模様に切り出し、僅か十ヵ月で巻き上げた。それは瀬戸内海の美しい多島美を飾るに相応しい見目麗《みめうるわ》しい姿で、期待通りに寄港する人々を驚かせまた楽しませる出来映えだった。


これより前、田原の仕事を終えた時、治兵衛は齢《よわい》五十五歳。もはや晩年となっていた。見回りと指揮は執っていたが、現場で鑿を打つ事は少なくなった。自分でも体が言う事を利かなくなっているのが犇々《ひしひし》と判る、これが年というものなのかと…。

若い頃には年寄りの寄亡化《よぼけ》た姿を見て、内心嘲笑《あざわら》っていたが、今では水鏡に映る己の姿がその老人の姿にそっくり重なる…そろそろかぁ…。

同じ思いは永忠にもあった。余命ある内に、治兵衛と二人で遣り残している大事業は成し遂げて置かなくては…工事は治兵衛の弟子達だけでもきっと出来ようが、藩内重役達の反対が入り、事業そのものが取り止めになるも知れない…その心配は強い。

自ら鑿を持たなくても現場に立っているだけでも…いや、ただ生きて居てくれているだけでも…皆が安心する。

『弊《えら》かろう、辛《つら》かろう…が…もう少しじゃから…頑張ってくれぃ…済まんが…』

心の中で両手を合わせ、気持ちは土下座《どげざ》をしながら永忠は、治兵衛の体を気遣う一方で、次々と仕事を命じた。

牛窓の次は日生《ひなせ》沖の大多府《おおたぶ》（大漂）島《じま》の波止場。此処は薩摩藩が参勤交代の船旅の途中、時化《しけ》の寄港地として所望され、逆にその重要性に気付き港の整備急いでいた。出来上がれば他藩や商船にも貸すことが出来、藩も潤う。

牛窓の翌年、この仕事に取り掛かる頃、治兵衛は身体に異変を感じた。体がどう仕様もなく怠《だる》い、目眩《めまい》もする。大漂島《おおたぶじま》は藩の港、牛窓の様な亀甲組みの必要も無い。要領は既に弟子達も覚えている、小頭に要点を指示し治兵衛は宅に残った。

体調の良い日で海の穏やかな日を選んで数度、舟に乗って様子見に出かけた。工事は順調に進んでいた。

＝私《わい》が居らいでも、ちゃんと出来《でけ》よんがな…あいつ等ァ＝

嬉しい様な、淋しい様な…やが、淋しい方が勝ってるなと、治兵衛は思った。結局これが最後の仕事となった。この工事が終わると、治兵衛は寝込んだ。娘の恵が付きっ切りで看病し、藩からも医師が送られたが回復する事はなかった。

治兵衛には、未だ一つ永忠に頼まれた仕事があった。先代藩主光政を祀る閑谷神社《しずたにじんじゃ》、儒祖《じゅそ》を祀る孔子廟《こうしびょう》と鶴鳴門《かくめいもん》、講堂の改修に伴う火避山《ひよけやま》やそれらを囲む四百二十間（765m）に及ぶ丸背形の『切込み接《は》ぎ（多角形に石を削りながら隙間無く組み上げる）』の石垣。

この石垣にはひと工夫が要る。石垣は隙間に草木が生えると、根や幹が石組みの隙間を広げ、終《しま》いには石垣を崩す。種は風に乗り時に鳥が運ぶ。これを防ぐ事は不可能、一番の難題。ならば種が落ち込んでも芽を出せぬ様に、一切の土を入れず代わりに小石を詰めて組む。表面の大石の間にもきっちりと【後に笑い積みとも呼ばれる】小石を詰める。

心残りはそれだが、もはや気力で体力を補う事も出来なくなっていた。港へは船で行けたから何とかなったが、その船に揺られる事さえ正直辛かった。閑谷学問所は藩の東の端の山の中、とても歩いては…無様に籠に担がれてなど行きたくもなし。

《そろそろ…引き際か…。》

治兵衛はこの処、毎夜のように古万の夢を見るようになった。それ迄は、見たいと思っても時々しか現れず、そして其の顔も心配げなものばかりだったのに。今は労《いた》わる様に優しく微笑んでいる。

「貴方さん、御苦労さんやしたなァ…よう為《し》んなはった。なァ……もう…そろそろ」

そう語り掛けている様に思える。想い返せば古万を一人にして十四年、随分と寂しい思いをさせて終うた。己の遣りたい事も、津田様への義理も何とか果たせた。ぼちぼち古万ん所へ戻ってやろかァ。

元禄十一年十月、集まった弟子達に、「後は頼むで」と言い残し、娘の恵・息子の亀松にも懇《ねんご》ろに別れを告げ、同月十九日、古万に迎えられて仲良く旅立った。享年五十七歳【異説あり。】

治兵衛は、愛妻の古万の傍に戻った。

「古万ァ、長いこと待たせたなァ。一人で寂しい思いさせてしもた、堪忍やでェ。けどもう何処にも行かへん。ずゥーっと一緒やさけなァ…お待《ま》っ遠《とお》さん」

「やァ貴方《あん》さん、お帰りィ。長いこと待ってたんえー…。本真《ほんま》のこと言うて寂しかったわ…せやけど、これからはずーっと一緒やァ。ふふふっ、また宜《よろ》しゅうにッ」

この茶目っ気は浪速気質《なにわかたぎ》なのだろう。治兵衛は腕が良いだけではなかった。沖新田に造った沖田神社や幸島稲荷神社の石積みの中には壺形や瓢箪《ひょうたん》形の切り石が嵌《は》め込まれている。遊び心と茶目っ気で、為《し》てやったりと北叟笑《ほくそえ》んでいるのだ。

旭川の東方、平井山《ひらいやま》（東山《ひがしやま》）の墓石に『宗信（治兵衛）』・『妙照（古万）』の銘を刻み、二人並んで眠りに就いた。

治兵衛の技の高さは他藩にも知れ、その技を盗もうと命懸けで潜入して来る者も現れ、福岡藩の一田久作は、吉井閘門《こうもん》を書き写して帰り、堀川用水の石唐戸を築いたと伝えられる。

治兵衛が鏨を持てなくなった晩年以降、菩提寺・曹源寺《そうげんじ》の墓碑や石段、百間川の荒手・大多府島の防波堤・閑谷学問所の石塀も弟子達によって続けられて行った。

弟子達から、河内屋治良兵衛、他にも自分の出身地を屋号とした鳥取屋《とっとりや》武介・長介《ちょうすけ》・儀介、和島屋重吉《わじまやじゅうきち》などが、累々とお抱え石工を継承して行く。

その技は後年、他国でも使われるようになった。熊本の八代湾干拓の石造樋門、日本最大級の弓形《アーチ》構造の石橋で通水管《サイホン》水路の壮大豪快な放水で有名な通潤橋《つうじゅんきょう》に、他にも鉄道の架橋や隧道の石築にと。

治兵衛の息子の亀松は、後に大坂の家を継ぐ事になり、名も『治兵衛』と改めて浪速に帰っ

て行く。【異説あり。】

技を受け継いだ備前石工達も、藩内各地に広がり、腕の良い石工は治良兵衛《じろべえ》・甚兵衛《じんべえ》・市《いち》兵衛《べえ》など治兵衛に肖《あやか》った名を残す。

津田永忠も無二の親友だった河内屋治兵衛を失って、急に生きる張りも失った。その様な心情にはお構いなく、御役目は回って来た。元禄十二年（1699）、幕府の命により備後《びんご》福山に検地に出向いた。

次の年になって、閑谷学問所に在った祖廟《そびょう》を閑谷神社とし、孔子廟・講堂を整える事となり、その任にも永忠が当たった。

そこにはもう治兵衛の姿は無く、息子の亀松にその面影を偲《しの》ぶばかりだった。

元禄十四年（1701）、江戸城に於いて赤穂藩主・浅野内匠頭長矩《あさのたくみのかみながのり》の刃傷があり、御家断絶となり、その城の明け渡しに備え片上村《かたかみむら》に赴《おもむ》き待機した。

この事件には、武家の脆《もろ》さをまざまざと思い知らされた。浪士の吉良邸《きらてい》討ち入りと切腹の沙汰は、戦の無い世の武士道の在り方を考えさせる大きな切っ掛けとなった。

《幕臣たる可《べき》や？　家臣たる可や？》と。

赤穂事件は、備前藩にも少なからず影響を及ぼした。この事件に連座したとして、藩の米問屋の一つだった天野屋《あまのや》は除かれ、代わって後に藩米を一手に扱う事になる鴻池《こうのいけ》が加わった。

更なる憂き目が…儒学の友であり良き理解者でもあってくれた泉八右衛門《いずみはちえもん》（仲愛《ちゅうあい》）が死去し、最後の心の拠《よ》り所も失くなった。

翌元禄十六年（１７０３）、永忠は千五百石に加増されたが、長く務めた郡代職を解任となった。

『もういい。それでいい』

永忠は、寂しさも怒りも感じなかった。寧《むし》ろほっとした。成すべ可き事は成した。藩の重役達に逆らってまで務めたのは己の栄誉栄達《えいよえいたつ》の為ではない、先代光政公が目指した仁政に共鳴し厚信に報いんと努めただけだ。

胸中はただ『人生意気に感ず　功名誰か復《また》論ぜんや』。

―永忠は振り返って思う―

『礼記《らいき》』の孔子説話《こうしせつわ》に謂《い》う＝苛政《かせい》は虎よりも猛《たけ》し（重税を課す政治というものは、虎に襲われる災いよりもっと過酷《かこく》なものだ）＝と。苛斂誅求《かれんちゅうきゅう》（租税の厳しい取立て）を避ける事こそ、平和な世の武士の在るべき姿なのではないのか…。

その後、受ける高禄すら嫌になり、加増された知行も家屋敷も藩に返上し、閑谷学問所近くの山裾《やますそ》に隠居して、光政公の遺言に従い学問所・和意谷墓所・井田・社倉米の管理だけに専念して暮らした。

綱政公は現実的な藩主だった。苛政を布く事はないが書画・芸能を好む公家風の殿様。永忠は二君に仕える気は無く、またその気にさせられる殿でもなかった。永忠は藩政から去った。自分の子達には分相応《ぶんそうおう》の禄を分け、その才覚は藩政に及ばずと世襲の後任も願わなかった。

病に臥《ふ》し、宝永《ほうえい》四年（１７０７）、三男の丹下《たんげ》宅で逝去《せいきょ》し、両親の眠る和気郡奴久谷《ぬくだに》の墓所に儒葬された。享年六十七歳だった。


—武士になった新三郎は考える—

武家を離れ民となっていた新三郎は、改めて武士《もののふ》というものを思う。武士の本来は、民《たみ》（共同生活集団）を外敵から守る事にあった筈。それが何時しか覇者の争いに明け暮れるようになり、そして悲しい事に民と利害を相対《あいたい》するようにもなってしまった。下士とはいえそんな武家の仲間入りをする…。
＝自分も民を少なかれ搾取《さくしゅ》するのか…？＝
考えたが…俄《にわか》には思いが巡らない。思い倦《あぐ》みながら見回りの務めに出た。

暑い夏。

＝大水にも困るが、旱《ひでり》にも困ったもんじゃな。もう一月《ひとつき》近くも雨が降ってくれん。水嵩《みずかさ》が減ってしもうて、井堰の巻き石が剥《む》き出しになっとる。せえ処《どころ》か舟通《ふなどお》しの先の『鼻《はな》ぐり』の堰石まで顔を覗《のぞ》け（出し）とる。ぼちぼち莚《むしろ》で囲んで舟通しを塞《ふさ》いで、水を用水にだけ落とす段取りを為《せ》にゃー負《お》えんかな＝

新三郎は堤から大川を眺めてそう思った。

鼻ぐりというのは、馬に噛《か》ます馬銜《はみ》の様なもので、牛を操るために鼻に通す半円形の輪っかの事。舟通しの水路を塞ぐ為に沈めて並べた石群の形が、それに似ているので『鼻ぐり堰』と呼ぶ。

水が少なくなると、その石堰に莚を並べて囲むので莚堰《むしろぜき》とも言う。そうして吉井川を堰き止めて、水を用水路に流し水量の確保をする。その準備に取り掛かろうというのだ。

一方、舟通しを閉じれば、高瀬舟は通れなくなる。船は井堰の少し下流にある船着場で荷を積み替えて馬や荷車で井堰の上に運ぶか、小船に積んで用水の余水吐《よすいは》けから導水路を遡《さかのぼ》って井堰の上まで運ぶ。そこで再び大きな高瀬舟に載せて川を上る。導水路沿いには、人足や船方《ふなかた》相手の店が建ち並び大そう賑《にぎ》わう。

《高瀬舟》というのは、川船の一種で、その発祥は古く平安時代ともいわれる。室町時代には既に使われていて、和妙抄《わみょうしょう》（人名や地名などの和名の出典集）には、舟偏《ふねへん》に兵と書いて「ひょう」・共と書いて「きょう」の字で『タカセ』と表されている。タカセは高背の意味で、当時は川の急流を下るに耐えられるように舟背の高い舟だった。

それが後年、川の流れの比較的緩やかな河川で大量の荷を運ぶようになり、高瀬＝浅瀬も通れる平らで舟底の浅い形の舟になり、更に風を利用する為の帆柱も付けられた。

備前・備中・美作《みまさか》を流れる旭川・高梁川・吉井川の三川も古くから高瀬舟が通い南北の荷を運んでいた。京・大坂を行き交う高瀬舟も、朱印船貿易の豪商・角倉了以《すみのくらりょうい》が慶長九年（1604）南海交易の帰り立ち寄った美作の国で見た高瀬舟に見倣《みなら》ったものだと記されている。

美作《みまさか》の津山《つやま》から備前の西大寺《さいだいじ》まで『下り一日、上りは六日』という。田原の井堰から上は急瀬が続き、帰りの舟は日にちが掛かる。

鼻ぐり止めに備えてか、長さ五十尺（約15m）、幅七尺（約2m）の空荷の高瀬舟が数隻、天神の淵に泊まっているのが見えた。

下っ端とはいえ役人と成った今、新三郎はこれから先を何としようと考えた。管轄の和気郡には不受不施派の者も多く住み、頑《がん》としてその信仰を守り通している。新三郎自身も家の者も依然として内信者の儘《まま》だ。取り締まる側になったというのに。

＝不受派の者を捕らえる。と、聞いたら何としよう…＝

『報せる。逃げろと報せる。隠せと報せる』

＝農民に重い課税が来たら何としよう…＝

『何だかんだと理由を付けて、指図を枉《ま》げて手加減をする』

＝巡視の時は、何とする＝

『徐っくり歩いて遠回り、取《と》り繕《つくろ》う時間《とき》を見計らう。軽い罪を二つ三つ咎《とが》めて…役人の務めと面目を為《な》す』

＝日頃の暮らしは、何としよう…＝

『派手でなければ娯楽も許そう。食事の品数も工夫次第で見逃そう。少しでも百姓の暮らしが楽になるように庇《かば》い助けるのが…自分の務めじゃ』
それで良い。元々武士は、百姓を護《まも》るのが仕事だったのだから…。
念願の武家に復帰は果たしたものの、思った程の喜びは無かった。当分戦も有るまいから手柄出世も望めまい。この頃は父の時景さえも言う…未練を残す程のものでもないなと。
新三の好きにしろ、裏切りが発覚《ばれ》たら、その時はその時…木葉一族揃《そろ》って法立《ほうりゅう》に成ればいいと。

好は良い嫁になった。

好は、お役目の時には明影《あきかげ》様と呼ぶが、用が終わった途端に新三様と呼ぶ。新三郎も明影様と呼ばれると、何か他人が呼ばれているようでしっくりと来ない。新三の方がいい。

嫁にして改めて思ったが、好は頭も良いし要領もいい。新三郎が一度受けたお役目はきっちりと書き留めている。近頃はお役目の度に事細かにご指導までしてくれている…少し暢気《のんき》な新三郎には有り難い事だが。何だかお好に命令されている気がしないでもない…複雑な思いの、今日この頃…。

秋になった。

木葉新三郎明影は吉井川の傍《かたわ》らの山の中腹に登り、愛用の斬馬刀兼光を腰から抜き袈裟懸けに立て、腰を下ろして両手に抱いた。眼下の川を遮る様に築かれた田原井堰の巻石から捨石を洗って流れる、長く広く白い瀬の踊りを見つめた。

後世の人達はこれ等の事業を、津田永忠や藩主綱政の偉業と讃《たた》えることだろう。

「それは違うッ」

新三郎は、大声でそう言い放った。

この事業を成したのは、河内屋治兵衛達石工であり木工職人達であり、土を掘り土を埋め岩を穿《うが》ち岩を崩し石を運び石を積みして尽力《じんりょく》した百姓達であり、人夫として駆り出された足軽・軽輩と蔑《さげす》まれる下級武士達だったのだと。

この日最後の上流へと向かう高瀬舟が、舟通しを遡っている。曳き手人足達の掛け声に似た「高瀬の舟唄」が微かに聞こえて来る。

《〽…中井手に臨んどるゾォー　早う曳けー　最中じゃゾォー　ヤァー　綱切んナー

ホーイ　ホーイ　ホィー〽》

高瀬舟は多勢に曳かれて、舟通しの急流を遡り、閉じかけている鼻ぐり堰も抜けて、やっと天神の淵の瀞《とろ》に入った。

あの中にもう矢助の姿は無い。好の嫁入りが決まって舟曳きは辞めた。矢助も年を取り、長年の無理が祟《たた》って膝は苦《にが》り肘は疼《うず》く、川漁も天気の良い日の楽しみとして舟を浮かべるだけにした。親子四人、新三郎の扶持で充分だ。

短かったのか長かったのか？　一つひとつの出来事が、眺めている堰の上手に湛《たた》えられた水面に浮かび、流れて瀬に遊ばれて消えて行く。

遠く美作・津山から下って来た舟が三艘、舟路幅三間（５・４ｍ）の舟通しの急流を滑り落ちて行った。そこから巻石の堰堤が二百七十間（４８８ｍ）斜めに横たわり、岸沿いに一ノ口樋門から大樋まで三百間（５４５ｍ）の壮大な導水路が築かれている。

その先には樋門を通った水が、田原村から原村に至り大きく曲がって姿を消すが、水は流れ続け岩生郡の村々を巡り、石の懸樋で小野田川を越え、熊野岸険《くまのほき》の百間の石の樋から万富を流れ、森末の掘割りを通し上道郡瀬戸村の砂川へと落ちる迄、二十六ヵ村を潤して延々と続いている。

それに纏《まつ》わった人達の想い出。名工治兵衛の事、娘のお恵さんへの憧れと恋心…仕官とお好への縁《えにし》と慕情…これからの生き様…。

取り留めも無く想う間に時間は過ぎ、対岸の城山に落ちた夕陽の残照が、少し翳《かげ》りを帯びた茜《あかね》色に吉井川の水面を染め、対照的に瀬に踊る水綾《みなあや》は、その白銀色《しろがねいろ》の輝きを一層艶《あで》やかにして流れている。その白銀の瀬湲《せせらぎ》は、恰《あたか》も臥龍《がりゅう》の住む瀬で遊ぶ蛟《みずち》（龍の子）の様…。

名を呼ぶ人影が近づいて来る。帰りの遅い新三郎を案じて、お好が迎えに来たらしい。気づけば辺りはすっかり暗い。新三郎は立ち上がると刀を腰に差し、好の手を引いて二人で山を下りて往った。

空には、月と一番星が煌《きらめ》いている。

完

《参考文献資料》

「田原井堰とその歴史的背景（田原井堰調査報告書）」田原井堰調査委員会　和気町田原井堰資料館
「ふるさと和気　民話編」和気町　和気町文化保護委員会
「吉永町史　通史編Ⅰ・Ⅱ　資料編」吉永町史刊行委員会　第一法規出版
「岡山藩」谷口澄夫　吉川弘文館
「絵図で歩く岡山城下町」岡山大学付属図書館　吉備人出版
「日蓮宗不受不施派資料（妙覚寺文書）」藤井駿　立正護法会
「忘れられた殉教者（日蓮宗　不受不施派）」奈良本辰也・高野澄　小学館
「吉備の国から・歴史探索の旅」高見茂　吉備人出版
「江戸こぼれ話」文藝春秋編　文春文庫
「岡山の地学」光野千春・沼野忠之・高橋達郎　山陽新聞社
「岡山藩の干拓地における石造樋門」土木研史第19　1995年5月　審査付論文　樋口輝久・馬場俊介
「田原用水水路橋（石の懸樋）」2010　赤磐市教育委員会
「日本人名大辞典」上田正昭・西澤潤一・平山郁夫・三浦朱門　監修　2001　講談社

《インターネット検索辞書》

「河内屋治兵衛」

http://homepae3.nifty.com/gochagocha/Supplement/JinbutuKoutiya.htm

「和意谷　儒教　池田墓所」

http://homepae3.nifty.com/gochagocha/SubSubject/WaidaniBosho.htm

《フリー百科事典『ウィキペディア（Wikipedia）より』索引》

『贔屓』、『九生竜子』、『泉州石工』、『池田光政』、『池田綱政』、『円盛院勝姫』、『津田永忠』、『高瀬舟』、『日本刀』、『下緒』

「田原用水　石の懸樋」

http://www2e.biglobe.ne.jp/~fujimoto/akaiwa/kakehi2.htm

「池田氏（備前岡山藩）　世界帝王辞典」

http://www2e.biglobe.ne.jp/~fujimoto/akaiwa/kakehi2.htm

「岡山世界遺産登録をめざして　岡山藩郡代・津田永忠」

http://www.okayama-world-heritage.com/?page_id=5~12

「土木技術と文化財保護の視点からみた玉川上水再考」

http://www.tokyuenv-or.jp

「マンボ」
http://www.geocities.jp/shimizuke1955/373manbo.html
「こちら―国土交通省中国地方整備局　旭川の歴史文化」
http://www.cgr.mlit.go.jp/okayama/kouhou/kyougikai/…/s-3-4.pdf
「組積石工技能　組積加工の歴史」
http://www.monotsukuri-net/wbt/wbt_soseki/s0201/s0201.htm
「石屋さんの道具」
http://www2.nkansai.ne.jp/com/shoei/kakou/isitataki.html
「日蓮宗不受不施派」
http://homepage3.nifty.com/y-maki/bd/bd09.htm
「日蓮宗不受不施派の弾圧」
http://www.asahi-net.or.jp/~wj8t-okmt/007-06edofmiginitiren.htm
「寛文の法難と矢田部六人衆について」
http://www.nihonnotoba3.sakura.ne.jp/masayuki_7.htm
「備前長船刀剣博物館　備前長船の刀について」
http://www.city.setouchi.lg.jp/~osa-touken/bizen/index.htm
「下緒作法・概論」

http://www.geocities.jp/ksskk546/page247.html
「Ｙａｈｏｏ！百科事典　キリシタン」
http://100.yahoo.co.jp/detail
「キリシタン用語集」
http://www.hi-ho.ne.jp/luke852/ukon/yougo.html
「ゴゴニチぐるりよざ　皆川教授」
http://jroustyle.blog45.fc2.com/blog-entry-200.html
「万代常閑（おかやま人物往来）」
http://www.libnet.pref.okayama.jp/mmhp/kyodo/person/mandai/mandai.htm
「万代家の歴史」
http://mandai-shi.biogspot.jp/2017/05/blog-post.html
「徘徊爺の日記　万代常閑翁について」
http://haikaijiii1945.blog88.fc2.com/blog-entry-171.html
「おきた姫の伝説」
http://www.okita-shine.com/hime.htm
「沖田姫神社」
https://www.travel.co.jp/guido/article/2446/

著者紹介

村上　輝行（むらかみ・てるゆき）

一九五一年備前市生まれ。

日本電子専門学校卒業後、住友金属工業㈱ほかシステム開発エンジニアのかたわら、二束（二足）三文の作家活動を始める。

退職後、一文半文士となり、「身の丈通りに生きたらええやん」を心情に、ごく普通で少し個性を持った人物を主人公として、読み終わって、気持ちがほんのりと温かくなるような作品を書きたいと作家活動に入る。好きな作家は、五木寛之、浅田次郎。

著書に、『退屈凌ぎに』『冥土情話』（ペンネーム：伊達酔狂　Amazon 電子書籍）など。

備前国物語《びぜんこくものがたり》　吉井川情話《よしいがわじょうわ》
——木葉新三郎と河内屋治兵衛

二〇一八年一二月一九日　発行

著　者　村上輝行
発　行　吉備人出版
〒七〇〇-〇八二三
岡山市北区丸の内二丁目一一—二二
電話〇八六（二三五）三四五六
ＦＡＸ〇八六（二三四）三二一〇
ホームページ http://www.kibito.co.jp
Eメール books@kibito.co.jp
印　刷　株式会社三門印刷所
製　本　日宝綜合製本株式会社

ISBN978-4-86069-565-1　C0093